Constanze Scheib

Mord im Dreivierteltakt

Die gnä' Frau ermittelt

Roman

Oktopus

Für den Blick hinter die Verlagskulissen:
www.oktopusverlag.ch/newsletter

Am Ende des Buches befindet sich ein Glossar.

Ein Oktopus Buch bei Kampa

www.oktopusverlag.ch
Satz: Tristan Walkhoefer, Leipzig
Gesetzt aus der Stempel Garamond LT / 230125
Druck und Bindung: Friedrich Pustet, Regensburg
Auch als E-Book erhältlich
ISBN 978 3 311 30053 3

Er hat Dutzende von Namen,
und er verbirgt sich hinter Hunderten von Masken.

Die 39 Stufen,
(1935, Regie: Alfred Hitchcock)

I

Robert Redford beim Philharmonikerball

Ist … ist das Schokolade an deinen Handschuhen?«

Oskar blickte fassungslos auf Frau Ehrensteins Hände. Sie spürte ihre Wangen erröten und mied seinen Blick, während sie in ihrem kleinen Beutel nach einem Taschentuch kramte.

»Ähm … ja. Eventuell hätte ich die Handschuhe ausziehen sollen, ehe ich den Sacherwürfel esse. Aber dann hab ich schon *Alles Walzer!* gehört, und ich wollte die kleine Köstlichkeit nicht verkommen lassen.«

Nach der Festfanfare und dem Einzug der Ehrengäste hatte die gnä' Frau noch kurz der Eröffnung des Philharmonikerballs durch das Jungdamen- und Jungherrenkomitee zugeschaut: Junge Männer und Frauen hielten pärchenweise in den Ballsaal Einzug, boten dann einen choreographierten Tanz dar, um schließlich mit einem Linkswalzer die Feierlichkeit offiziell zu starten. Der Gusto auf etwas Süßes hatte Frau Ehrenstein zu einem der Pausenbuffets des Musikvereins getrieben. Sie war sicher gewesen, dass sie rechtzeitig zum ersten Tanz zurück sein würde.

»Marandjosef, hab ich auch am Mund Schokolade? Ist mein Lippenstift verschmiert?«

Oskar stieß einen tiefen Seufzer aus. Als sie ihm wieder in die Augen sah, erkannte sie jedoch ein amüsiertes Blitzen darin.

»Ich weiß zwar nicht, wie du das immer schaffst, aber dein Lippenstift sieht makellos aus. Warte, vielleicht wär's gescheiter, wenn du die Handschuhe ausziehst.«

»Oskar Maximilian Leopold Bonifaz Ehrenstein. Du schlägst vor, dass ich bei einem der wichtigsten Bälle der Wiener Gesellschaft ohne Handschuhe herumlaufe? Also praktisch nackt?«

»Du bist ja heute wieder ausgesprochen amüsant. Ich will lediglich meine *weißen* Handschuhe schützen. Außerdem ist der erste Walzer schon halb vorbei. Komm, vielleicht finden wir noch ein Platzerl.«

Die gnä' Frau stopfte ihre Seidenhandschuhe in ihren Beutel und eilte mit ihrem Mann zur vollgepackten Tanzfläche.

Man konnte kaum von Tanzen sprechen. Vielmehr schoben sich die Pärchen Schulter an Schulter über das Parkett, während die Wiener Philharmoniker mit Verve Strauss spielten. Frau Ehrenstein hielt sich an Oskars Oberarm fest, als er sich durch die Menge drückte, um zur Mitte der Tanzfläche zu kommen. Dabei wich sie geschickt gefährlichen Ellenbogen aus.

Ihrem Mann ging es nicht ums Tanzen. Wer wirklich gern Walzer tanzte, wartete ein paar Lieder ab, um sich auf dem Parkett auch wirklich bewegen zu können. Oskar kam es im Moment nur aufs Gesehenwerden an. Je näher er zum Zentrum der Menschenmenge vordrang, desto größer war die Chance, auch von den Logen aus bemerkt zu werden. Und dort saßen ehemalige, gegenwärtige und zukünftige Geschäftspartner.

Die gnä' Frau legte eine Hand auf Oskars Schulter, die andere in seinen Handschuh, und sie begannen sich im Takt zu bewegen.

»Eins, zwo, drei – eins, zwo, drei.«

Neben den Ehrensteins presste ein junger Mann mit rotem Kopf den Dreivierteltakt zwischen seinen Lippen hervor und wurde im Viervierteltakt von seiner Partnerin ermahnt, nicht ständig auf seine Füße zu starren. Frau Ehrenstein musste schmunzeln, doch Oskars Miene blieb seriös, während er mit wachsamem Blick den Raum erforschte.

Wie jedes Jahr fand auch der 33. Philharmonikerball im Wiener Musikverein statt, getanzt wurde im goldenen Saal. Der Raum machte seinem Namen alle Ehre: Er glänzte. Die Wände, die Galerien, selbst der Rahmen der großen Orgel waren in der Farbe des Edelmetalls gehalten. Das Licht der vier Kristallleuchter, die wie überdimensionale strahlende Tropfen von der Decke hingen, verstärkte noch den warmen Goldton.

Die gnä' Frau fand keinen besonderen Spaß an dem Herumgeschiebe des ersten Walzers und legte den Kopf in den Nacken, während ihr Mann sie führte. Sogar der Plafond war mit goldenem Stuck verziert. Dazwischen, als einzige bunte Farbkleckse im Saal, waren Deckengemälde in blauen Grundtönen zu sehen. Sie stellten Apollo und die neun Musen dar. Die gnä' Frau liebte diese Bilder, seit sie als junges Mädchen zum ersten Mal für ein klassisches Konzert hier gewesen war. Die Musen schienen in der Luft zu gehen, mit Masken oder Harfen in den Händen, einige waren zart, andere kräftiger. Einige zeigten viel Haut, andere waren in Gewänder eingewickelt. Der Dame gefiel, dass diese göttlichen Figuren ganz unterschiedlich waren und es nicht vorgeschrieben war, wie eine Muse auszusehen hatte.

Frau Ehrenstein genoss solche Höhepunkte der feinen Wiener Gesellschaft, insbesondere da der Ausklang des Jahres 1972 so aufreibend gewesen war. Als heimliche Hobbydetektivin hatte sie gemeinsam mit ihrem treuen

Dienstmädchen Marie herausgefunden, wer einen Döblinger Grafen auf dem Gewissen hatte. Dabei wäre sie fast selbst vergiftet worden. Durch besondere Umstände war die Schuldige jedoch entkommen.

»Aua!«, quietschte die junge Frau neben ihnen.

»Eins, zwo, dr…, oh entschuldige bitte, Schatzi! Eins, zwo drei, eins, zwo, drei …«

Das Pärchen neben den Ehrensteins hatte immer noch rege Probleme mit dem Walzer, doch Oskar war zu beschäftigt, um das zu bemerken.

»Schon jemanden entdeckt?«, fragte die gnä' Frau, eher um Konversation zu machen als aus echtem Interesse.

»Der Batochwil sitzt mit den Renners in einer Loge. Das heißt wohl, sie haben den Vertrag abgeschlossen oder sind kurz davor. Ich glaub, der Egger ist ohne seine Frau gekommen …« Seine Stimme klang konzentriert, er suchte immer noch die Umgebung ab. »Ah, der Hofrat Kruppec ist hier unten im Parterre, zu dem werd ich nachher schauen müssen. Und … oh!«

Frau Ehrenstein folgte Oskars Blick. Das war gar nicht so einfach. Einerseits weil der Saal gesteckt voll war, andererseits weil sie sich im Walzertakt im Kreis bewegten. Zwar langsam, aber sie musste dennoch den Kopf etwas verdrehen, um in die passende Richtung zu blicken. In einer der unteren Logen saß ein eigenwillig aussehendes Pärchen. Sie war eine ältere, stark geschminkte Dame in einem knallbunten Kleid mit übertrieben viel Schmuck. Er, deutlich jünger, mit ungekämmtem Haar und in schlecht sitzendem Anzug. Auf den ersten Blick passten sie nicht auf den Philharmonikerball und schon gar nicht in eine Loge, für die man viel Geld bezahlen musste. Das kitzelte am detektivischen Gespür der gnä' Frau. Wäre sie überaus argwöhnisch, würde sie davon ausgehen, dass sich die beiden in die feine Gesellschaft hier einschleusen wollten, um ein Verbrechen, ein paar Diebstähle oder Trickbetrügereien etwa, zu begehen. Frau Ehrensteins Gatte interessierte sich jedoch nicht für die beiden, sondern für den Mann, der hinter ihnen stand.

Sie hatte diesen Mann noch nie gesehen. Er war hochgewachsen und trug einen schwarzen Frack, wie die meisten Männer hier. Die blonden Haare waren zu einem Seitenscheitel gegelt, seine Miene war ernst, und anstatt sich den Eröffnungswalzer anzusehen, starrte er auf die beiden vor ihm sitzenden Personen herunter.

»Meinst du den jungen Mann, der wie Robert Redford aussieht?«

»Wie wer?«

Das Orchester hörte auf zu spielen, einige Gäste applaudierten. Etwa ein Drittel der Tanzenden schob sich vom Parkett, der Rest wartete auf das nächste Lied, das ein paar Momente später begann.

Die Ehrensteins gehörten zu denjenigen, die sich von der Tanzfläche verabschiedeten. Oskars Ziel – zu sehen und gesehen zu werden – war erreicht.

»Soll ich uns einen Sekt holen, ehe ich zum Geschäftlichen übergehe?«, fragte Oskar. Frau Ehrenstein spürte Frustration in sich aufsteigen. Erst gab er sich nicht die geringste Mühe, wenigstens so zu tun, als teilte er ihre Begeisterung für den Ball, und jetzt versuchte er, ihrer Frage auszuweichen.

»Nein, ich meine, ja natürlich! Aber sag mir zuerst: Wer ist der Mann in der Loge, der wie Robert Redford aussieht? Ach, den Schauspieler wirst du nicht kennen, er hat noch nicht so viel gemacht. *Barfuß im Park*, *Zwei Banditen*, sagt dir das was? Egal, er ist jedenfalls blond, hat blaue Augen, ist extrem gut aussehend.«

Oskars Miene blieb so regungslos, dass die gnä' Frau sich hundertprozentig sicher war: Er versuchte, etwas vor ihr zu verbergen.

»Helene, wirklich. Du machst wieder aus einer Maus einen Elefanten. Ich hab mich lediglich umgeschaut, wer da ist ...«

Seine Schultern sanken um ein Wengerl, und es bildeten sich Falten auf seiner Stirn. Frau Ehrenstein hatte einen Riecher dafür entwickelt, wenn etwas nicht stimmte. Ihre heimliche Vertraute Marie sagte ihr nach, dass sie dann zu einem Bluthund wurde, der nicht lockerließ, bis er einer Sache auf den Grund gekommen war.

Die Ehe der Ehrensteins war immer schon eine Zweckgemeinschaft gewesen, bei der Liebe und Leidenschaft keine Rolle spielten. Frau Ehrensteins Eltern hatten nach einer guten Partie für sie gesucht, seine hatten sich gewünscht, den ewigen Junggesellen endlich unter die Haube zu bringen. So war sie zur Hausherrin der Villa Ehrenstein geworden. Lange Zeit hatte das eintönige Leben sie schrecklich gelangweilt, und ihr Mann war nie müde geworden, sie zu kritisieren. Erst ihre Abenteuer als Hobbydetektivin hatten sie dazu gebracht, nicht nur sich neu wahrzunehmen, sondern auch ihren Mann.

Nach jahrelanger Entfremdung und Streitigkeiten hatten sich die beiden erst vor einigen Wochen einander angenähert und sich vorgenommen, es mit Freundschaft zu versuchen. Sie hatte ihn vor seinen gefühlskalten Eltern in Schutz genommen, und er hatte ihr sogar – wenn auch unwissentlich – beim Lösen eines Falles geholfen. Sie waren grundverschiedene Menschen, doch sie wollten sich bemühen, den anderen zu respektieren.

»Es tut mir leid, es ist nicht richtig von mir, dich zu etwas zu drängen«, sagte Frau Ehrenstein. »Ich weiß, wir haben vereinbart, dass jeder sein eigenes Leben und seine Geheimnisse haben darf. Entschuldige bitte!«

Der Walzer, der jetzt gespielt wurde, war etwas gemächlicher als der Eröffnungswalzer. Es wirkte, als wollte das Orchester die Gäste nicht zu früh ermüden, sondern sie auf einen langen Abend einstimmen.

Oskar trommelte ein paarmal mit seinen behandschuhten Fingern auf seine Frackhose.

»Danke! Und du hast recht. Ich kenne den Mann in der Loge, ich wusste nicht, dass er hier sein würde. Das hat mich nur überrascht. Im Übrigen weiß ich, wer Robert Redford ist, ich finde nur nicht, dass er so aussieht. Er ist ein alter Fr…, ein Bekannter.«

Der gnä' Frau kitzelte es in der Zunge, weitere Fragen zu stellen. Es war offensichtlich, dass er ihr etwas verheimlichte, und sie musste sich eingestehen, dass es sie fuchste. Doch sie erinnerte sich an ihre Abmachung und wollte nicht gleich einen neuen Streit anzetteln, also biss sie die Zähne zusammen und sagte:

»Also, wie war das mit dem Sekt?«

Ihren gepressten Ton hatte er sicherlich bemerkt, doch er ließ es sich nicht anmerken. »Ich bin gleich wieder da, rühr dich nicht von der Stelle!« Er ging zwei Schritte, ehe er sich umdrehte, und rief: »Ich mein's ernst, sonst find ich dich nie wieder in dem Gewühl!«

Oskar hatte ihr nicht nur einen Sekt, sondern noch ein süßes Petit Four mit Zitronengeschmack mitgebracht. Nachdem ihre Handschuhe ohnehin schon ruiniert seien, könne sie sich genauso gut austoben, hatte er gemeint.

Danach trennten sich ihre Wege. Sie hatte keine Lust, als lächelndes Anhängsel an seinem Arm zu hängen, wenn sie sich viel besser mit ihren Freundinnen amüsieren konnte.

Beim Buffet im ersten Stock stieß sie auf ihre Freundin Anna, mit der sie sich seit Jahren regelmäßig zum Frühstück traf. Bestimmt eine Viertelstunde verbrachten sie damit, sich gegenseitig ihren Schmuck und besondere Details an ihren Kleidern zu zeigen. Einige Damen trugen nicht die klassischen Ballroben mit weitem Rock und tailliertem Oberteil, sondern Abendkleider im modernen Schnitt der siebziger Jahre. Bodenlang hatten sie alle zu sein, das besagte die Kleidungsvorschrift dieser Festlichkeit. Überraschend viele Frauen trugen die Haare offen, teilweise hingen sie bis auf die Schultern.

Frau Ehrenstein beschäftigte sich zwar gerne mit der neuesten Mode und ließ es sich üblicherweise ansehen, dass sie im Jahr 1973 lebte und nicht im 19. Jahrhundert, doch bei Bällen kleidete sie sich traditionsbewusst. Ihre alltägliche Hochsteckfrisur hatte heute ein paar Schnörkel bekommen und wurde von brillantenen Klammern zusammengehalten, ihr Kleid war eine schulterfreie A-Linie in burgunderfarbenem Satin. Sie hatte sich für dieses entschieden, weil es sie an Joan Fontaines Robe zu Beginn des Thrillers *Verdacht* erinnerte, wenn Cary Grant sie auf eine Spritztour entführt und ihr seine Liebe gesteht. Dazu trug die gnä' Frau ein Collier mit passenden Ohrringen und Armband – kostspielige Erbstücke von Oskars Großmutter.

Später begegneten Frau Ehrenstein und Anna einigen Schulkolleginnen aus ihrer Klosterschule, und das gut gelaunte Grüppchen zog durch die verschiedenen Räume. Als etwas mehr Platz auf dem Parkett war, tanzte Frau Ehrenstein einige Male mit Ehemännern, Brüdern oder Bekannten ihrer Freundinnen. Wenn sie durchatmen wollte, stellte sie sich an den Rand und beobachtete die Philharmoniker bei der Arbeit. Anders als bei Konzerten nahmen die Musiker beim Ball auf Sesseln auf dem Parkett Platz, das Podium war an diesem Tag für die Ehrengäste reserviert. Die gnä' Frau war ganz verzückt. Mit welcher Geschwindigkeit und Eleganz Bögen über Saiten und Finger über Tasten huschten, war ihr immer schon magisch vorgekommen.

Manchmal erhaschte sie einen Blick auf Oskar, wie er charmant lächelte oder ernsthaft diskutierte. Wenn er sie sah, hob er eine Braue oder eine Sektflöte zum Gruß und widmete sich dann wieder seinen Geschäften.

Zwischendurch wurden auch moderne Stücke von einer Big Band gespielt. Frau Ehrenstein hatte als Teenager das Tanzen in der altehrwürdigen Schule Elmayer gelernt, deswegen schreckten sie weder Foxtrott noch Cha-Cha-Cha ab. Mit versierten Partnern führte sie problemlos komplizierte Figuren aus, etwas unsicheren Männern griff sie beim Führen gerne unter die Arme.

Als sie sich mit einem Glas Orangensaft an den Rand der Tanzfläche stellte, um etwas Kraft zu tanken, entdeckte sie Oskars Freund wieder. Nicht Freund – Bekannter …, erinnerte sich die gnä' Frau an seine Wortwahl. Was natürlich Sinn ergab. Die Personen, die Oskar als Freunde bezeichnete, kannte sie alle. Jetzt, da sie über ihr Gespräch näher nachdachte, fiel ihr auf, dass er den Namen seines »Bekannten« gar nicht erwähnt hatte. Normalerweise führte ihr Mann, wenn er ihr jemanden zeigte, penibel sämtliche Titel und Berufsbezeichnungen an. Was war an diesem Robert Redford so speziell?

Der Mann stand abseits und ließ eine Taschenuhr in seiner Hand immer wieder auf- und zuklappen. Wieder war sein Blick auf das Pärchen geheftet, das vorhin in der Loge vor ihm gesessen hatte. Erst jetzt betrachtete Frau Ehrenstein die beiden genauer. Man könnte sagen, sie tanzten, allerdings würde das die Bedeutung des Worts recht weit dehnen. Obwohl auf der Tanzfläche einiges los war, hatte sich um die beiden ein Kreis gebildet. Die Paare ringsum hielten offenbar Abstand, um Verletzungen zu entgehen.

Die Dame schien sich durch den Einsatz von einer Menge Make-up und Schmuck ein jüngeres Aussehen geben zu wollen. Frau Ehrenstein, die ein Auge dafür hatte, schätzte ihr tatsächliches Alter auf Ende sechzig. Mit plumpen, ausladenden Wiegeschritten trat die Tanzende vor und wieder zurück, während sie mit übertriebenen Armbewegungen den Stoff ihres bunten Kleides, das an einen Kaftan erinnerte, zum Flattern brachte.

Der dazugehörige Mann war einen Kopf größer und mindestens fünfzehn Jahre jünger. Seine fransigen Haare reichten ihm bis zur Schulter, auf seinem Schädel waren sie so dünn, dass die Kopfhaut durchblitzte. Er trug einen schmuddeligen Anzug, das Hemd darunter war bis zur Brust offen. Er drehte und schüttelte sich beim Tanzen, hin und wieder sprang er kurz hoch, um dann auf seinen Knien zu landen und mit entrückter Miene den Kopf nach hinten zu reißen.

»Es hat fast was Religiöses, findst nicht? Wie in Trance. Köst-lich!«

Frau Ehrensteins Freundin Anna hatte sich zu ihr gesellt. Ihr Atem roch stark nach Sekt, und sie schwankte ein wenig auf ihren hohen Pumps.

»Es hat was Hypnotisches. Ich kann gar nimmer wegschauen. Aber sag, die beiden kommen mir irgendwie bekannt vor. Weißt du, wer das ist?«, fragte die gnä' Frau.

»Mei-ner Seel, Helene, wie kannst du die nicht kennen? Das ist die Signora Conetotti, die ehemalige Primadonna von der Volksoper. Selbstverständlich eine Kammersängerin. Und ihr Mann der, na, wie heißt der noch amal? Der Opernregisseur ... Ja, Kramer war's, ge-nau!«

»Weißt du vielleicht auch, wer der Mann dahinten ist? Der so unglücklich dreinschaut, während er die beiden beobachtet?«

Natürlich wusste Frau Ehrenstein, dass es unfein war, mit dem Finger auf jemanden zu zeigen, also wiegte sie nur leicht mit dem Kopf in die Richtung.

»Welcher? Ach der, der ausschaut wie der Robert Redford? Nein, aber den würd ich gern näher kennenlernen, wenn du verstehst? Ma, ich bin so schli-himm!«

»Alles gut, Anna, mach dir keine Gedan...«

»Schau, jetzt haben die beiden sogar den Dirigenten abgelenkt! Wie er schaut! Un-be-zahl-bar!«

Anna verfiel in ein gackerndes Lachen. Einige der Umstehenden drehten sich mit hochgezogenen Augenbrauen zu ihr um. Auch Oskars Bekannter sah vom Rand der Tanzfläche irritiert zu ihr hinüber. Er wollte sich schon abwenden, als sein Blick auf Frau Ehrenstein hängen blieb. Zwischen seinen Augen bildete sich eine Falte, und er betrachtete sie noch einige Sekunden, bevor er sich wieder dem tanzenden Pärchen widmete.

Während sie der giggelnden Anna einen Schluck von ihrem Orangensaft anbot, drängte sich der gnä' Frau eine Frage auf:

»Weiß er, wer ich bin?«

2

Der gnä' Frau steht der Mund offen

Kurz vor Mitternacht entschuldigte sich die gnä' Frau bei ihren Freundinnen und ging ins Foyer. Hier war es etwas kühler, weil der Steinboden die Wärme nicht speicherte. Außerdem drang schubweise die Kälte der Januarnacht in den Eingangsbereich, immer wenn die massiven Holztüren geöffnet wurden. Offenbar traten die ersten Ballgäste ihren Heimweg an.

Frau Ehrenstein lehnte sich an eine der breiten viereckigen Säulen und entzündete sich eine Zigarette. Ihre nackten Schultern pressten gegen den glatten Stein, und sie genoss die erfrischende Kühle.

Der Abend hatte sie auf gute Art erschöpft. Mittlerweile quetschten die Schuhe ihre Zehen merkbar ein, und ihre rechte Ferse war schon etwas wund, aber das waren für sie lediglich Zeichen, dass sie viel getanzt und sich vergnügt hatte. Der Schweißfilm auf ihren Schläfen und ihrer Stirn trocknete allmählich. Sie nahm sich vor, noch auf der Toilette ihr Gesicht zu pudern und den Zustand ihres Lidstrichs zu überprüfen, ehe sie sich zurück ins Treiben stürzte.

Für den Moment genoss sie es jedoch, dass die Musik und die lauten Gespräche nur gedämpft zu ihr drangen und sie kurz durchatmen konnte.

»Schon müde?«

Die gnä' Frau zuckte zusammen. Ein durchaus enervierendes Talent ihres Mannes war es, sich unbemerkt anzunähern. Sie glaubte nicht einmal, dass er das bewusst machte. Es lag in seiner Natur.

»Ich kann dem Chauffeur Bescheid geben lassen, dass wir fahren wollen«, schlug er vor.

»Wage es ja nicht! Die Mitternachtsquadrille muss ich unbedingt noch tanzen. Vielleicht möchtest du ja diesmal mein Partner sein?«

»Bei so einem Rumgehopse will ich auf keinen Fall gesehen werden!«

Frau Ehrenstein schmunzelte. Die Quadrille gehörte vor allem für die Jüngeren zum Höhepunkt eines jeden Wiener Balls. Die Tanzwilligen versammelten sich um Mitternacht auf dem Parkett, die Frauen stellten sich in einer langen Reihe gegenüber den Männern auf, und dann wurde per Ansage eines Tanzlehrers aufeinander zu und umeinander herum getanzt. Den Schluss bildete der Galopp, bei dem die Pärchen einen Korridor in der Mitte formierten, durch den sie nacheinander hindurchhüpften. Die Melange aus später Stunde, gesteigertem Alkoholpegel und den unterschiedlichen Tanzkenntnissen der Beteiligten ließen diese Mitternachtseinlage zu einem heillosen Durcheinander werden, was einen Großteil des Spaßes ausmachte. Frau Ehrenstein hatte ihren Mann in zehn Jahren Ehe noch nie dazu bewegen können mitzumachen.

»Bist *du* vielleicht schon müde?«, fragte die gnä' Frau. »Ich kann auch ein Taxi nach Hause nehmen.«

Partys und Empfänge waren einfach nicht sein Metier. Von den über zweihundert Ballveranstaltungen, die allein in der Hauptstadt jede Saison stattfanden, besuchte er nur eine Handvoll. Die wichtigen Bälle, wie der Philharmonikerball, der Kaffeesiederball und natürlich der Opernball, waren für ihn nur Mittel zum Zweck.

»Nein danke, mir geht es gut. Anders als diesem jungen Mann offensichtlich …«

Frau Ehrenstein folgte Oskars Blick, und sie erkannte den rotgesichtigen jungen Mann wieder, der beim Eröffnungswalzer neben ihnen getanzt hatte.

»Eins, zwo, drei. Eins, zwo, drei«, lallte er, während er sich schwer auf seine Partnerin lehnte, die Schwierigkeiten hatte, sich seinem Gewicht entgegenzustemmen.

»Eins, zwo, dr… – oje!«

»Phillip, ich schwör dir, wennst ma jetzt auf die Schuh speibst, war's das mit uns!«

Der Rotgesichtige presste die Lippen aufeinander, taumelte zum Ausgang und drückte unter größter Anstrengung die Türen auf, während seine Freundin, unfein vor sich hin schimpfend, von der Garderobiere die Mäntel entgegennahm.

Ab einem gewissen Zeitpunkt war das Foyer eines jeden Balls beinahe so unterhaltsam wie die Kriminalfilme, die Frau Ehrenstein so gerne sah. Die Gäste waren müde und angetrunken. Hier, um diese Zeit, fiel so manche Maske.

Mit zusammengekniffenen Augen zog die gnä' Frau am letzten Rest ihrer Zigarette und betrachtete ihren Mann. Er wirkte weder erschöpft noch betrunken, und er ließ sich auch diesmal nicht dazu überreden, bei der Mitternachtsquadrille Spaß zu haben. Nein, seine Maske würde nicht so leicht fallen. Vor allem nicht in der Öffentlichkeit.

Sie drückte die Zigarette in einen großen Aschenbecher, der neben der Säule stand.

»Weißt …«

»Beidl!«

Der unfeine Begriff für ein männliches Genital war so laut gebrüllt worden, dass die Ehrensteins unisono zusammenzuckten. Darauf folgten ein blechernes Scheppern und lautes Geschrei.

»Das kommt von dort vorn, ums Eck!«, rief Frau Ehrenstein.

»Um Himmels willen, Helene, bleib lieber hier!«

Doch die gnä' Frau eilte schon in die Richtung, aus der der Wirbel zu kommen schien. Sie bog rechts vor den Eingangstüren ab, dorthin, wo es noch weitere Garderoben und einen Stiegenaufgang zu den Logen gab.

Vor einer der Garderobentheken stand ein älterer Herr mit weißem Backenbart, den die gnä' Frau noch nie gesehen hatte. Ein paar Schaulustige beobachteten ihn aus gebührendem Abstand, während er schimpfte: »Sie sind ein vulgärer Kretin!« Seine mit geplatzten Äderchen durchzogenen Wangen blähten sich auf, und er schnaufte lautstark wie eine Lok in den Kindergeschichten, die Frau Ehrenstein ihrem Sohn Willi vorlas.

Dem schnaufenden, backenbärtigen Herrn gegenüber stand der Ehemann der Primadadonna, der zuvor so entrückt auf dem Parkett getanzt hatte. Wie war sein Name noch einmal? Kramer, genau. Der Regisseur.

Gerade schien er Anstalten zu machen, den Mann mit Backenbart zu treten. Es war ein grotesker Anblick. Kramer hielt die Arme abgewinkelt zur Seite und hob das Bein, kriegte es aber nicht besonders hoch. Seine Pose erinnerte Frau Ehrenstein an eine wackelige Gottesanbeterin.

»Versucht er gerade, Bruce Lee nachzumachen?«, fragte Frau Ehrenstein und konnte sich nur mit Mühe das Lachen verkneifen.

»Das ist nicht lustig, Helene.«

Oskar hatte sie eingeholt und stand jetzt neben ihr. Seine joviale Entspanntheit war von einem Moment auf den anderen dahin. Die gnä' Frau spürte, wie sich sein Körper neben ihr versteifte. Sie fragte sich, ob es ihm so peinlich war, den Aufruhr mitanzusehen, oder ob mehr hinter seinem Stimmungswechsel steckte.

Bevor der Möchtegern-Bruce-Lee den schnaufenden Herrn mit dem Bein erwischen konnte, wurde er von mehreren Leuten zurückgezogen. Obwohl er nicht kräftig wirkte, schien das eine mühsame Aufgabe zu sein. Unter den Bändigern erkannte Frau Ehrenstein das Robert-Redford-Double. Seine akkurate Gelfrisur hatte die Aufregung nicht überstanden, dunkelblonde Strähnen standen von seinem Kopf ab. Seine Miene war verzerrt, seine Finger gruben sich tief in den Ärmel des Angreifers.

Kramers Ehefrau, die ältliche Primadonna, baute sich zwischen den streitenden Männern auf und streckte die Arme aus. Ihr weites buntes Kleid wirkte dabei wie ein flatterndes Gemälde von Friedensreich Hundertwasser.

»*Madonna!* Welch ein Tumult! Welch Erschütterung dieser ehrwürdigen Hallen!« Sie sprach mit einem starken italienischen Akzent und in einer Lautstärke, wie man sie von einer Operndiva erwartete. »Was kann ich sagen, was kann ich machen, um euch verständlich zu machen …«

Nachdem sie das gesagt hatte, schloss sie die Augen und legte theatralisch den Handrücken an ihre Stirn. Eine junge Frau in einem beigen hochgeschlossenen Kleid eilte an ihre Seite und wedelte ihr mit einem Fächer Luft zu. Dies schien auch den erhitzten Gemütern der anderen Anwesenden etwas Abkühlung zu verschaffen. Die Anspannung in den Körpern löste sich, und alle Blicke richteten sich auf die alte Sängerin. Es verging eine Minute atemloser Stille, ehe sie die Augen wieder öffnete. Mit einer eleganten Bewegung streckte sie den Arm aus und richtete einen langen lackierten Nagel auf den schnaufenden Mann mit dem Backenbart.

»Wie kann ich euch verständlich machen, dass dieser *stronzo* ein Dilettant und Ignorant ist, der wahre Kunst nicht einmal erkennen würde, wenn man seine fette Visage hineindrücken würde? Der es nicht einmal wert ist, dieselbe Luft zu atmen wie ich!«

Nun geschahen mehrere Dinge gleichzeitig, die Frau Ehrenstein dermaßen überraschten, dass sie nicht einmal darüber nachdachte einzugreifen: Die Primadonna ging mit ausgefahrenen Nägeln auf das Gesicht des Backenbartes los. Die Personen, die ihren Ehemann festgehalten hatten, versuchten sie davon abzuhalten. Dieser, nun befreit, stürzte sich mit schrillem Jubelgeschrei ebenfalls ins Geschehen, und es kam zu einem Handgemenge, bei dem man für einen Augenblick nicht mehr wusste, wo oben und unten war.

Die gnä' Frau stand mit offenem Mund da. Gewalt war ihr nicht fremd – allein im letzten Jahr hatte sie als Detektivin so einiges mitbekommen –, doch dass bei einem Ball unter feinen Herrschaften eine Massenschlägerei ausbrach, das hatte sie noch nicht erlebt.

Ein schriller lang gezogener Pfiff ließ die Meute auseinanderstieben. Fünf alte Garderobenfräulein walzten in ihren burgunderfarbenen Kitteln im Gleichschritt auf das Geschehen zu. Die mit der Trillerpfeife in der Hand schritt nach vorne und warf einen abschätzigen Blick auf alle Beteiligten.

»Meine *gnädigen* Herrschaften. Könn ma den Bahöl jetzt auflösen, oder müss ma uns dazu gezwungen seh'n, die Polizei zu rufen? Weil, i sag's Ihna ganz ehrlich, unsereins hat da scho genug Wirtschaft, da brauch ma net a no die Scherereien da.«

Der Backenbart löste sich aus der Menge. Jetzt schnaufte er nicht mehr, sondern quietschte und röchelte, so als käme die Lokomotive zum Stehen. Sein Gilet war aufgegangen, das Frackhemd hing teilweise heraus, die weißen Haare standen ihm in spitzem Winkel vom Kopf.

»In meinem ... ganzen Leben ... habe ich noch nicht ... eine derartige Schmähung erfahren!«

»Herr Obermedizinalrat, ich bin untröstlich! Bitte erlauben Sie mir, für Ihre Unannehmlichkeiten aufzukommen.«

Diese Worte hatte Oskars Bekannter gesprochen, das Robert-Redford-Double. Er strich sich die Haare glatt und ging mit ausgebreiteten Armen auf den zerfledderten, röchelnden Mann zu. »Ich bin mir sicher, wir können eine Einigung finden. In Zukunft werden wir einfach ...«

»Es wird kein *in Zukunft* mehr geben! Betrachten Sie hiermit ... unsere Geschäftsbeziehung ... als beendet!«

Der Obermedizinalrat machte am Absatz kehrt, stieß die Eingangstür auf und stolzierte mit hocherhobenem Kopf in den Wiener Winter.

Kalte, nach Schnee duftende Luft fegte für einen Moment durch das Foyer. Es war, als würden die Zuschauer dadurch aus ihrer Erstarrung erlöst. Schnatternd stoben sie auseinander und schwärmten wieder zurück in den Tanzsaal oder in die Pausenräume. Zwei Garderobieren räumten den Dreck vom Boden auf, während die anderen sich leise keppelnd zu ihren Plätzen zurückbewegten.

Robert Redford stand wie vom Schlag getroffen da und blickte dem verschwundenen Obermedizinalrat nach, als ob er ihn mit schierer Gedankenkraft zurückholen könnte. Die Primadonna bückte sich und hob ein paar rote Plastikstücke auf, die sich bei genauerem Hinschauen als Fingernägel entpuppten. Kramers Hemd war nun komplett offen, sein haariger Bauch hing über die Anzughose. Die junge Frau im beigen hochgeschlossenen Kleid putzte Asche von seiner Schulter.

Dieses Bild machte einen trostlosen Eindruck, und das Amüsement, das Frau Ehrenstein noch zu Beginn verspürt hatte, war verflogen. Sie wandte sich ihrem Mann zu, der starr und mit unleserlicher Miene das Spektakel verfolgt hatte.

»Vielleicht sollten wir auch … Die Mitternachtsquadrille fängt gleich an, und überhaupt ist das …«

»Oskar?«

Robert Redford sah zu ihnen herüber. Sein Gesicht wurde plötzlich kreidebleich, so als hätte er einen Geist gesehen. Oskar warf einen raschen Seitenblick auf seine Frau, ehe er sich räusperte und auf seinen Bekannten zuging.

»Felix! Das muss Jahre her sein! Es freut mich, dich wiederzusehen. Auch wenn die Umstände ein wenig unglücklich sind … Darf ich dir meine Frau vorstellen?«

Oskar war übergangslos in seine Rolle als Geschäftsmann geschlüpft. Er streckte eine Hand nach der gnä' Frau aus, die ihm betroppezt folgte. Robert Redford lächelte dünn und deutete einen Handkuss an.

»Frau Ehrenstein …«

»Helene, das ist Felix Hall.«

Die gnä' Frau sah ihren Mann erwartungsvoll an. Normalerweise würde er jetzt erzählen, woher er Felix Hall kannte, eventuell seine Herkunft erwähnen, wo seine Eltern wohnten oder arbeiteten und was er im Allgemeinen schon alles geleistet hatte. Doch Oskar blieb stumm.

»Sehr erfreut«, sagte die gnä' Frau schließlich.

Die drei schwiegen. Felix Hall war offensichtlich aufgebracht, denn seine unruhigen Finger ließen die Taschenuhr in seiner Hand ständig auf- und zuklappen. Aber er bemühte sich, tapfer auszusehen. Und Oskars höflich distanziertes Lächeln war wie eingemeißelt.

Frau Ehrenstein empfand dieses Schweigen als höchst unangenehm. In solchen Situationen war sie als Dame der höheren Gesellschaft normalerweise routiniert, bewandert in Smalltalk und Meisterin darin, ihr Gegenüber in ein Gespräch über Gott und die Welt zu verwickeln. Doch die beiden Männer wirkten so betreten, dass sie nicht einschätzen konnte, worum es hier eigentlich ging. So viele Fragen schwirrten ihr durch den Kopf: In welchem Verhältnis stehen Sie zu diesen Menschen? Welchen schwerwiegenden Grund kann es geben, eine derartige Schlägerei vom Zaun zu brechen? Sind die Signora Conetotti und ihr Mann womöglich in etwas Halbseidenes verwickelt? Woher zur Hölle kennen Sie meinen Mann, und was ist zwischen Ihnen beiden vorgefallen, dass er sich so eigenartig verhält?

Doch natürlich waren die Fragen allesamt unangebracht: Sie war dem Herrn gerade erst begegnet, und auch bei längerer Bekanntschaft schickte sich eine solche Direktheit in ihren Kreisen nicht. Die gnä' Frau versprach sich, selbst nach den Antworten zu forschen.

»So ein g'schissener WAPPLER!«

Kramer brüllte das letzte Wort in Richtung Ausgang, wohin der Obermedizinalrat verschwunden war.

»Konstantin, um Himmels willen, jetzt reiß dich doch zusammen! Es sind Damen anwesend.«

In der Stimme von Felix Hall brodelte es.

»Heast! Willst du mich jetzt auch zensurieren, Felix? Willst du mich kleinmachen wie all die anderen Ignoranten?«

Mit schwingenden Fäusten ging Kramer auf Felix Hall los, doch Oskar schob sich dazwischen. Er war um einiges größer als der schwitzende Mann vor ihm und sah mit grimmigem Blick auf ihn herab.

»Bitte lass ma das jetzt doch. Nun ja, es ist doch nicht nötig«, sagte die blasse junge Frau, die immer noch damit beschäftigt war, Asche von Kramers Anzug zu klopfen. Ihre Stimme war hoch und dünn und erinnerte an das Piepsen einer Maus.

»Niemand weist mich zurecht!«

Als Kramer mit einer ruckartigen Bewegung seine Faust zurückriss, um zuzuschlagen, schrie Frau Ehrenstein auf.

3

Toilettengespräche

Kramer hatte ausgeholt und … mit seiner Faust die hinter ihm stehende blasse junge Frau getroffen. Sofort hielt sie sich die Hand vor die Nase, Blut rann zwischen ihren Fingern hindurch.

»*Porca Miseria!* Ich kann doch kein Blut sehen!«

Es gab einen dumpfen Knall, als die Primadonna ohnmächtig auf dem Boden aufschlug.

»Francesca, mein Engelchen, das wollt ich nicht! Heast, sag doch was!«

Kramer kniete neben seiner Frau nieder und küsste mit feuchten Schmatzgeräuschen ihre Hand. Ihre Augenlider flatterten, und sie gab ein Stöhnen von sich.

»Auch das noch! Signora Conetotti, sind Sie verletzt? Sollen wir die Rettung rufen?«, fragte Felix Hall, und Oskar fügte hinzu: »Jemand sollte Wasser holen!«

»Jetzt steh doch nicht so nutzlos rum, Lieschen. Fächel ihr gefälligst Luft zu!« Kramer gestikulierte in Richtung der blassen, blutenden Frau, die ganz verloren abseits stand.

»Um Himmels willen, das kann doch nicht euer Ernst sein!«

Frau Ehrensteins Stimme hallte durch das Foyer, und alle Blicke richteten sich auf sie.

Ihre Absätze klackerten laut auf dem Steinboden, als sie auf die junge Frau zumarschierte und ihr den Arm um die Schultern legte.

»Ich bring Sie erst mal zu den Toiletten, und wir sehen uns das an. In Ordnung?«

Die Blutende nickte zögernd, und die gnä' Frau schob sie sanft von der Gruppe fort.

»Jessasmaria!«

Die Klodame war von ihrem Sitz aufgesprungen und schlurfte mit ihren Patschen auf die Neuankömmlinge zu.

»Es ist nicht so schlimm. Wirklich.« Die zarte Stimme der jungen Frau war durch die vorgehaltene Hand kaum zu hören. »Es war ein Unfall. Keine Absicht!«

»Jo eh, des sagen's immer.« Die Klodame betrachtete mit fachkundigem Blick die Verletzung. »Waschen'S amal des Blut weg. Ich hol derweil a Eis. Und glaub ma, Dirndl: I kenn den Oasch zwar net, oba du bist zu gut für den.«

Sie watschelte kopfschüttelnd hinaus und zündete sich im Gehen eine Zigarette an.

»Er ist ja gar nicht … Es ist ja nicht so …« Das Stimmchen der jungen Frau erreichte die Klodame nicht mehr, also wandte sie sich mit großen Augen an die gnä' Frau. »Es war wirklich ein Missgeschick!«

»Es war ein unsäglicher Schmarrn, wenn Sie mich fragen. Lieschen, nicht wahr?«

»Ja, nun ja, das heißt, eigentlich heiße ich Annelies, aber die Signora und der Konstantin, also der Herr Kramer, die nennen mich Lieschen.«

»Ist es Ihnen recht, wenn ich Sie Annelies nenne? Gut, Annelies, dann beugen Sie sich mal über das Waschbecken. Wenn das ganze Blut weg ist, sehen wir auch das Ausmaß des Malheurs.«

Sie hielt Annelies die Haare zurück, während diese sich kaltes Wasser ins Gesicht spritzte und vorsichtig an ihrer Nase rieb. Das letzte Mal hatte Frau Ehrenstein eine blutende Wunde gesehen, als sie sich ein Gefecht mit dem Würger von Hietzing geliefert hatte und der Einsatz einer Schere ihr und ihrem Dienstmädchen Marie das Leben gerettet hatte. Der Anblick der blutenden Nase ließ sie zwar nicht in Ohnmacht fallen, dennoch weckte er ungute Erinnerungen. Sie fuhr sich automatisch an den Hals, denn der Würger hatte versucht, sie mit einem Kabel zu erdrosseln.

»Ich … ich glaube, so geht's …«

»Wie bitte? Oh, verzeihen Sie, ich war in Gedanken. Warten'S, hier ist ein Handtuch.«

»Danke! Für … für Ihre Liebenswürdigkeit. Das ist mir schrecklich unangenehm, dass so ein Aufheben um mich gemacht wird. Ich … ich kenne nicht einmal Ihren Namen.«

»Oh, natürlich, wie unhöflich von mir. Helene Ehrenstein. Der Mann dort im Foyer ist mein Ehemann Oskar.«

Die gnä' Frau beobachtete die Reaktion von Annelies genau, doch die junge Frau schien den Namen nicht zu kennen. Hier war also nicht die Verbindung zwischen Oskar und Felix zu finden.

»No, dann schau ma uns das mal an. Jetzt, wo das Blut weg ist, sieht es gar nicht so schlimm aus. Ein bisserl geschwollen, aber das Eis sollte helfen. Ich denke nicht, dass die Nase gebrochen ist. Zu blöd, dass der Obermedizinalrat vorhin so rasch verschwunden ist, der könnte jetzt ein Auge drauf werfen.«

»Nun ja, ich glaube nicht, dass der sich mit so was befassen tätat. Wissen'S, soweit ich weiß, hat der mit Patienten schon seit Jahrzehnten nichts mehr am Hut. Der hantiert nur noch mit Geld herum, wenn Sie verstehen, was ich meine.« Annelies betrachtete ihr Gesicht in dem großen Spiegel und drückte vorsichtig auf ihre Nase. Der fortgeschrittenen Stunde hatten sie es zu verdanken, dass die

Toilettenräume leer waren. Normalerweise musste man hier in einer Schlange warten und dann dicht gedrängt am Spiegel stehen, um Make-up und Frisur zu richten. Jetzt waren alle bei der Mitternachtsquadrille.

»Setzen Sie sich doch, Annelies. Sie wirken wackelig.«

»Ich sollt wirklich wieder rausgehen und mich um die beiden kümmern. Die werden sich schon wundern, wo ich bleib!«

»Sie sollten sich jetzt erst einmal um sich kümmern. Den beiden da draußen nutzen Sie nichts, wenn Sie einen Schwächeanfall erleiden. Außerdem ist ja Herr Hall bei ihnen. Es wirkt, als wäre er ein guter Freund?« Die gnä' Frau drückte Annelies sanft auf den Sessel, wo sonst die Klodame saß.

»Nun ja, ich denke, *Freund* ist ein wenig übertrieben. Er hat eben keine andere Wahl, wenn die Premiere zustande kommen soll. Sie und Ihr Mann sind ja bekannt mit ihm, vermutlich hat er Ihnen davon erzählt.«

»Selbstverständlich!«, platzte es aus Frau Ehrenstein heraus, ehe sie sich bremsen konnte. Wenn sie schon nicht mitbekam, was vor der Klotür weiter geschah, könnte sie wenigstens versuchen, ein paar Informationen aus der jungen Frau herauszuholen, um ihre Neugier zu befriedigen. Sie presste die Lippen zusammen und hoffte, dass Annelies einfach weiterredete.

»Nun ja, der Herr Hall ist wirklich sehr freundlich. Und sehr tüchtig, muss ich sagen. Mit den beiden ist es manchmal nicht leicht, wissen Sie?«

Annelies' Stimme war nur ein Wengerl lauter als ein Flüstern, weshalb Frau Ehrenstein sich hinunterbeugen musste, um nichts zu verpassen. Unwillkürlich sprach auch sie nun leiser.

»Sie … kümmern sich schon lange um die beiden?«

Mit einem scheuen Lächeln nickte die junge Frau heftig. »Seit fast sechs Jahren jetzt. Keine Assistentin ist so lange bei der Signora geblieben, müssen Sie wissen. Ich gehöre schon beinahe zur Familie. Nun ja, das sagen die beiden.«

Es rührte Frau Ehrenstein, dass Annelies ein so enges Vertrauensverhältnis zur Primadonna hatte. Ihre Worte ließen sie an ihr Dienstmädchen Marie denken, die ihr selbst eine so treue Gefährtin war wie offenbar Annelies der alternden Diva. »Ich muss gestehen, ich kenne mich in der Welt der Primadonnen nicht gut aus. Oder heißt's Primadonni? Wie auch immer, was sind denn die Aufgaben einer Assistentin?«

Eine Falte bildete sich zwischen Annelies' Augen, ehe sie antwortete. »Nun ja, das ist gar nicht so leicht zu beantworten. Ich denke … Ja, also, ich kümmere mich einfach … um alles. Die Termine der Signora, ihr Essen, ihre Einkäufe, ihre Korrespondenz, ihre Medizin natürlich.«

»Und unterstützen sie bei ihren Auftritten, nehme ich an? Wie bei der Premiere von Herrn Hall?«

»Nun ja, gar so viele Auftritte gab's nicht in den letzten Jahren. Deswegen hängt viel davon ab, dass das mit dem Herrn Hall klappt. Dass die Signora in so einem … modernen Etablissement spielt und das unter der Regie ihres Mannes. Nun ja, das würd zeigen, was sie noch alles zu bieten hat, wissen Sie? Das wäre für uns alle sehr wichtig.«

»Ich kann es mir vorstellen.«

Das konnte die gnä' Frau wirklich, angesichts der Ernsthaftigkeit und des Stolzes in Annelies' Stimme. Umso mehr fragte sie sich, was vorgefallen sein konnte, dass die Primadonna und ihr Mann sich nicht scheuten, beim Philharmonikerball einen solchen Eklat heraufzubeschwören. Ihnen musste doch bewusst sein, dass sie sich damit schadeten.

»Und der Obermedizinalrat ist ein Finanzier der Produktion?«

Annelies' Miene verdunkelte sich um eine Nuance.

»Nun ja, *war* ist wohl treffender, fürchte ich. Wenn ich das richtig verstanden habe, war er der maßgebliche Geldgeber. Ich weiß gar nicht, wie es jetzt weitergehen soll. Wenn die Signora auch noch diese Chance verliert, dann … dann frage ich mich, was aus uns werden soll.«

Tränen sammelten sich in Annelies' Augen. Frau Ehrenstein holte rasch ein Taschentuch aus ihrem Beutel und reichte es ihr. Die junge Frau sah jetzt sogar noch blasser und zerbrechlicher aus als zuvor.

»Sie werden sehen, der Herr Hall hat sicher noch jemanden bei der Hand. Einen Freund vielleicht, irgendeinen Kunstliebhaber, der etwas beisteuern kann. Irgendwie wird sich alles finden. Das wird schon, Annelies.« Die gnä' Frau machte es wie bei ihrem Sohn Willi, wenn sie ihn tröstete. Die Worte bedeuteten vielleicht nicht viel, doch mit genügend Wärme und Aufrichtigkeit vorgetragen, konnten sie den Schmerz ein wenig lindern.

»Das ist sehr freundlich von Ihnen. Ich sollte mich gar nicht so gehen lassen. Aber der Abend hat so schön begonnen, und jetzt ist alles so schlimm geworden.«

Annelies rieb ihre Augen mit dem Taschentuch. Frau Ehrenstein zuckte unwillkürlich zusammen. Sie vermied es grundsätzlich, ihr Gesicht zu berühren, wenn sie Make-up trug, um es nicht zu verschmieren. Doch die junge Frau schien nicht einmal Mascara zu verwenden.

»Vermutlich hat der Alkohol eine Rolle gespielt. Vielleicht lässt sich ja noch was einrenken«, sagte die gnä' Frau beruhigend. Wenn sie an den Obermedizinalrat mit der windschiefen Frisur und der röchelnden Stimme dachte, glaubte sie selbst nicht so recht daran, aber das Häuflein

Elend hier rührte sie. Sie wollte gerne irgendetwas Kalmierendes sagen.

»Nun ja, ich fürcht, das heute war nur das Tüpfelchen auf dem i. Das geht schon eine Zeit lang so, wissen Sie? Ich weiß gar nicht, was heut genau g'schehn ist. Der Herr Obermedizinalrat hat mit dem Konstantin, also dem Herrn Kramer, was geredet und plötzlich … Aber es war schon vor paar Tagen ganz schlimm, da hat …«

Die Tür ging auf, und mit einer Zigarette im Mundwinkel und einem Eisbeutel in der Hand schlurfte die Klodame herein.

»Da sucht wer nach Ihna.«

Der bunte, flatternde Stoff hinter ihr ließ erahnen, dass die Primadonna sich ihren Weg in die Toilette bahnte.

»Lieschen, ich dachte schon, du hättest mich auch noch verlassen! *Per dio!* Das ist zu viel für mich.«

»Signora, bitte regen Sie sich nicht so auf! Das ist nicht gut für Ihr Herz.«

»Dirndl, des Eis g'hört auf die Nas'n, wennst morgen net gar so schirch ausschauen magst.«

»Maledetto!«

Die Primadonna und die Klodame redeten gleichzeitig auf Annelies ein, und Frau Ehrenstein merkte, dass ihre Anwesenheit nicht länger vonnöten war. Sie überprüfte noch schnell ihre Frisur im Spiegel, ehe sie ging.

Ein paar Meter vom Damenklo entfernt unterhielten sich Oskar und Felix Hall miteinander. Sie verstummten abrupt, als sie die gnä' Frau entdeckten.

»Annelies geht es so weit gut, ich denke, es ist nichts gebrochen«, sagte sie, auch wenn sie nicht sicher war, ob sich jemand dafür interessierte. »Die Signora ist jetzt bei ihr. Wo ist unser Möchtegern-Bruce Lee?«

»Bitte wer?«, fragte Felix verdutzt.

Oskar schmunzelte. »Helene hat eine Schwäche für Filme und Schauspieler. Ich denke, sie meint den Ehemann der Kammersängerin.«

»Oh, verstehe«, sagte Felix, der ganz und gar nicht den Eindruck machte, als würde er verstehen. »Kramer ist auf der Herrentoilette und versucht sich wieder herzustellen. Das alles ist mir schrecklich unangenehm. Dass ihr das mitansehen musstet … Bitte nehmt meine aufrichtige Entschuldigung an.«

»Selbstverständlich. Wir müssen uns jetzt auch verabschieden, Helene wollte zur Mitternachtsquadrille …«

Oskar wollte sich offensichtlich aus der Affäre ziehen, doch Frau Ehrenstein war hier noch nicht fertig. Zu viele Fragen waren zu klären. Warum verhielten sich Oskar und Felix Hall so eigenartig? Und was hatte es mit irrationalem Gebahren der Primadonna auf sich, wenn diese Produktion ihre letzte Chance zu sein schien?

»Die hat, fürchte ich, schon längst begonnen. Abgesehen davon ist es nicht Ihre Schuld, Herr Hall. Nach dem zu urteilen, was ich gesehen habe, wollten Sie nur schlichten. *Mir* tut es aufrichtig leid, dass Ihre Produktion jetzt auf der Kippe steht. Ich nehme an, bei Künstlern kommt so etwas häufiger vor? Solche Ausbrüche? Das sind nun mal empfindsame Kreaturen, heißt es, oder nicht? Sie haben damit sicher mehr Erfahrung. In Ihrem Etablissement gehen Künstler vermutlich ein und aus. Es soll ja recht modern sein, habe ich gehört. Vielleicht war ich schon einmal dort. Mein Steckenpferd ist ja die Kultur, wie Oskar schon erwähnt hat. Wo genau ist Ihr Theater, Herr Hall?«

Jedes Mal, wenn einer der Männer Luft geholt hatte, um etwas einzuwerfen, hatte die gnä' Frau unerbittlich weitergeredet. Die Taktik, ihr Gegenüber mit Fragen zu zermürben und aus dem Konzept zu bringen, hatte sie sich bei Perry Mason abgeguckt, dem Strafverteidiger aus der Fernsehserie. Sie hoffte, so zwei Fliegen mit einer Klappe zu schlagen: Felix Hall Informationen zu entlocken und Oskar die Möglichkeit zu verbauen, sich zu verabschieden. In ihrem Bauch kitzelte es, wie immer, wenn sich ihr detektivisches Gespür meldete. Irgendetwas war hier faul, und sie war entschlossen, mehr darüber herauszufinden.

»Im siebten Bezirk, am Neubau. Sie werden es nicht kennen, es ist im Spittelbergviertel. Dort ist es ziemlich, wie soll ich sagen, bodenständig. Aber ich denke, die Gegend hat Potenzial. Es herrscht dort so eine Aufbruchstimmung. Sehr viel Energie, wissen Sie? Aber es ist eben noch ein wenig ungeschliffen. Ich hoffe, ich kann mit meinem kleinen Haus ein wenig dazu beitragen, das Viertel den kulturbegeisterten Wienern schmackhaft zu machen.«

Felix drückte sich gewählt aus und sprach in einem angenehmen Bariton. Er wirkte gleichzeitig selbstbewusst und bescheiden, wenn er von seinem »kleinen Haus« sprach. Frau Ehrenstein konnte sich gut vorstellen, wie er mit dieser einnehmenden Art einen Obermedizinalrat dazu brachte, Geld in sein Theater zu investieren.

»Dann wäre ja eine Produktion mit einer Primadonna wie der Signora Conetotti genau das Richtige, um Ihr Haus bekannter zu machen. Ein großer Gewinn für Sie, nicht wahr?«

Felix schob die Hände in seine Hosentaschen und zuckte mit der Schulter, während er auf den Boden schaute. Das erinnerte Frau Ehrenstein an eine Szene aus *Barfuß im Park*, in der der konservative Robert Redford seiner lebenslustigen Braut Jane Fonda das Leben zu erklären versuchte.

»Tja, das dachte ich auch. Ich meine, natürlich ist sie eine herausragende Künstlerin, und ich bin froh, sie engagiert zu haben. Nur, wie soll ich sagen, die Zusammenarbeit mit ihr und ihrem Mann hat sich als ziemlich herausfordernd herausgestellt. Ich gebe zu, ich hatte mich mittlerweile an seine Kapricen gewöhnt. Aber seit einigen Wochen ist auch ihr Verhalten … beinahe irrational geworden. Praktisch von einem Tag auf den anderen.«

»Das ist ja kurios. Und ich nehme an, das hat auch zum Eklat mit dem Obermedizinalrat geführt?«

Felix seufzte schwer und schenkte der gnä' Frau ein schiefes Lächeln.

»Richtig kombiniert, Frau Ehrenstein. Ich fürchte, ich hab's kommen sehen. Der Obermedizinalrat hat sich kaum blicken lassen bei den Proben, aber gestern war er mal da. Plötzlich hat die Signora einen Wutanfall bekommen, aus irgendeinem nichtigen Grund – weil ein Requisit nicht an der richtigen Stelle war, glaube ich. Und der Obermedizinalrat hat das gemacht, was man bei einer Primadonna nie machen sollte: sie aufgefordert, sich zusammenzunehmen und Professionalität zu bewahren. Da hat sie erst recht die Beherrschung verloren. Natürlich ist sie eine Diva, aber ganz so eigenartig verhält sie sich erst seit Kurzem. Manchmal geht sie gut gelaunt in ihre Garderobe und kommt ganz verändert zurück. Letztens, als sie einen Brief ins Theater bekommen hat, wär sie fast in Ohnmacht gefallen – ich übertreibe nicht. Und gestern, nachdem der Obermedizinalrat sie ermahnt hat, wollte dann auch noch der Kramer auf ihn losgehen. Der hat einen ausgeprägten Beschützerinstinkt, was seine Frau angeht.«

»Im vorliegenden Fall ist sie ja nicht nur seine Frau, sondern auch seine Hauptdarstellerin. Ich nehme an, das macht das Ganze noch einen Hauch emotionaler. Und feuriger.«

»Wieder richtig kombiniert. Sie scheinen eine sehr aufmerksame Person zu sein, Frau Ehrenstein.« In seinem Ton schien neben der Feststellung noch etwas anderes mitzuschwingen. Im ersten Moment meinte sie, es könnte Bewunderung sein. Oder war da doch eher etwas Herausforderndes?

»Jedenfalls hatte ich gehofft, dass die drei sich heute nicht über den Weg laufen. Beinahe wäre es mir gelungen, es zu verhindern. Doch gerade als wir gehen wollten, stand uns plötzlich der Obermedizinalrat an der Garderobe gegenüber. Ein Wort ergab das andere, und hier sind wir.«

»Ja, nun. Das ist ja alles sehr interessant, aber ich denke, es ist jetzt schon spät geworden, und wir sollten uns langsam auf den Weg machen.« Obwohl Oskar mit Felix sprach, sah er Frau Ehrenstein an. Er winkte nicht mit dem Zaunpfahl, sondern mit dem Donauturm.

»Selbstverständlich. Wie unhöflich von mir, euch so lange aufzuhalten. Noch einmal, es tut mir alles schrecklich …«

Frau Ehrenstein hörte hinter sich eine Tür knallen und kurz darauf die dröhnende Stimme der Signora erklingen.

»*Diavolo!* Welch ein Drama! Wer weiß, ob ich mich je davon erholen werde!«

Mit wallenden Gewändern kam sie angerauscht und blieb bei Herrn Hall und den Ehrensteins stehen. Hinter ihr war, kaum bemerkt, Annelies nachgekommen und lächelte die gnä' Frau schüchtern an.

»Geht es Ihnen besser?«, fragte die gnä' Frau, ohne auf die Primadonna einzugehen.

Annelies nickte und war im Begriff, etwas zu sagen, als die Signora dazwischenredete.

»Selbstverständlich geht es ihr besser! Sie ist hart im Nehmen. Lieschen kommt aus einer Bauernfamilie aus Niederösterreich. *Molto resistente!* Deswegen hab ich sie mir genommen. Und mir geht es auch gut, danke. Wenn wir in Zukunft zusammenarbeiten wollen, junge Frau, werden Sie sich mehr um die wichtigen Personen hier kümmern müssen!«

»Bitte, wie?«, fragte Frau Ehrenstein und warf Felix Hall und Oskar einen fragenden Blick zu.

»Lieschen hat mir gesagt, dass Sie die neue Geldgeberin sind. Sie sind doch die wohlhabenden Freunde von unserem Felix?«

»Ich fürchte, da handelt es sich um ein Missverständnis.« Felix rang mit den Händen, Röte stieg ihm in die Wangen.

»*Maledetto*, was für ein Missverständnis? Du hast doch gesagt, du hättest noch jemanden an der Hand, der unser Stück produzieren kann? Dass wir uns keine Sorgen zu machen brauchen und dass wir den neuen Mäzen bald kennenlernen.«

Eine weitere Tür knallte, und Kramer kam herausgestapft. Seine Haare waren nass und tropften auf seinen Anzug.

»Heast, der Sauhund hat mir mein Hemd ruiniert. Irgendwer wird dafür aufkommen müssen!«

»*Coure mio*, fürchte nicht. Das sind die neuen Geldgeber! Die ...?«

»Ehrensteins«, flüsterte Annelies und blickte die gnä' Frau verzückt an.

»Stell da vor! Ich hätt dacht, der Felix erzählt uns an Schmäh, um uns bei Laune zu halten, aber das ging ja fix. Sonst wär ma morgen weg gewesen, gell, Francesca?«

Frau Ehrenstein schüttelte den Kopf und öffnete gerade den Mund, um das Missverständnis aufzuklären, doch dann fiel ihr Blick auf Felix. Er wirkte so unglücklich und besiegt, dass es einem das Herz zerreißen konnte.

Die Ballgäste schwärmten wieder aus dem goldenen Saal,

unterhielten sich, lachten und deuteten im Gehen Tanzschritte an. Die Mitternachtsquadrille schien beendet zu sein. Die meisten würden sich jetzt auf den Heimweg machen, andere bis vier Uhr früh feiern und dann beim Würstelstand den neuen Tag einläuten. Bei dem ganzen Drama, das sich hier abgespielt hatte, hatte Frau Ehrenstein beinahe vergessen, dass drinnen immer noch der Ball seinen Lauf nahm. Ihre Freundinnen fragten sich vermutlich, wo sie blieb.

Ihr wurde klar, dass sie eine Entscheidung zu treffen hatte.

Ohne Mäzen fiel die Produktion ins Wasser. Das würde alle Beteiligten nicht nur Geld, sondern auch Ansehen kosten.

Doch für Frau Ehrenstein gab es noch etwas Ausschlaggebenderes.

Sie liebte das Theater. Die Aussicht, einmal hinter die Kulissen zu blicken und zu sehen, wie alles entstand, war verlockend. Außerdem liebte sie es, Rätsel zu lösen. Was hatte es mit dem neuerdings eigenartigen Verhalten der Primadonna auf sich? Welches dunkle Geheimnis verband Oskar und Felix? Ihre Neugier und ihr detektivischer Instinkt waren geweckt.

»Als Liebhaberin der feinen Künste ist es mir natürlich ein Anliegen, Kulturinstitutionen zu unterstützen«, sagte Frau Ehrenstein schließlich.

Aus Felix und Oskars Mündern ertönte gleichzeitig das Wort »Aber …«, doch sie ließ sie mit erhobener Hand verstummen. »Allerdings hätte ich noch eine Bedingung …«

4
Nixons Fledermaus

Zwei Tage später fand sich Frau Ehrenstein im Etablissement am Spittelberg ein. Nachdem sie das Foyer betreten hatte, hielt sie inne und nahm einen tiefen Atemzug. Es roch nach feuchtem Holz und Mottenkugeln. Unter »das erste Mal Theaterluft schnuppern« hatte sie sich etwas anderes vorgestellt.

Doch das dämpfte ihre Vorfreude kaum. Sie war nur überrascht, dass es so leer hier war. In ihrer Vorstellung wuselte es bei einer Theaterproduktion vor Menschen, wie in dem Musicalfilm *Funny Girl*, wo alle gleichzeitig schrien, sangen und tanzten, während das Kostüm noch gerichtet wurde.

Das Foyer war in etwa so groß wie das Wohnzimmer der Ehrenstein'schen Villa. Seitlich war eine Garderobe, die einen Durchmesser von gerade mal zwei Metern besaß. Gegenüber dem Eingang befand sich eine Bar mit schmaler Theke, hinter der Flaschen kopfüber in einem Trinkspender hingen. Rechts davon gab es eine Tür, auf der *Büro* geschrieben stand, links eine weitere, worauf *Parterre* zu lesen war.

»Hallo?«

Sie wartete einige Sekunden und rief dann erneut. Schulterzuckend entschied sie sich für die linke Tür. Als sie hindurchgegangen war, gelangte sie in einen Zuschauerraum, der aus nicht mehr als fünfzehn Reihen bestand. Die Klappsitze waren mit rotem Stoff überzogen. Die ersten zwei Reihen waren von einer Handvoll Personen besetzt, die sie nicht kannte. Auf der hell erleuchteten Bühne war niemand zu sehen.

»Frau Ehrenstein!«

Wie aus dem Nichts erschien Felix Hall auf der Bühne, sprang leichtfüßig herunter und trabte auf sie zu.

»Verzeihen Sie, dass ich Sie habe warten lassen. Der Zeitplan ist etwas durcheinandergekommen.« Er zückte seine Taschenuhr und warf einen Blick darauf. »Vielleicht schauen Sie erst mal ein Wengerl bei den Proben zu und begutachten dann den Rest des Hauses?«

Halls Ton war schmeichelnd und ruhig, als er sie den Gang entlangführte. Doch sein nervöses Fingern an seiner Taschenuhr verriet seine Unruhe.

Zu Oskars bodenloser Fassungslosigkeit hatte Frau Ehrenstein ihre Bedingung in der Nacht des Philharmonikerballs vorgetragen. Sie wollte Zugang zu den Proben und zu den Produktionsgesprächen haben, vorgeblich um sicher zu sein, dass ihr Geld auch gut angelegt war. In Wirklichkeit ging es ihr darum, nichts zu verpassen und den Geheimnissen von Felix Hall und der Primadonna auf die Schliche zu kommen. Sie versprach dafür ihrerseits, auf das Künstlerische keinerlei Einfluss zu nehmen. Sowohl Hall als auch die Primadonna und ihr Ehemann hatten letztlich zugestimmt. Hauptsächlich wohl, weil sie gar keine andere Wahl hatten.

Im Vorbeigehen stellte Hall die Personen vor, die im Zuschauerraum saßen. Zwei Schauspieler, eine Schauspielerin und die Kostümbildnerin. Vor der ersten Reihe stand ein kleiner Blechklapptisch, auf dem einige Zettel lagen. Daneben saß ein junger Mann, der kaum älter als achtzehn wirkte. Im Gegensatz zu den anderen, die einen eher gelangweilten Eindruck machten, vibrierte er förmlich vor Eifer. Als Hall ihm die gnä' Frau vorstellte, sprang er auf, küsste ihr stürmisch die Hand und stellte sich als der Regieassistent und Souffleur namens Josip vor.

»Aber alle sag'n Piccolo zu mir. Sie dürfen das auch! Wenn Sie wollen ... Ich mag's. Ich arbeit nämlich nebenbei in der Weinstube ums Eck. Also ich bin Kellner in Ausbildung. Deswegen Piccolo, verstehn'S, gnä' Frau, Frau Ehrenstein?«

»Ich denke, Frau Ehrenstein hat die Terminologie begriffen«, sagte Hall mit einem entschuldigenden Lächeln.

»Ang'fangen hab ich ja als Hospitant, aber ich bin aufg'stiegen, wie der Regieassistent o'poscht is.«

»Piccolo!«

»Ah, 'tschuldigung, *abgehauen*, wollt ich sagen.«

»Gut, gut, ich denke, das wär jetzt amal alles fürs Erste. Wir wollen Frau Ehrenstein ja nicht gleich überfordern. Möchten Sie sich vielleicht hier ans Eck setzen? Es geht auch sicher gleich weiter.«

Wie aufs Stichwort kam Kramer auf die Bühne gestapft. Er trug eine dieser weiten Haremshosen, darüber ein tief ausgeschnittenes Hemd in Kanariengelb. Bisher war Frau Ehrensteins Vorstellung von einem Regisseur von Filmen wie *Achteinhalb* von Federico Fellini geprägt gewesen: Marcello Mastroianni im schwarzen Anzug mit Sonnenbrille und einem Hauch von Coolness, selbst in verzweifelten Situationen ... Kramer mit seinem federartigen langen Haar und der schlampigen bunten Aufmachung stand dazu in krassem Gegensatz.

Umständlich kletterte er von den Brettern, die die Welt bedeuten, herunter. Sein Gesicht verriet wenig Begeisterung.

»Heast, jetzt geht's aber weiter. Ich hoffe, alle können ihren Text!«

Die Schauspieler, die im Zuschauerraum saßen, erhoben sich gemächlich und stiegen über eine Treppe auf die Bühne. Sie begaben sich auf ihre Positionen, und Kramer setzte sich neben den Piccolo in die erste Reihe. Hall entschuldigte sich flüsternd. Er habe noch etwas im Büro zu erledigen.

Für einige Momente herrschte gespannte Ruhe, ehe der Regisseur brüllte: »Uuuund, bitte!«

Die Schauspieler verfielen in ein herzhaftes Lachen, bis der ältere der beiden Männer sich räusperte und in dröhnendem Burgtheaterdeutsch verkündete: »Was für ein Abend! Ich frag mich nur, wo die Ölbaronin bleibt.«

»Bei allen Longhorns des Westens, du hast recht! Wo bleibt nur die alte Misses?«, sagte der andere, ging zwei Schritte und blickte versonnen in die Ferne. Die Schauspielerin saß auf einer Chaiselongue und tat so, als würde sie sticken: »Die Nachricht von Ironstones Arrest hat sie doch recht mitgenommen. Verdammter Nixon!«

Frau Ehrenstein war gesagt worden, dass es sich bei dem Stück um eine Neuinterpretation der berühmten Operette *Die Fledermaus* von Johann Strauss handele. Das Werk feiere im kommenden Jahr sein hundertjähriges Bestehen, laut Hall der ideale Zeitpunkt, es den Wienern in frischem Gewand zu präsentieren.

Der Schauplatz war nach Amerika verlegt worden, und das Stück handelte von Vietnamkrieg, Nixon und der freien Liebe. Die gnä' Frau hatte ein paar Seiten aus dem Manuskript gelesen. Abgesehen von den Liedern, die original geblieben waren, erkannte sie keinen Zusammenhang zur *Fledermaus*. Sie fand das wunderbar modern und aufregend.

Geräuschlos ließ sich die Kostümbildnerin neben Frau Ehrenstein auf dem Theatersessel nieder.

»Ich bin die Traudel. Wollt mich nur vorstellen«, flüsterte diese ihr zu.

»Freut mich sehr.«

»Felix hat gesagt, ich soll Sie nicht aus den Augen lassen und ablenken, wenn's hier Zores gibt.«

»No, dann toi, toi, toi.«

Beide kicherten, was ihnen einen bösen Blick von Kramer einhandelte. Der Piccolo saß hochkonzentriert vor dem Buch und las mit. Jedes Mal, wenn es eine längere Pause im Redefluss der Schauspieler gab, sah er auf. Doch seiner Aufgabe als Souffleur musste er nie nachkommen, die Szene ging flüssig weiter.

»Wenn es so einfach wäre, Captain Hawk. Wenn ich nur für einen Abend vergessen könnte …«

Der ältere Schauspieler trat hinter den jüngeren, der immer noch versonnen in die Ferne blickte.

»Vergessen? Was vergessen?« Die Schauspielerin ließ von ihrer Stickerei ab und sah mit großen Augen zu den Männern hinüber.

»Alles, Adele, Darling! Einfach alles! Den Dschungel, den Vietkong, die verdammten Hubschrauber …«

Der Piccolo drückte die Taste eines Tonbandgeräts, und die Melodie von »Trinke Liebchen, trinke schnell« erklang. Die Schauspieler auf der Bühne erstarrten in ihren Bewegungen. Das Lied war in Wien wohlbekannt, vor allem den Refrain »Glücklich ist, wer vergisst« konnte jeder mitsingen, sei's im Konzertsaal oder im Heurigen. Die gnä' Frau war überrascht, als eigentlich der Gesang einsetzen sollte und nichts passierte.

Die Schauspieler bewegten sich weiterhin nicht, nur ihre Blicke verrieten Irritation. Kramer rutschte unruhig auf seinem Klappsitz hin und her, ehe er den Piccolo anblaffte: »Heast, schalt des Ding ab, du Pleampl! Du merkst doch, dass da niemand ist.« Er räusperte sich und rief, plötzlich ganz freundlich: »Francesca, mein Engelchen, das wäre jetzt dein Einsatz gewesen!«

Die Primadonna rauschte auf die Bühne und blieb indigniert in der Mitte stehen. Sie trug eine violette Tunika mit engen Hosen derselben Farbe. Einen gelben Seidenschal hatte sie als Turban um den Kopf gewickelt. Das Make-up wirkte selbst im Scheinwerferlicht zu dick. Ein wenig erinnerte sie an eine viel zu grelle Version von Greta Garbo.

»Natürlich konnte ich wieder nichts hören. Der da nuschelt schon wieder!«

Ihre zahlreichen Armbänder klirrten, als sie anklagend auf den jüngeren Schauspieler zeigte.

Kramers Ton veränderte sich wieder und klang giftig.

»Captain Hawk! Sprich gefälligst deutlicher!«

»Mein Name ist eigentlich ...«

»Das tut nichts zur Sache.«

»Außerdem war es zu laut da hinten. Die Scheinwerfer surren. Sie surren, *maledetto!* Ich kann so nicht arbeiten!«

Die gnä' Frau spürte die Nervosität im Raum flirren. Die Schauspieler auf der Bühne verharrten immer noch in ihren Positionen, als fürchteten sie, die Aufmerksamkeit auf sich zu ziehen, wenn sie sich bewegten. Traudel saß stocksteif da. Frau Ehrenstein fragte sich, ob dies nicht der Zores war, von dem die Kostümbildnerin sie hätte ablenken sollen.

Der gnä' Frau musste wohl ein Kichern entfleucht sein, denn alle Augen blickten sie auf einmal entgeistert an. Sie spürte Röte in ihre Wangen steigen und nuschelte eine Entschuldigung.

Die Primadonna kniff die Augen zusammen.

»Wer ist denn da? Ich kann nichts erkennen. Konstantin, ich erkenne nichts!«

»Es ist die Frau Ehrenstein, mein Engelchen. Die neue Mäzenin. Vom Philharmonikerball, erinnerst du dich?«

Seine Stimme klang immer süßlich, wenn er mit seiner Frau sprach, doch er sah die gnä' Frau dabei an, als wäre sie verschimmeltes Brot.

Die Primadonna wirkte verwirrt. Entweder erinnerte sie sich nicht, wer Frau Ehrenstein war, oder sie wusste nicht mehr, warum sie tatenlos auf der Bühne stand. Hatte sie vielleicht eine Krankheit? Das würde auch ihr aufbrausendes Verhalten erklären. Natürlich erwartete man von einer Operndiva, dass sie Allüren an den Tag legte. Doch die gnä' Frau hatte sich, bevor sie hergekommen war, ein wenig umgehört: Die Signora war, was das betraf, in der Vergangenheit nicht sonderlich aufgefallen.

»Also, Engelchen, ich würde sagen, wir probieren es einfach noch mal, nicht wahr? Alles auf Position! Piccolo, hast du eh das Band zurückgespult?«

Der junge Mann nickte eifrig, die Primadonna ging von der Bühne, und die Schauspieler atmeten lautstark durch.

»Und bitte!«

»Vergessen? Was vergessen?«

»Alles, Adele, Darling! Einfach alles! Den Dschungel, den Vietkong, die verdammten Hubschrauber …«

Die Melodie ertönte erneut, und diesmal schritt die Signora mit Grandezza auf die Bühne. Ihr Kopf war hoch erhoben, ihre Arme abgewinkelt, ihre Finger gespreizt. Die anderen Schauspieler wandten sich ihr zu.

»Trinke, Liebchen, trinke schnell …«

Schon nach den ersten Tönen war Frau Ehrenstein klar, weshalb die Signora ein Star war. Ihre Stimme war zart, dennoch spürte man die darin liegende Kraft. Es war, als würden die Noten von ihr zum Leben erweckt werden und schwebten nun durch den Raum. Als sie den Refrain sang, lag so viel Schönheit und Schmerz in ihrer Stimme, dass es Frau Ehrenstein die Ganslhaut aufstellte.

Die zweite Strophe war noch nicht vorbei, als offensichtlich wurde, dass etwas nicht stimmte. Die Einsätze der Signora kamen um eine Zehntelsekunde zu spät, ihre Stimme wurde dünner. Ihre Grandezza schien plötzlich in sich zusammenzufallen, und noch bevor sie zum zweiten Refrain ansetzen konnte, stampfte sie mit dem Fuß lautstark auf die Bretter und tönte: »Aus! *Finito!*«

Das eingemeißelte Lächeln der übrigen Schauspieler verschwand von einer Sekunde zur anderen, stattdessen traten Frustration und Verzweiflung in ihre Gesichter. Der Piccolo schaltete das Tonbandgerät aus.

»Engelchen, Schätzchen, was hamma denn jetzt?«

»Die Luft! Sie ist zu trocken! Das ruiniert meine Stimme! Und wo ist überhaupt Felix? Warum kümmert er sich nicht um den desolaten Zustand seines Hauses? Warum schauen mich alle so an? Haltet ihr mich für verrückt? Für eine Hochstaplerin?«

Sie schnappte sich die Stickerei von der Chaiselongue und schleuderte sie auf den Regietisch. Der Piccolo konnte rechtzeitig ausweichen, doch die Zettel flatterten zu Boden.

»Francesca, meine Rose, jetzt beruhig dich doch!«

»Sag mir nicht, ich soll mich beruhigen! Ich spür doch, wie ihr alle über mich urteilt. Seit diese Person da sitzt, ist es sogar noch schlimmer. Diese Ehrenreich lacht über mich. Sie verbreitet ganz negative Schwingungen!«

Die Kostümbildnerin sprang auf und stellte sich vor die gnä' Frau, um ihr die Sicht auf die Bühne zu versperren.

»Frau Ehrenstein, wie wär's, wenn ich Ihnen jetzt die Kostüme zeige? Dann können Sie sich auch gleich die Künstlergarderoben anschauen.«

Die gnä' Frau hörte leichtes Getrappel auf der Bühne und beugte sich zur Seite, um besser sehen zu können. Annelies stand neben der Primadonna und hielt ihr ein Glas hin.

»Hier, liebe Signora, trinken Sie erst mal etwas.«

Wäre die Akustik nicht so gut gewesen, man hätte ihre piepsende Stimme gar nicht verstanden. Ihre zarten Hände zitterten.

Die Primadonna warf einen flüchtigen Blick auf das Glas, ergriff es und schmetterte es auf den Bühnenboden. Wasser spritzte, und die Schauspieler stoben schreiend auseinander. Glassplitter landeten im Zuschauerraum.

»Solange diese Person da ist«, sie deutete in Frau Ehrensteins Richtung, »probe ich nicht weiter. *Mia ultima parola!*«

Dann stapfte sie hinter die Bühne. Die Schauspieler, Annelies, der Piccolo und die Kostümbildnerin blieben betroppezt zurück. Sie alle sahen unangenehm berührt zur gnä' Frau. Nur Kramer blickte augenrollend zum Plafond des Theaters.

5

Räudiger Teddy

Heast, Lieschen, du sollst ihr doch keine Dinge in die Hand geben, die sie schmeißen kann! Wie deppert kann man sein!«

Kramer hatte sich eine Zigarette angezündet und ging vor der ersten Sitzreihe auf und ab. Die Schauspieler hatten sich wieder in den Zuschauerraum zurückgezogen. Der Piccolo war dabei, mit spitzen Fingern die Glassplitter einzusammeln, während Annelies mit einem Stofffetzen den Boden aufwischte.

»Entschuldigung, kommt nicht wieder vor!« Ihre Stimme war noch leiser als sonst, und sie sah schrecklich unglücklich aus.

»Wenn Sie die Kostüme nicht interessieren, könnten wir auch draußen einen Kaffee trinken. Oder vielleicht ein Vierterl?« Die Kostümbildnerin sprach in einem so aufgeweckten Plauderton, als ob der Eklat nicht stattgefunden hätte. Frau Ehrenstein bewunderte ihre Kaltschnäuzigkeit.

»Wissen Sie, Traudel, ich fürchte, jetzt ist es zu spät, mich abzulenken.«

»Jetzt gehen'S halt was trinken, heast. Des wird da no a bisserl dauern, glauben'S ma.« Kramer schlenderte auf Frau Ehrenstein zu und warf im Vorbeigehen seine brennende Zigarette in eine Kaffeetasse.

»Die Signora hat aber doch gesagt, dass sie nicht mehr proben wird, wenn ich da bin.«

»Jo eh, deswegen wär's ja g'scheiter, wenn'S Ihnen jetzt

a bissl schleichen täten. Später kommen'S einfach wieder, und sie wird alles wieder vergessen haben.«

»Bis sie das nächste Problem findet.«

»So in etwa. Heast, Sie sind gar nicht so schwer von Begriff. Hätt ich ma nicht denkt.«

Frau Ehrenstein verspürte das Bedürfnis, ihm eine Watsche zu geben, zügelte sich aber, um eine weitere Eskalation zu verhindern.

»Und in welchen Taktungen geschieht das? Täglich, stündlich, halbstündlich?«

Die gnä' Frau wandte sich nun nicht mehr an Kramer, sondern an Traudel, in der Hoffnung, so hilfreichere Informationen zu bekommen.

»Um ehrlich zu sein … es häuft sich in letzter Zeit. Das war heut das zweite Mal am Tag, normalerweise …«

»Heast, was ist schon normal beim Theater? Die Francesca ist Künstlerin. Ein zartes Wesen, verstehn'S?« Kramer kratzte sich am Bauch, während er sich unangenehm nah an Frau Ehrenstein stellte. Der beißende Geruch seines Aftershaves stach ihr in die Nase.

Sie verstand nicht, wie er jemanden, der gerade ein volles Wasserglas geschleudert hatte, als zartes Wesen bezeichnen konnte. Sie verstand noch viel weniger, warum die Primadonna ausgerechnet diesen Mann geheiratet hatte. Das war alles natürlich schrecklich schockierend, vor allem aber unglaublich aufregend! Das Theaterleben war noch viel spannender, als sie es sich erhofft hatte, und ihre Neugier wuchs ins Unermessliche.

Kurz entschlossen sagte sie:

»Ich werde mit ihr reden.«

Frau Ehrenstein schritt die Treppen zur Bühne hinauf. Für einen Moment blieb sie dort stehen. In ihrem Bauch kribbelte es. Das Licht der Scheinwerfer blendete sie, sodass sie den Zuschauerraum nur vage erkennen konnte. Sie stellte sich vor, Carole Lombard oder Bette Davies zu sein. Und ein nicht enden wollender Applaus würde sie umwehen.

»Klassiker. Verkappte Schauspielerin gibt sich als Geldgeberin aus, um beim Theater zu landen. Vergessen'S net, Frau Ehrenstein: Sie halten sich aus'm Künstlerischen ausse, sonst wird des nix mit uns.«

Die gnä' Frau konnte Kramers Gesicht nur schemenhaft erkennen, aber seinem Ton nach zu urteilen, lächelte er gerade schmierig. Seit sie hier war, behandelte er sie ständig von oben herab. Sie beschloss, dass es an der Zeit war, ihm Kontra zu geben.

»Herr Kramer, wenn Sie sich an unsere Vereinbarung erinnern wollen, helfe ich Ihnen gern auf die Sprünge. Ich bin hier, um ein Auge auf meine Investition zu haben. Aber wenn die Proben alle Viertelstunden unterbrochen werden, sehe ich sie, gelinde gesagt, in Gefahr.«

»Heast, ich fürcht mich vor gar nichts!«

»Wie heroisch. Annelies, wären Sie so freundlich, mir den Weg zur Garderobe der Signora zu zeigen?«

Die junge Frau drehte den feuchten Fetzen in ihren Händen und warf unschlüssige Blicke von der gnä' Frau zum Zuschauerraum.

»Na, guat, zeig ihr den Weg, Lieschen. Dann is wenigstens beschäftigt und steht uns hier net im Weg rum. Heast, wir springen ein paar Szenen vor und proben die Soiree. Du fangst an, Adele, Darling!«

»Ich heiß eigentlich …«

»Das tut nichts zur Sache!«

Annelies warf den Fetzen in einen Kübel und geleitete Frau Ehrenstein hinter die Bühne. Während sie sich immer wieder die roten Hände an ihren Jeans abwischte, entschuldigte sie sich im Flüsterton für die Unannehmlichkeiten.

Sie mussten sich hintereinander durch einen Gang drücken, an einem Regiepult vorbei, ehe sie über eine Stahltreppe einen kleinen Vorraum mit drei Türen erreichten.

»Die Signora hat ihre eigene Garderobe, das da ist die Männergarderobe, dort ist die für Frauen.«

»Wie viele Personen spielen überhaupt mit?«

»Mit der Signora sind es vier.«

»Tatsächlich? So wenige?«

»Die anderen spielen teilweise Doppelrollen. Das, nun ja, ist weniger kostspielig. Oh, und der Piccolo spricht auch einmal einen Satz, als Botenjunge. Den hab ich nicht mitgezählt.«

Aus einem der Räume kamen ein dumpfer Schlag und ein Stöhnen. Annelies' Augen weiteten sich, und sie riss die Tür auf.

»Signora, alles in Ordnung?«

Die Primadonna saß zusammengesunken auf einem Sessel vor einem Frisiertisch, eine Vase lag auf dem Teppichboden. Trockene, teils zerbröselte Blumen waren darauf verteilt. Die Signora machte eine abwehrende Handbewegung, so als wollte sie jemanden verscheuchen.

Annelies stand einen Moment lang unschlüssig da. Dann kniete sie sich hin und las die Pflanzenstücke auf. Frau Ehrenstein betrat die Garderobe und sah sich um. In einem offenen Schrank hingen ein paar bunte Kleidungsstücke, ansonsten war er leer. Hinten an der Wand stand ein durchgesessenes Sofa.

»Was will diese Person hier? Kann ich denn nirgends meinen Frieden finden, *porca miseria!*«

»Signora, die Frau Ehrenstein, nun ja, sie ...«

»Ich bin gekommen, um mich zu entschuldigen, Signora

Conetotti. Ich bin eine feurige Bewunderin von Ihnen und bin untröstlich, dass meine Anwesenheit Ihnen Ungemach bereitet hat!«

Sie hob den Blick und begutachtete die gnä' Frau von oben bis unten. Diese bemühte sich, eine gute Figur zu machen und dabei aufrichtig zerknirscht auszusehen. Annelies hielt bei ihrer Arbeit inne und schien den Atem anzuhalten.

Schließlich nickte die Sängerin majestätisch, wies auf einen Sessel und fragte: »Sie kennen also mein Werk?«

»Aber selbstverständlich – wie kann man in Wien leben und Sie nicht kennen? Ihre Darbietung in *Wiener Blut* sucht ihresgleichen, und damals in der *Fledermaus* in der Volksoper stachen nicht nur ihre hohen Töne, sondern auch ihr komödiantisches Talent heraus!«

Die gnä' Frau hatte in der Ehrenstein'schen Villa tatsächlich ein paar Operettenschallplatten gefunden, auf denen die Signora vertreten war. Sie war wirklich eine herausragende Persönlichkeit mit einer grazilen Stimme.

Ihre letzten Hauptrollen hatte sie vor über zwanzig Jahren gespielt. Der letzte Auftritt auf einer größeren Bühne lag sieben Jahre zurück.

»*Dio*, die *Fledermaus* von 50? Da hat ja der Anton Paulik dirigiert, was für eine Erfahrung! Der hat vor zwei Jahren das Ehrenkreuz für Wissenschaft und Kunst der Republik Österreich bekommen, wussten Sie das?«

»Nein, aber das ist wirklich beeindruckend. Sie haben ja mit unglaublich vielen echten Größen zusammengearbeitet!«

»Nun ja, so mancher hielt sich nur für einen Großen, müssen Sie wissen. Der Netachwil, den werden Sie kennen. Der hat das hohe F nie getroffen! Aber er hat es hervorragend vortäuschen können, dass muss ich ihm lassen.«

Die Primadonna zählte weitere Namen auf, wie Rosette Anday, Richard Tauber oder Karl Böhm. Nicht alle kannte Frau Ehrenstein, aber die Anekdoten der Signora waren nichtsdestotrotz amüsant. Sie hörte der alten Dame gerne zu, wie sie von der Zeit an der Volksoper erzählte, von den schwierigen Gesangspartien, unmöglichen Kostümen und zahlreichen Verehrern. Jetzt zeigte sich eine ganz andere Signora: Diese hier war gesprächig, interessant und in keinster Weise aggressiv oder nervös.

Die gnä' Frau konnte sich die Diskrepanz nicht erklären. Verhielt die Primadonna sich wegen der Kollegen so seltsam auf der Bühne? Oder wegen des Ehemanns, der gleichzeitig der Regisseur war?

»Als ich nach Wien gekommen bin, war ich ja noch so blauäugig. Es war von Vorteil, dass mich die wunderbare Mizzi Pawlowski unter ihre Fittiche genommen hat damals. Sie war ein Engel, Gott hab sie selig.«

»Eine ebenso herausragende Frau wie Sie, wenn ich das so sagen darf. Wie alt waren Sie, als Sie nach Wien kamen?«

»Fünfundzwanzig. Ich weiß, im Grunde schon eine erwachsene Frau. Dennoch war so eine pulsierende Großstadt, der Sitz des Kaisers immerhin, durchaus einschüchternd. Für ein Kind vom Land insbesondere.«

»Das kann ich mir vorstellen. Es war wirklich ein Glück, dass Sie dann gleich bei einem Star wie der Mizzi Pawlowski gelandet sind. Ich nehme an, dass viele junge Mädchen mit großen Träumen hierherkommen und von der Stadt verschlungen werden.« Frau Ehrenstein musste an die jungen Sängerinnen in *Singing in the rain* und *Funny Girl* denken, wie sie dankbar für jeden noch so kleinen Auftritt waren, den sie ergattern konnten.

»Nun ja, es war nicht wirklich *Glück*.«

Erst als Annelies' Stimmchen erklang, fiel der gnä' Frau

ein, dass die Assistentin ja auch noch im Raum war. Nachdem sie das Malheur am Boden beseitigt hatte, war sie auf einem Sessel im Eck gesessen und hatte still zugehört.

»Wissen Sie, Frau Ehrenstein, die Signora kommt aus dem Norden Italiens, aus feinem Hause. Nach dem Tod ihrer Eltern wurde sie von ihrer Tante – einer Contessa, müssen Sie wissen – mit einem Empfehlungsschreiben zur Mizzi Pawlowski geschickt. Jede Dahergelaufene von der Straße hätte die Diva ja nicht empfangen. So hat unsere Signora ihre ersten Engagements im Theater an der Wien bekommen.«

Frau Ehrenstein zuckte zusammen, als ein Lockenstab auf den Boden knallte.

»Lieschen! Ich erinnere mich nicht, dich nach deiner Meinung gefragt zu haben!«

Auf einen Schlag hatten sich die Mimik und die Stimme der Primadonna verändert. Ihr Gesicht war hart geworden, und sie ballte ihre Fäuste. Annelies war aufgesprungen und hob den Lockenstab wieder auf.

»Verzeihung, ich wollte wirklich nicht …«

»Ich werde hier einfach nicht geachtet, *maledetto*! Wie soll ich so arbeiten?«

»Annelies, ich glaube, die Signora könnte einen Kräutertee gebrauchen. Sie war so großzügig, mich mit den wunderbaren Erzählungen zu beglücken, und ich wäre untröstlich, wenn ihre Stimme dadurch in Mitleidenschaft gezogen worden wäre«, sagte die gnä' Frau beschwichtigend.

Aus irgendeinem Grund hatte der Teufelskreis von vorne begonnen. Frau Ehrenstein musste die Primadonna allein sprechen, denn sobald irgendeine Kleinigkeit sie reizte, verfiel sie wieder ins alte Schema.

»Nun ja, ich denke, Sie haben recht. Soll ich Ihnen vielleicht einen Kaffee mitbringen, Frau Ehrenstein?«

»Das wäre überaus freundlich von Ihnen. Und vielleicht schließen Sie beim Hinausgehen die Tür? Damit der Zug der Signora nicht schadet …«

Annelies verließ den Raum, und die beiden Frauen blieben schweigend zurück.

Die Primadonna hatte sich ihr Reich so heimelig eingerichtet, wie es für einen Arbeitsplatz möglich war. An der Wand hingen Zeitungsausschnitte und Fotos, auf denen man sie in ihren Kostümen und mit Blumen in der Hand sehen konnte. Eine Parfumflasche stand neben einem Make-up-Köfferchen. Vor dem Spiegel hockte ein kleiner Plüschteddy, der ein Filzherz in den Pfoten hielt. Er wirkte schon abgegriffen, und ein Auge saß tiefer als das andere.

»Wie putzig! Ist das ein Glücksbringer?«

»Wie? Oh, der. Ja, das ist er. Mein *piccolo tesoro* …«

Die Primadonna betrachtete den Teddy mit liebevollem Blick. Jetzt, da ihr Ausbruch abgeklungen war, wirkte sie erschöpft und auch etwas traurig. Es dauerte einen Moment, ehe Frau Ehrenstein erkannte, dass sich in den Augen der alten Frau Tränen gesammelt hatten.

»Signora, verzeihen Sie vielmals, aber es ist offensichtlich, dass Sie etwas zerreibt. Wollen … wollen Sie vielleicht darüber sprechen?«

Die alte Dame antwortete nicht auf Frau Ehrensteins Frage. Stattdessen griff sie nach dem Teddybären und sah ihn versonnen an.

»Dieser Bär begleitet mich seit fast fünfzig Jahren. Kaum vorzustellen, nicht wahr? Er war bei jeder Premiere, bei jeder Tournee dabei.«

»Und offensichtlich hat er Ihnen dabei immer Glück gebracht. Von wem ist er?«

»Von der Mizzi Pawloski. Sie hat ihn mir zu meiner ersten Premiere geschenkt. Sie war streng, aber gleichzeitig so herzlich. Ich verdanke ihr alles …«

Die Primadonna brach in Tränen aus. Ehe Frau Ehrenstein wusste, was sie tat, war sie nach vorn gesprungen und hatte den Arm um die alte Frau gelegt. Etikette hin oder her, sie ertrug es einfach nicht, wenn jemand litt. Sie murmelte Beruhigungen, wie sie es bei ihrem Sohn Willi in diesen Fällen machte. Nach einiger Zeit ebbten die Schluchzer ab, und der Körper der Signora hörte auf zu zittern. Die gnä' Frau setzte sich wieder, hielt dabei aber weiter die Hand der Primadonna. Ihre Haut war weich und von blauen Adern durchzogen, ihre Nägel waren kurz geschnitten und unlackiert. Sie trug mehrere Ringe, und Frau Ehrensteins Blick für Schmuck verriet ihr, dass jeder einzelne mehrere tausend Schilling wert sein musste.

»Sie müssen mich für eine Wahnsinnige halten. *Una pazza!*«

»Nein. Ich halte Sie für jemanden, der unter einer ungeheuren Last zu leiden scheint. Wollen Sie sie mit mir teilen? Vielleicht bin ich ja in der Lage, Ihnen zu helfen.«

»Niemand kann mir helfen. Ich bin allein mit meiner Schande.«

»Dann reden Sie sich's von der Seele. Alles ist besser, als so weiterzumachen, denken Sie nicht?«

Die alte Dame strich über das räudige Fell des Bären, der immer noch in ihrem Schoß lag. Schließlich seufzte sie tief, löste ihre Hand aus der Frau Ehrensteins und öffnete die Lade ihres Schminktischchens. Wortlos reichte sie ihr einen Packen Briefe.

Alle Briefe waren an Signora Conetotti adressiert, keiner hatte einen Absender. Als die gnä' Frau den ersten aufklappte, entfuhr ihr ein: »Jessasmaria!«

6

Kennen Sie Franzi Sebezda?

Buchstaben waren aus einer Zeitung ausgeschnitten, auf ein Blatt aufgeklebt und zu Worten geformt worden. So sah der Erpresserbrief in der Schwarz-Weiß-Version des Sherlock-Holmes-Abenteuers *Der Hund von Baskerville* aus.

DIE NÄCHSTE RATE IST BIS 17. JANUAR FÄLLIG WENN SIE SICH VERSPÄTEN ERFÄHRT JEDER IHR GEHEIMNIS

Darunter war die Adresse eines Gasthauses im vierten Bezirk angegeben, mit einer Beschreibung, wo das Päckchen zu hinterlegen war.

Die gnä' Frau blätterte die Briefe durch. Vier hatten genau denselben Inhalt, nur Datum und Adresse wichen ab. Der letzte war der Längste.

Wegen der unterschiedlich großen Buchstaben war es nicht ganz leicht, den Text zu lesen. Außerdem gab es keine Satzzeichen. Zuerst stand dort eine Aneinanderreihung von vagen Anschuldigungen, wie: IHR RUHM IST GESTOHLEN und BALD WIRD JEDER WISSEN DASS SIE KEINE SIGNORA SIND.

Frau Ehrenstein las den Brief zweimal durch, um sicherzugehen, dass sie auch alles richtig verstanden hatte. Fünf Fragen auf einmal wollten aus ihr herausplatzen. Doch sie sammelte sich, indem sie über ihre Perlenkette strich, und legte sich die Worte mit Bedacht zurecht.

»Signora Conetotti, ich möchte Sie bitten, mir aufrichtig zu antworten. Sie werden also erpresst?«

»Ja.«

»Seit ungefähr zwei Monaten?«

»Ja.«

»Bitte unterbrechen Sie mich, falls ich falschliege. Ihnen wird vorgeworfen, mit gefälschten Empfehlungsschreiben nach Wien gekommen zu sein und dass Sie nur dadurch von der Mizzi Pawlowski aufgenommen und gefördert worden sind.«

»Ja.«

»Hier steht, dass Sie weder aus feinem Hause noch aus Italien kommen. Und dass derjenige, der die Briefe geschrieben hat, Beweise vorlegen kann, dass Sie nur ein gewöhnliches Bauernmädchen namens … *Franzi Sebezda* aus Kärnten sind?«

Die Primadonna schüttelte träge den Kopf und verbarg ihre Augen hinter ihrer Hand.

»Verzeihen Sie, aber bedeutet das jetzt, dass es stimmt oder nicht?«

»Ja, es ist wahr! Alles! Ich bin eine Fälschung!«

Mit einer ruckartigen Bewegung schleuderte die Signora ihre Parfumflasche vom Frisiertisch. Glücklicherweise landete sie auf dem Teppich.

»Verzeihen Sie, aber ich versteh das nicht ganz …«

»Was gibt es da nicht zu verstehen?« Die Primadonna war aufgesprungen und lief in der Garderobe auf und ab. Sie gestikulierte so heftig, dass ihre Armbänder klimperten.

»Ich war eine Gefangene in diesem verdammten Kaff. Meine Eltern waren tot, mein Onkel wollte, dass ich einen Bauern heirate, der doppelt so alt war wie ich. Dabei war ich immer falsch dort. Ich wusste nie was anzufangen mit

Viechern und Dreck. Das war nicht ich. Ich war Sängerin, schon seit ich ein kleines Kind war und die Platten meiner Mutter gehört hatte. Ich konnte jede Arie aus *La Traviata* mitsingen, da war ich grad vierzehn. Verstehen Sie das? Wissen Sie, wie das ist, wenn man einfach wo nicht hingehört?«

Frau Ehrenstein war so perplex, dass sie keine Worte fand. Aber offensichtlich erwartete die Signora auch keine Antwort, denn sie holte nur kurz Luft und redete weiter.

»Ich bin 1932 nach Wien gekommen, mit all meinem Ersparten, und das war nicht viel. Ich habe von Brotkrumen und weggeworfenem Essen gelebt. Ich nahm Gesangsunterricht und bekam nur hervorragende Kritiken, doch engagieren wollte mich keiner. Bauerntrampel mit hochtrabenden Hoffnungen gab es genug in der Stadt. Ich war nichts Besonderes, egal wie gut ich war und wie hart ich arbeitete. Als ich es ein Jahr lang versucht hatte, wusste ich: Ich muss alles auf eine Karte setzen oder sterben.«

»Also … also haben Sie sich eine neue Persönlichkeit zugelegt?«

»Mir blieb nichts anderes übrig. Dafür musste ich wissen, wer ich werden wollte. Die Mizzi Pawlowski war ein Star zu der Zeit. Sie kannte jeden, bekam jede Hauptrolle. Ich lernte alles über sie. Was sie mochte, wie sie sich bewegte, wo sie anzutreffen war. Es war bekannt, dass sie ein Faible für Italien hatte, weil dort entfernte Verwandte von ihr lebten. Ich bin an der Grenze aufgewachsen. Ich beherrschte die Sprache, kannte die Melodie der Menschen dort, wie sie sich gaben, wie sie sich bewegten. Schließlich wagte ich es. Ich ging zur Pawlowski, stellte mich als Italienerin aus verarmtem Adel vor und behauptete, ich sei zur Sängerin bestimmt. Ich legte ihr ein gefälschtes Empfehlungsschreiben von meiner angeblichen Tante vor, die mit den entfernten Verwandten aus Italien der Operndiva eng befreundet sei.«

»Wie bequem. Und sie hat das nicht überprüft? Hat nie bei Ihren Verwandten oder der angeblichen Tante nachgeforscht?«

»Sie dürfen nicht vergessen, dass das in den dreißiger Jahren war. Das Land war im ständigen Aufruhr, zuerst Dollfuß, dann Hitler. Es war ihr der Mühe nicht wert, Leute, die sie kaum kannte, ausfindig zu machen und nach einem jungen Mädchen zu befragen. Sie mochte mich. Ich spielte meine Rolle perfekt, und sie konnte mich vorzeigen wie eine teure Pelzstola oder ein exotisches Tier. Und, bei aller Bescheidenheit, ich war ein herausragendes Talent.«

»Es hat nur jemanden gebraucht, der das erkennt und fördert.«

Die Primadonna blieb stehen, zum ersten Mal seit Beginn ihres Vortrags. Die Energie schien aus ihr zu weichen, doch sie wirkte nicht müde. Tatsächlich wurde der gnä' Frau bewusst, dass ihr die Signora zum ersten Mal entspannt vorkam.

»Ja, das hat sie. Vielleicht hat sie geahnt, dass etwas mit meiner Geschichte nicht stimmte, wer weiß. Jedenfalls hat sie mich das nie spüren lassen. Diese Stutenbissigkeit, von der alle immer reden. Diese Eifersucht, die ältere Damen jungen Frauen gegenüber empfinden sollen. Die ist mir bei ihr nie begegnet. Das ist nur eine Legende, die sich Männer ausgedacht haben, um Frauen daran zu hindern, sich gegenseitig zu unterstützen.«

Sie setzte sich und stellte den Teddybären wieder auf seinen Platz neben dem Spiegel. Frau Ehrenstein fragte sich, wie oft die Primadonna ihn wohl angesehen und an ihre Vergangenheit und ihr altes Ich zurückgedacht hatte.

»Und in den vergangenen vierzig Jahren wurden Ihre Herkunft, Ihre Geschichte nie angezweifelt?«

»Wenn eine Lüge oft genug wiederholt wird, wird sie schließlich zur Wahrheit. Ich war die Signora Francesca Conetotti. Das Bauernmädchen Franzi Sebezda gab es einfach nicht mehr.«

Frau Ehrenstein schwirrte der Kopf, und sie hielt sich eine Hand an die Stirn, wie um ihre Gedanken festzuhalten. Mit dieser abenteuerlichen Geschichte hatte sie nicht gerechnet. Vor allem hatte sie die Signora unterschätzt. Sie hatte sie für einen alten Star gehalten, der langsam den Bezug zur Realität verlor. Ein wenig hatte sie das an Gloria Swanson aus *Boulevard der Dämmerung* erinnert, selbst die überkandidelte Garderobe passte ins Bild. Doch in Wahrheit hatte sie es mit einer Überlebenskünstlerin zu tun, die eine ungeheure Willenskraft an den Tag legen musste, um zu überleben.

»Signora – mir ist egal, ob Sie das technisch gesehen wirklich sind, für mich sind und bleiben Sie die Signora – was ich daran nicht verstehe: Warum ist dieses Geheimnis nach vierzig Jahren immer noch so mächtig, dass Sie damit erpresst werden können? Sie haben sich Ihre Lorbeeren verdient. Das Geld, die Rollen, die Preise. Das kann Ihnen niemand wegnehmen, selbst wenn die Wahrheit herauskommt.«

Die Primadonna schüttelte langsam den Kopf. »Ich glaube nicht, dass Sie das verstehen können. Mit Ihrer Jugend und Ihrem Status. Meine ganze Karriere ist auf dieser Lüge aufgebaut. Die Presse würde sich mit Freuden darauf stürzen, würde mich ausbluten lassen. Wissen Sie, ich bin nicht mehr die Jüngste, dieser Skandal wäre vermutlich die letzte große Schlagzeile über mich. Vor meinem Nachruf. Sie würden sich nicht mehr an Rosalinde von Eisenstein aus *Die Fledermaus* erinnern, sondern an eine überführte Hochstaplerin.«

»Und die Polizei …«

»Polizei? Sind Sie von Sinnen? Die stecken doch alle mit der Klatschpresse unter einer Decke!«

Die gnä' Frau wollte protestieren und auf ihren Bekannten Major Raab verweisen. Der junge Polizist war bei der Jagd nach dem Würger von Hietzing und dem Giftmörder von Döbling zwar nicht sonderlich hilfreich gewesen – die Aufklärung hatten Frau Ehrenstein und ihr Dienstmädchen Marie erledigt –, aber er war durch und durch korrekt und würde sich mit Sensationsreportern nicht abgeben. Doch da hielt die gnä' Frau in ihren Gedanken inne. Sensationsreportern wie Otto Prenz … Unglücklicherweise hatte sie mit diesem Journalisten schon öfter zu tun gehabt. Er würde sich wie eine geifernde Hyäne auf die Signora stürzen, um die Auflage seiner Zeitung zu erhöhen. Außerdem hatte er vor Frau Ehrenstein einmal damit geprahlt, dass er Polizisten bestach, um an saftige Informationen zu kommen.

»Also keine Polizei. Aber … Ihnen muss klar sein, dass das so nicht weitergehen kann.«

»Denken Sie, mir ist das nicht klar? Denken Sie, mir macht es Spaß, von jemandem hier zum Narren gehalten zu werden?«

Sie versuchte, den Schminkkoffer vom Tisch zu fegen, doch Frau Ehrenstein hielt ihn fest.

»Was meinen Sie mit *jemandem hier*? Jetzt lassen Sie schon den vermaledeiten Koffer los. Dinge zu Boden zu schmettern hilft Ihnen auch nicht weiter! Also, wollen Sie damit andeuten, dass es sich beim Erpresser um jemanden im Theater handeln könnte?«

»Ich weiß es! Der erste Brief kam, kurz nachdem wir

hier zu proben begonnen haben. Da hab ich nachgeschaut. Ich habe nämlich noch eine Handvoll Briefe und Dokumente aus meiner Zeit in Kärnten, die ich bei Produktionen immer bei mir habe. Als Erinnerung. Als Mahnung. Wie Sie es auch sehen wollen. Sie waren verschwunden.«

»Marandjosef!«

»So ist es. Und jetzt ist alles raus. Die Geldgeberin weiß von meiner Schande. Irgendwie bin ich erleichtert. Sie können Ihr Geld nehmen und von dannen ziehen. Ich würde es verstehen, Frau Ehrenreich.«

»Ehrenstein. Warten Sie, Signora. Nicht so schnell. Ich hatte ja noch kaum Möglichkeit, das alles zu verdauen.«

Doch die gnä' Frau war von schneller Auffassungsgabe. Ihr ging es jetzt nicht darum, die Neuigkeiten zu verarbeiten, sondern darum, sich darüber klar zu werden, was sie tun wollte. Nun, sie wusste schon, was sie tun *wollte*. Ein neuer aufregender Fall war ihr gerade in den Schoß gefallen. Mit Erpressung hatte sie es bisher noch nicht zu tun gehabt, aber sowohl Sherlock Holmes als auch Miss Marple hatten Erfahrung damit. Sie würde sich einfach einlesen.

Die Frage war, was sie tun *sollte*. Es gab nur eine Handvoll Menschen, die wussten, dass sie eine heimliche Detektivin war. So etwas schickte sich nicht für eine feine Dame aus Hietzing. Es wäre natürlich unangenehm, wenn das an die Öffentlichkeit käme. Sie hatte sich gerade erst von einem Skandal erholt, als ihr letztes Jahr ein Boulevardblatt vorgeworfen hatte, sich in radikalen Hippiekommunen herumzutreiben. War sie bereit, das Risiko einzugehen? Doch ihr war klar, dass die Antwort nur Ja lauten konnte. Ihre Neugier würde ihr keine Ruhe lassen.

»Signora, ich denke, dann ist es Zeit, dass ich Ihnen auch etwas von mir anvertraue. Ich habe gewisse Erfahrung in der Aufklärung von Verbrechen. Ja, ich weiß, ich seh vielleicht nicht so aus, aber ich hab ein Talent dafür. Ich könnte versuchen herauszufinden, wer hinter all dem steckt. Wenn wir so den Spuk beenden und die Produktion weiterführen könnten, wäre uns allen geholfen.«

Die Primadonna sah die gnä' Frau mit großen Augen an und wirkte, als würde sie gleich loslachen. Da ihr keine Antwort einzufallen schien, fügte die gnä' Frau hinzu:

»Sehen Sie es so, Signora: Was haben Sie denn zu verlieren?«

Frau Ehrenstein atmete tief aus, als die Garderobentür hinter ihr ins Schloss fiel. Nachdem sie die erste Stufe hinuntergestiegen war, hörte sie das Klacken. Sie biss sich auf die Zunge, um nicht zu fluchen.

Stattdessen fragte sie mit lauter Stimme: »Herr Hall, wollen Sie sich vielleicht mit mir unterhalten?«

7
G'fährlich ist nicht gleich g'fährlich

»Wir ham scho länger nimmer Marianne Mendt g'hört. Wie kommt's?«

Marie ließ sich wieder in den großen Ohrensessel fallen und balancierte das Whiskyglas auf ihrem Knie. Nach einem Klavierintro begannen Trompeten zu spielen, und kurz darauf setzte die samtene Stimme ein.

»Jetzt, wo Sie's sagen … Stimmt, es war mir bis jetzt nicht bewusst. Ich nehme an, dass ich im letzten Jahr so viele neue Musiker kennengelernt hab, dass ich die Mendt fast vergessen habe.«

Bei ihren jüngsten Ermittlungen hatte sich die gnä' Frau aus ihrem gewohnten Umfeld herausgewagt. Sie war in mehr als einer Hinsicht für ihren Mut belohnt worden. So hatte sie zum Beispiel vollkommen neue Künstler kennengelernt, wie Janis Joplin, The Who oder Lou Reed. Einige ihrer Schallplatten hatte sie gleich gekauft und hörte die aufregenden Lieder seither rauf und runter. Indessen hätte sie beinahe verpasst, dass Marianne Mendt ein neues Album herausgebracht hatte.

»Gute Lieder sind wie Pistolen, denn sie schießen dich frei …«, klang es aus den Lautsprechern.

Marie musste bei dem Text ein wenig schmunzeln. Als sie aber ihre nächste Frage stellte, wurde sie sehr ernst.

»Oiso jetzt Tacheles. Was haltn'S von ihm? Diesem Hall?«

»Ich … ich wünschte, ich wüsste darauf eine klare Antwort. Er ist charmant, extrem gut aussehend, wortgewandt. Wirkt intelligent. Er behandelt mich nicht wie ein dummes Hascherl, so wie's der Kramer macht. Das ist schon amal ein Vorteil. In gewisser Weise habe ich das Gefühl, dass Felix Hall etwas zurückhält. Ich kann nicht genau sagen, wie ich darauf komme. Wenn er mit mir redet, scheint er jedes einzelne Wort abzuwägen. So als wäre er auf der Hut? Ich weiß nicht genau …«

»Glauben'S, er könnt Ihnen g'fährlich werd'n?«

»Wenn das vergangene Jahr mich etwas gelehrt hat, dann dass von jeder Person eine Gefahr ausgehen kann.«

Marie lachte kurz auf, verstummte aber, als sie Frau Ehrensteins verständnislose Miene sah.

»Na, gnä' Frau, i hab eigentlich was and'res g'meint. Ob er Ihnen g'fallt, wollt i wiss'n. Wenn er halt so fesch und charmant is, wie's sag'n.«

»Nicht im Geringsten. Mir ist bewusst, dass er wohl auf andere anziehend wirken könnte. Tatsächlich könnte er auf dem Titelblatt von einer meiner *Große Österreich Illustrierte* sein. Aber mich hat so etwas noch nie beeindruckt. Mich … ich weiß nicht, wie ich es besser ausdrücken soll. Mich interessiert derlei einfach nicht.«

Marie öffnete den Mund, schloss ihn aber nach einigen Sekunden wieder. Sie nickte kaum merklich und lehnte sich mit dem Glas zwischen den Händen nach vorn.

»Sei's drum. Geh ma lieber no amal z'ruck, damit i a nix verpass. Der Hall hat ois g'hört, was die Primadonna und Sie g'redt ham. Und er war … wos ham's g'sagt, wütend?«

»*Verstimmt* hab ich gesagt. Wie schon erwähnt, bei ihm Gefühle zu deuten ist etwas schwierig. Das Ganze hat ihm offensichtlich nicht gefallen, man kann es ihm ja nicht verdenken.«

Während die gnä' Frau bei der Signora war, hatte Felix Hall sich in der Männergarderobe versteckt. Sein Tick mit der Taschenuhr und das exzellente Gehör der gnä' Frau hatten ihm aber einen Strich durch die Rechnung gemacht. Sie hatte ihn gestellt und ihn unumwunden damit konfrontiert, dass er gelauscht hatte.

»Als Inhaber des Theaters und Arbeitgeber der Primadonna sei es sein gutes Recht zu wissen, was dort vor sich gehe, hat er sich rausgeredet.«

»Jo, eh scho wissen! Mich wundert's nur ein Wengerl, dass er die Kieberei net dabeihaben wollt. So als *Inhaber und Arbeitgeber*: Außerdem würd ihm sicher a jeder das Haus einrennen, um Karten für die Vorstellung zu krieg'n, wenn des echt so a Skandal wird. Des müsst ihm doch taugen.«

»No, ich weiß nicht. Die Polizei zu involvieren würd ihm sicher genug Scherereien bereiten. Außerdem wird's keine Karten zu verkaufen geben, wenn ihm die Hauptdarstellerin abspringt. Bei der Schmach würde sich die Primadonna vollends zurückziehen. Das muss ihm klar sein.«

»Des heißt also, Sie ham den Auftrag von der Primadonna und den Segen vom Hall. Net schlecht.«

»*Auftrag* klingt so …«

»Offiziell? Jo eh, weil's halt so is.«

Frau Ehrensteins Magen zog sich zusammen. Die letzten beiden Fälle hatte sie aus eigenem Antrieb verfolgt. Außer ihrem Dienstmädchen hatte niemand von ihren Ermittlungen gewusst, weswegen es auch keinen gegeben hatte, der ihr auf die Finger schauen konnte. Sie war nur sich selbst Rechenschaft schuldig gewesen. Diesmal ruhten viele Augen auf ihr. Das brachte Risiken mit sich.

»Ich habe Hall gebeten, Oskar nichts davon zu erzählen. Die Bekanntschaft der beiden ist mir immer noch ein Rätsel.«

»Warat's denn wirklich so oarg, wenn er's wüsst? Sie verstehn sich jetzt eh besser mit ihm.«

Frau Ehrenstein schüttelte heftig den Kopf, als könnte sie so allein die Idee aus ihrem Gehirn verbannen.

»Gerade deswegen. Mit meiner Vorliebe für Whisky, Zigaretten und blutige Filme entspreche ich ohnehin nicht den feinen Damen, die seine Eltern an seiner Seite erwartet hätten, das ist ihm auch klar. Aber Mord und Totschlag, und ich mittendrin? Ich glaub, das wär zu viel für ihn.«

Sie nahm einen Schluck von ihrem dreißigjährigen Dalwhinnie und genoss das zarte Brennen an ihrem Gaumen. Sie durfte sich jetzt nicht von ihrem Privatleben ablenken lassen, das gefährdete nur die Fallarbeit. Bei Hercule Poirot und Sherlock Holmes funktionierte das einwandfrei.

»Fangen wir von vorne an. Was wissen wir über das Theater? Lag ich richtig mit meiner Vermutung?«

»Sie ham recht g'habt, es is vorher a Kino g'wesn. Vor acht Jahr isses brankrottgangen, wegen dem Fernsehen, eh scho wissen. Vor sechs Jahr hat's der Hall kauft.«

Die gnä' Frau nickte. Der Siegeszug des Fernsehens hatte schon Ende der Fünfziger den Wiener Kinos, von denen es zuvor Hunderte gegeben hatte, enorm zugesetzt. Als in den letzten zehn Jahren nicht nur ein zweiter Fernsehsender, sondern auch noch das Farbfernsehen dazugekommen waren, hatten viele sich nicht mehr halten können.

»Was hat er denn vorher gemacht? Der Hall?«

»Höhere Schule, Ausbildung zum Bankkaufmann und dann Anstellung bei der Sparkasse. Da hat er bis letztes Jahr g'hackelt. Neben dem Theater.«

»Tatsächlich? Sehr interessant. Dass er da nicht mehr arbeitet, meine ich. Es wirkt nämlich nicht so, als würde er im Geld schwimmen.«

»A wenn's net so ausschaut, es läuft bei ihm. Die Kritiker loben sein Theater in die Höh'. Wobei, da is ois z'sammgmischt: Ausstellungen, Tanz, Gedichte, Kabarett. Außerdem gibt's bei ihm am Wochenend Kasperltheater, da verdient er a recht gut.«

»Und jetzt eine Operette mit einer bekannten Primadonna und einem notorischen Regisseur. Er wollte etwas Neues machen, nehm ich an. Etwas Größeres wagen.«

»Na, wenn er sich damit nur net übernommen hat. Die Sach'n, die er vorher g'macht hat, ham halt wenig kostet. Da war's afoch, an Gewinn z'machen.«

»Und dann springt der Geldgeber ab, die Proben gehen nicht weiter, und zu allem Überdruss noch eine Erpressung im Haus. Er muss unter enormem Druck stehen.«

»Und Druck kann, wie ma wissen, die Leut zum Äußersten treiben. Vielleicht hat er sich dacht, dass er sich das Geld von der Primadonna z'ruckholen könnt …«

»Felix Hall der Erpresser? Ich weiß nicht.«

Unfähig, ruhig sitzen zu bleiben, sprang Frau Ehrenstein auf und ging zum Kamin. Das Feuer wehte angenehme Wogen Hitze auf ihre Beine, die in Strumpfhosen steckten. Sie rollte ihre Schultern ein wenig, um die Verspannungen zu lösen.

»Ich glaub's nicht. Seine eigene Hauptdarstellerin auszunehmen erscheint mir nicht sehr sinnvoll. Jetzt ist sie ein Wrack und kann kaum noch spielen.«

»Jo eh, oba des hat er ja net wissen können vorher.«

»Gut, Sie haben recht. Aber wen haben wir noch? Im Grunde hätte jeder dort in die Garderobe gehen können. Die anderen Schauspieler, der junge Piccolo, die Kostümbildnerin Traudel. Am wenigsten auffallen würde es natürlich bei den Menschen, die der Primadonna am nächsten sind. Ihr Ehemann und ihre Assistentin.«

»Ja, nur die beiden hätt'n immer Zugang g'habt zu den persönlichen Sachen. Warum sollten sie sie erst jetzt erpressen?«

»Mein Eindruck ist darüber hinaus, dass Kramer zu polternd ist, um etwas derart Stilles wie eine Erpressung durchzuführen. Und Annelies erschreckt sich vor ihrem eigenen Schatten. Nun, wir werden dem Ganzen auf den Grund gehen. Ich hoffe nur, dass die Signora bis dahin nicht zusammenbricht.«

»Gnä' Frau, ich bitt Sie nur: Denken'S dran, wie Ihnen das letzte Mal eine alte Dame was vorg'heult hat und dann san'S ganz weich g'wordn und …«

»… und dann habe ich zwei Morde aufgeklärt, die die Polizei nicht einmal bemerkt hat. Aber ich weiß, was Sie meinen. Ich werde aufpassen, dass ich mich nicht einwickeln lasse.«

»No, i bin g'spannt.«

Das Intermezzo mit der ungarischen Gräfin steckte nicht nur Marie noch in den Knochen. Die gnä' Frau wusste, dass sie zu naiv gewesen war, dass ihre Sympathien für eine Verdächtige ihr zu lange den Blick auf das Wesentliche verstellt hatten. Würde es ihr gelingen, sich diesmal nicht von ihren Gefühlen leiten zu lassen?

Sie drehte die Schallplatte um und legte den Tonarm an den Anfang. Marianne Mendt sang »I bin in dir daham«, und die gnä' Frau ließ sich wieder in den Ohrensessel fallen.

»Eine Schwierigkeit seh ich da noch.«

»Nur eine?«

»Sehr lustig. Ich will darauf hinaus, dass Felix Hall jetzt weiß, dass ich den Erpresser suche. Sollte er tatsächlich selbst der Täter sein, ist er gewarnt und wird sich vor mir bedeckt halten.«

»Hörn'S, gnä' Frau, nix leichter als des. I denk da an den Film, den'S ma kürzlich zeigt ham. Wie hat der g'heißen? *16 Uhr 50 ab Paddington*, so war's. Um ins Haus reinzukommen, hat sich doch die Miss Marple als Haushälterin ausgeb'n, oder?«

»Marie, das kann doch nicht ihr Ernst sein? Wie soll das überhaupt gehen?«

»Na, Sie ham doch g'sagt, die such'n no wen fürs Kostüm. Sie wiss'n eh, ich kann a bissl näh'n, a bissl schneidern. Wenn ich mich dort vorstell, um an kleinen Lohn, weil i unbedingt zum Theater wü, werd'n die mi mit Handkuss nehmen, glauben'S net?«

Frau Ehrenstein rollte eine Perle ihrer Halskette zwischen den Fingern. Sie hätte Marie gern an ihrer Seite. Die beiden waren ein unschlagbares Team, das Dienstmädchen war nicht nur klug und mutig, sie wusste über Dinge Bescheid, mit denen sich die gnä' Frau nicht auskannte. Außerdem würden die Theaterleute einer Assistenz der Kostümbildnerin eher etwas anvertrauen als einer Geldgeberin. Allerdings gab es da noch ein Problem. Ein böhmisches, rechtschaffenes, äußerst penibles: die Haushälterin der Ehrensteins, die für die Dienerschaft zuständig war.

»Und was machen wir mit der Berkovics?«

»Ma, an die hab ich gar net dacht g'habt.«

»Wenn Sie plötzlich nicht mehr bei der Arbeit auftauchen, wird's ihr auffallen. Davon können wir ausgehen.«

»Wenn ich meine Dienste verschieb, dafür länger abends und am Wochenend …«

»Nein, Marie, eindeutig nein! Ich möchte nicht, dass Sie doppelt so viel arbeiten müssen und das auch noch wegen mir und meiner Detektivarbeit. Außerdem müssen'S an Ihre Mutter denken. Sie wär'n ja gar nimmer z'Haus!«

Auf Maries Stirn bildeten sich tiefe Falten, und sie verzog den Mund. Ihr war offensichtlich klar, dass die Hausherrin recht hatte. Aber die gnä' Frau kannte ihre heimliche Vertraute viel zu gut, um anzunehmen, dass diese die Sache auf sich beruhen lassen würde. Neben ihrer Vorliebe für Whisky und Musik verband die beiden Frauen ein ausgesprochener Sturkopf.

»Da ich davon ausgehe, dass ich Sie von der Idee nicht mehr abbringen werde, müssen wir uns wohl eine Lösung ausdenken. Wir brauchen einen Plan, wie Sie nicht in der Villa arbeiten müssen, dabei aber nicht die Anstellung verlieren und dennoch Ihren Lohn bekommen. Und das für … na ja, ich denk zwei, drei Wochen wird's schon dauern. Eine kranke Verwandte im Ausland besuchen? Nein, das würd die Berkovics nicht so hinnehmen, wahrscheinlich müssten'S dann ihren Urlaub opfern, und das kommt auch nicht infrage. Ein Unfall? Nein, Knochenbrüche heilen nicht so schnell, und alles andere wär zu vage. Eine Krankheit, die so lange dauert, aber keine Folgeschäden nach sich zieht … Hach, es ist aber auch zum Verzweifeln!«

»Ha!«

Frau Ehrenstein hätte fast vor Schreck ihren Whisky verschüttet. Marie saß kerzengerade im Ohrensessel, mit einem triumphalen Grinsen im Gesicht.

»Was? Was ist Ihnen denn jetzt eingefallen?«

Das Dienstmädchen nahm einen Schluck aus ihrem Glas und ließ sich demonstrativ Zeit, bevor sie antwortete.

»Genau des Richtige, gnä' Frau. Genau des Richtige.«

8

Es brodelt beim Plausch

Maul- und Klauenseuche?«

Oskar ließ die Morgenzeitung auf sein Kipferl sinken und sah Frau Berkovics fragend an.

»Ich dachte, das kriegen nur Tiere?«

Eigentlich fielen Erkrankungen der Angestellten in das Metier der Hausherrin, weswegen sich die Haushälterin mit ihrer Mitteilung auch an die gnädige Frau gewandt hatte. Dass ihr Ehemann sich jetzt so brennend für das Wegbleiben des Dienstmädchens interessierte, war Frau Ehrenstein gar nicht recht.

»Soweit ich das verstanden habe«, erklärte die Berkovics, »ist Marie nicht daran erkrankt, sondern befindet sich in Quarantäne. Sie war am Wochenende bei Verwandten im Burgenland, die dort einen Hof haben. Anscheinend hat die Seuche gerade da um sich gegriffen, und sie muss jetzt dortbleiben, um eine Verbreitung zu vermeiden. Hat sie jedenfalls gesagt.«

»Und wir haben keinen Grund, ihr nicht zu glauben«, erwiderte Frau Ehrenstein scharf und lenkte so die Aufmerksamkeit der Haushälterin wieder auf sich. »Soweit ich weiß, hat sie sich hier noch nie etwas zu Schulden kommen lassen und arbeitet anständig. Nicht wahr? Na, also. So eine Quarantäne ist was Ernstes, wir wollen ja nicht, dass sich noch mehr arme Viecher anstecken.«

»Was für Viecher?«

Frau Ehrensteins Sohn Willi hatte seine Lektüre – ein

Comic mit Cowboys – ebenfalls sinken lassen und sah seine Mutter mit offenem, kakaoverschmiertem Mund an.

»No, um Schweinderl und Rindviecher geht's da, wenn ich das richtig verstanden hab.«

»Lieb!«

»Ich wusste nicht, dass du dich in der Landwirtschaft so gut auskennst. Noch dazu mit der Maul- und Klauenseuche. Ein neu erwachtes Interesse?«

Oskars Frage hatte etwas von spanischer Inquisition, und in Frau Ehrensteins Bauch bildete sich ein Knödel. Sie schaffte es nicht, dem Blick seiner grauen Augen standzuhalten. Sie nahm einen Schluck von ihrem Kaffee, der so herrlich stark war, dass er ihre Kopfhaut zum Prickeln brachte, und antwortete schließlich: »Interesse wäre vermutlich nicht das richtige Wort. Aber ich lese die Zeitung, und da ist es drinnen gestanden. Die geht seit Kurzem wieder um, die Seuche. Die Bauern sind besorgt. Die Regierung meint, es würde schon nicht so schlimm werden.«

Ihr Dienstmädchen hatte tatsächlich Verwandte mit einem Bauernhof und einer kleinen dazugehörigen Wirtschaft. Von ihnen hatte sie gehört, dass manchmal einzelne Höfe, mitunter sogar ganze Ortschaften, mit Quarantäne belegt werden konnten. Auch Wochenendbesucher, die sich nur vorübergehend dort aufhielten, mussten bleiben. Ein ideales Ablenkungsmanöver, um Marie in die Produktion der Operette einzuschleusen.

»Das heißt, die Marie ist jetzt auf einem Bauernhof mit Schweinderln und Rindviechern? Darf ich sie besuchen?«

»Nein, Wilhelm, das ist ja der Sinn einer Quarantäne. Dass man niemanden sehen darf.«

Frau Berkovics räusperte sich, bis alle Augenpaare wieder auf ihr ruhten.

»Verzeihen Sie, Herrschaften, ich wollte Ihr Frühstück nicht stören. Es ist nur, seit die gnä' Frau die morgendliche Inspektion abgeschafft hat, gibt es keine Gelegenheit …«

»Schon gut, schon gut, Frau Berkovics. Wir haben verstanden, was Sie uns sagen wollen. Die Marie ist gerade absent, was bedauernswert ist, aber kein Weltuntergang. Sie bekommt weiterhin ihren Lohn, da es ja nicht ihr Verschulden ist, und Sie kümmern sich darum, dass der Haushalt auch ohne sie weiterläuft. Im Zweifel haben Sie meine Erlaubnis, einen Ersatz für die Zeit einzustellen. Gibt's sonst noch was?«

»Nein, gnä' Frau. Das wäre alles.«

Mit zusammengepressten Lippen neigte die Haushälterin den Kopf und verschwand in der Küche. Die gnä' Frau konnte nur hoffen, dass der Koch Zodl noch genug Guglhupf hatte, um ihre Laune wieder zu heben.

»Gut, dass wir das geklärt haben. Jetzt aber flott, Willi, sonst kommst zu spät zur Schule. Ich muss mich auch fertig machen, ich werd im Theater erwartet.«

Willi gab seinen Eltern noch rasche Bussis, ehe er ins Vorzimmer galoppierte, wo sein Kindermädchen ihn erwartete.

»Helene, hast du noch kurz Zeit?«

Normalerweise verbrachte Frau Ehrenstein den restlichen Morgen mit Freundinnen, bei einem Einkaufsbummel oder Spaziergängen im Schlosspark. Dank der Proben musste sie jetzt jeden Tag an einem bestimmten Ort sein wie ihr Mann und ihr Sohn. Das gefiel ihr.

»Natürlich, was ist denn?«

»Ich … wollte eigentlich nur fragen, wie es so läuft, im Theater?«

»Das hast du mich schon nach meinem ersten Tag gefragt, und seitdem hat sich nicht viel geändert: Noch etwas holprig, würde ich sagen. Aber ich denke, dass ich etwas beitragen kann, damit sich die Situation verbessert.«

»Schön, schön. Und du verstehst dich gut mit den Menschen dort? Das Theatervolk ist ja an sich etwas … eigen, heißt es.«

Frau Ehrensteins durch zwölf Jahre Ehe geschulter Instinkt sagte ihr, dass da mehr im Busch war als nur der Wunsch, am Frühstückstisch einen kleinen Plausch zu halten. Sie bemühte sich redlich, sich ihren Argwohn nicht anmerken zu lassen.

»No, es mag den ein oder anderen geben, der mich auch als *eigen* bezeichnen würde, also passt das, findest du nicht?«

»Also das würde ich so nicht … Ich meine, vielleicht, aber dennoch. Das ist anders. Du kommst aus einem anderen Umfeld, Helene. Solche Künstler ticken anders. Insbesondere in so einer Gegend wie dem Spittelberg treiben sich sehr spezielle Gestalten herum.«

Die gnä' Frau spürte ein Kitzeln in ihrem Bauch, das drohte in ein Brodeln überzugehen. Es ärgerte sie, dass ihr Mann so von oben herab über diese Leute sprach. Seine Eltern bildeten sich viel auf ihre Herkunft ein und betrachteten jeden, der nicht seit mindestens hundert Jahren zu den oberen Zehntausend zählte, als minderwertig. So hatten sie auch immer auf Frau Ehrenstein herabgeblickt, obwohl ihre Eltern durchaus vermögend waren. Oskar war mit diesem Gedankengut zwar aufgewachsen, doch sie hoffte, dass er es nicht teilte.

Nein, sie würde sich zusammenreißen und keinen Streit beginnen.

»Es sind ganz normale Menschen, die ihrer Arbeit nachgehen. Ich … Ehrlich gesagt weiß ich nicht, was du mir damit sagen willst.«

»Ich will einfach nur sagen, dass du auf dich aufpassen sollst. Ich mach mir Sorgen um dich, du bist ein solches Umfeld nicht gewohnt. Du weißt nicht, wie …«

»Nein, Oskar. Ich denke, *du* weißt da etwas nicht. Ich bin nicht wie du. Du kommst aus einem derart konservativen Umfeld, dass dir allein der Gedanke an einen Menschen aus einer anderen Gehaltsklasse Angst macht.«

Eventuell war sie doch etwas lauter geworden, und eventuell hatte sie dabei auch wütend geklungen. Sie hasste es, wenn sie die Contenance verlor, vor allem wenn sie sich extra vorgenommen hatte, dass es ihr nicht passieren würde. Nicht einmal eine Minute war seither vergangen.

Oskars Gesicht war rot angelaufen, und er wollte offensichtlich etwas entgegnen. Doch er entschied sich im letzten Moment anders, nickte und stand auf.

»Dann bin ich ja beruhigt. Ich muss jetzt ins Büro.«

Er schaffte es sogar, ihr ein dünnes Lächeln zu schenken. Sie sollte die Sache jetzt wirklich auf sich beruhen lassen.

»Ich versteh dich nicht, Oskar. Ich dachte, Felix Hall wär dein Freund. Oh, entschuldige, entfernter Bekannter. Wie kannst du nur auf ihn und das, was er tut, so herabblicken? Willst du ihn vor mir schlecht machen?«

Wie schwer es ihr fiel, ihr Temperament zu zügeln, wenn sie sich über ihren Mann ärgerte! Sie hatte aufrichtig gedacht, sie wäre schon weiter.

Er blieb in der Tür zum Vorzimmer stehen und drehte sich abrupt um. In seiner Miene spiegelte sich Irritation.

»Ich habe nichts über Felix gesagt. Gar nichts. Wieso erwähnst du ihn überhaupt?«

»Weil du ihn nie erwähnst, Oskar. Weil du ihn anscheinend schon länger kennst, aber nie ein Wort über ihn verloren hast. Und jetzt kommst du mir mit rätselhaften Warnungen vor seinem Theater. Das kommt mir gelinde gesagt eigenartig vor.«

»Unsere Eltern waren befreundet, als wir Jugendliche waren, und dann haben sich unsere Wege getrennt. So mysteriös ist das gar nicht.«

Frau Ehrenstein war kurz davor, ihm die Reste ihrer Eierspeis mit Speck an den Kopf zu werfen. Es war frustrierend, mit welcher Ruhe er ihre Fragen abschmetterte, wenn sie doch ganz genau spürte, dass er etwas verbarg. Sie hatte ihn schon häufiger mit entfernten Bekannten erlebt, aber so befremdlich hatte er sich dabei nie gegeben. Gab es etwas in Felix' Vergangenheit, das Oskar den Kontakt hatte abbrechen lassen?

»Hat er einen schlechten Ruf? Oder hat er etwas angestellt, als ihr befreundet wart? Mich würde einfach interessieren, wovor genau du mich warnen willst.«

»Wieso hast du plötzlich so reges Interesse an ihm?«

Frau Ehrenstein musste an Marie denken. Vor ein paar Tagen hatte ihr Dienstmädchen angedeutet, dass Frau Ehrenstein womöglich Gefallen an dem Robert-Redford-Double gefunden habe. War Oskar etwa eifersüchtig? Hatte sich Felix Hall einen Namen als Frauenheld gemacht und war für derlei bekannt? So lächerlich Frau Ehrenstein das fand, es machte sie auch fassungslos. Immerhin waren Oskar und sie übereingekommen, dass jeder sein eigenes Leben führen konnte. Außerdem hatte Oskar seit Jahren eine Geliebte, die er regelmäßig aufsuchte. Seine Bigotterie und Doppelmoral drohte sie zum Explodieren zu bringen.

»Ich habe nicht das geringste Interesse an ihm, und mir gefällt gelinde gesagt nicht, was du damit andeuten willst!«

Auch Oskar ließ seine Beherrschung nun fahren und wurde laut: »Ich deute gar nichts an. Du verhältst dich komplett irrational.«

»Das sagt der Richtige! Ich hab nicht den leisesten Schimmer, warum du mich so sekkierst, aber weißt du was? Es ist mir egal. Ich habe Wichtigeres zu tun.«

Nach diesen Worten stapfte sie mit hocherhobenem rotem Kopf an ihm vorbei zur Tür hinaus.

Es kümmerte sie wenig, dass vermutlich das ganze Haus ihren Ausbruch mitbekommen hatte.

9
Rescher Neuzugang

Sie sind ja früh dran, Frau Ehrenstein, gnä' Frau!«
Der Piccolo stand auf einer Leiter und fixierte einen halben Meter große Buchstaben über dem Eingang des Theaters.

GROSSE PREMIERE! EIN OPERETTENTRAUM!

»Ich wollte nicht mitten in die Proben hereinplatzen. Ist das der neue Titel? *Ein Operettentraum*? Oder eine allgemeine Ankündigung?«

»Der Herr Hall hat sich immer noch nicht ganz festgelegt, müssen'S wissen. *Die Fledermaus* mag er's net nennen, wegen irgendwelcher Rechte. *Ein Operettentraum* wär aber kein schlechter Titel, da ham's recht, gnä' Frau, Frau Ehrenstein!«

»Das ist noch ein Überbleibsel vom Kino, dieses Ankündigungsschild, wo man die Buchstaben anbringt, oder?«

Frau Ehrenstein hielt ihren brombeerfarbenen Filzhut fest, während sie den Kopf in den Nacken legte. Seit sie ein kleines Kind war, waren diese Schilder für sie wichtiger als jede Nachrichtensendung oder Radiogeschichte. Ihr Herz hatte immer heftig zu pumpern begonnen, wenn der Name eines neuen Films darauf zu lesen gewesen war. Endlich ein neues Abenteuer, in das sie sich verlieren konnte. Gerne würde sie mal da hinaufklettern und selbst Buchstaben anbringen. Allerdings waren ihr Kostüm und ihre Hochhackigen für derartige Unternehmungen ungeeignet.

»Ja, der Herr Hall hat das so gelassen, heißt's, weil man so gleich gut sieht, dass es eine aktuelle Produktion gibt, gell? Und außerdem war's sicher billiger, nicht zu viel zu ändern. Das meiste drinnen ist auch so blieb'n. Der Einfachheit halber, verstehn'S?«

Der Piccolo redete so schnell wie ein holpriges Maschinengewehr. In jedem Wort schwang Stolz mit, so als wäre dies sein Theater. Aber wenn er in dem Grätzl aufgewachsen war, empfand er es vielleicht tatsächlich so. Das ehemalige Kino der Nachbarschaft war jetzt ein Kulturetablissement und er ein Teil davon. Die gnä' Frau wäre vermutlich ähnlich stolz wie er.

Er kletterte hinunter, klappte die Leiter zusammen und klemmte sie unter seinen Arm. Ein langes Stück ragte in die enge Straße hinein, sodass ein Auto hupend ausweichen musste. Den Piccolo tangierte das nicht, er strahlte unbekümmert weiter. Sie hielt ihm die Glastür auf, und er nickte ihr zu, während er weiterredete.

»Wissen'S schon, dass wer Neuer da ist? Na, wie sollten'S, Sie sind ja erst angekommen, gell? Also, wir ham eine neue Assistentin. Für die Garderobe. Hat sich gestern noch vorgestellt, am späten Nachmittag. Die Traudel war sehr glücklich. Der Herr Hall hat sich ein bissl geziert, Sie wissen schon, wegen den Finanzen, gell? Aber das Mädl verlangt gar nicht so viel, also hat er sich breitschlagen lassen. Ich find's leiwand!«

»Klingt wirklich *leiwand*. Wie ist sie denn so?«

»Die Marie? Oh, hübsch, und ich glaub, sie ist nicht viel älter als ich. Und sie ist eine ziemlich Resche, das gefällt mir!«

»Ich meinte eher, wie sie sich mit den Kostümen macht.«

Frau Ehrenstein hielt dem Piccolo die nächste Tür auf. Es amüsierte sie, dass Marie schon in kürzester Zeit so einen Eindruck hinterlassen hatte.

»Also, die Traudel meint, dass sie mit Nadeln und einer Nähmaschin umgehen kann. Und alles andre kann's lernen, gell? Sagt die Traudel jedenfalls. Der Herr Kramer hat g'sagt, er hätt lieber wen mit mehr Oasch g'habt, und die Marie hat drauf g'sagt, es tätat so ausschaun, als gäb's hier eh an großen Oasch.«

Die gnä' Frau konnte sich nicht zurückhalten und prustete los. Sie hatte sich schon gefragt, wie das Zusammentreffen zwischen ihrem Dienstmädchen und dem Regisseur verlaufen würde, und hatte nicht erwartet, dass Marie ihm gleich von Anfang an so deutlich ihre Grenzen aufzeigen würde. Der Piccolo betrachtete die gnä' Frau belustigt. Und mit ein wenig Bewunderung.

»Ja, gnä' Frau, Frau Ehrenstein, so kenn ich Sie ja gar nicht. Nicht, dass ich Sie kennen würd, verstehn'S mich nicht falsch, gell? Wollt nur sagen …«

»Ja, ich hab mich gehen lassen, und das hätt ich nicht sollen. Behalten wir das für uns, in Ordnung? Ich will nicht den Eindruck entstehen lassen, dass ich Herrn Kramer nicht schätzen würde.« … auch es die volle Wahrheit wäre, fügte sie im Geiste hinzu. »Ich hoffe aber, dass die neue Assistentin, wie war ihr Name noch gleich?«

»Marie.«

»Genau, dass diese Marie keine Probleme mit unserem Regisseur deswegen bekommen hat.«

»Na ja, zuerst war er schmähstad, dann bissl sauer. Ich weiß nicht, ob's Ihnen schon aufg'fallen ist, aber er mag Gegenrede nicht gar so gern. Jedenfalls hat er schon wieder ang'fangen mit, man könne sich schleichen, wenn man ihn nicht respektiere und so weiter. Und dann hat die Traudel g'sagt, dass ihn das gar nichts angehe, weil die Marie wär ihre Assistentin, und gut war's.«

Frau Ehrenstein bezweifelte, dass es damit gut war. So wie sie Kramer einschätzte, war er nachtragend bis ins Grab. Sie hoffte, dass ihrem Dienstmädchen keine weiteren Schwierigkeiten mit diesem Choleriker bevorstanden.

»Die gnä' Frau, Frau Ehrenstein ist da! Und sie will die Neue kennenlernen.«

Der jüngere der beiden Schauspieler stand auf der Bühne, Traudel hockte neben ihm, ein Nadelkissen am Handgelenk, und zupfte an seiner Hose herum. Dahinter war Marie, die die Augen abschirmte, um in den Zuschauerraum sehen zu können.

»Danke, Piccolo!«

Felix Hall klopfte dem jungen Mann im Vorbeigehen auf die Schulter und warf einen Blick auf seine Taschenuhr, die er kurz darauf mit einem Klacken wieder schloss. Er trug ein blassblaues Hemd, das in seine grauen Stoffhosen hineingesteckt war.

»Guten Morgen, Frau Ehrenstein. Sie sind ja früh dran.«

»Guten Morgen, Herr Hall. Ich wollte nicht später in die Proben hereinplatzen. Wie geht es unserer Hauptdarstellerin?«

»Gut, denke ich. Sie wirkt gelöster, möchte ich fast sagen. Hören Sie, Frau Ehrenstein, die Sache mit der neuen Assistentin … Eigentlich hatte ich Sie fragen wollen … Sie kostet nicht viel, und ehrlich gesagt, eine weitere helfende Hand ist wirklich vonnöten.«

»Sie brauchen sich nicht zu rechtfertigen, ich finde die Idee ausgezeichnet. Sehr sinnvoll, die Last einer so extravaganten Produktion auf viele Schultern zu verteilen. Mann muss investieren, um das beste Ergebnis zu bekommen, finden Sie nicht auch?«

Hall entspannte sich sichtlich und lächelte dankbar. Die zarten Falten um Mund und Augen ließen ihn nicht unbedingt älter, aber reifer wirken. Die gnä' Frau nahm an, dass er ungefähr in ihrem Alter sein musste. Sie hatte Oskar noch danach fragen wollen. Eigentlich hatte sie Oskar generell nach Hall ausfragen wollen, doch das konnte sie sich jetzt wohl schenken. Sie fragte sich, was Hall wiederum über ihren Mann erzählen würde.

»Haben Sie in letzter Zeit zufällig mit Oskar gesprochen?«

Seine Miene war höchst interessant zu beobachten. Denn sein Lächeln verschwand zwar nicht, aber der Ausdruck in seinen Augen veränderte sich. Er ließ an ein verfolgtes Tier denken.

»Warum fragen Sie?«

Seine Stimme war fast zu freundlich. Oje, sie hoffte, dass Oskar nicht auch ihm gegenüber irgendeine Art von Vorwürfen oder Andeutungen gemacht hatte. Das wäre ihr höchst peinlich. Das hier war eine Geschäftsbeziehung und nebenbei auch ein Erpresserfall. Solche Liebesdreiecke hatten hier keinen Platz.

»Aus keinem besonderen Grund. Das heißt …«

»Ja?«

»Das heißt, eigentlich wollte ich Ihnen nur sagen … vielmehr bestätigen … Also: Ich weiß, dass Sie mit Oskar befreundet waren, aber ich möchte, dass das unsere Zusammenarbeit nicht beeinflusst. Ich bin hier, weil ich die Produktion unterstützen möchte, und was auch immer zwischen meinem Mann und Ihnen vorgefallen ist, hat nichts damit zu tun. Verzeihen Sie, ich drücke mich verquer aus. Vielleicht so: Lassen Sie uns Privates und Berufliches trennen. Dass Sie mit meinem Mann befreundet sind oder waren, soll uns nicht beeinflussen.«

Er senkte den Blick, seine Finger spielten mit seiner Taschenuhr. Erst als er sie wieder ansah, merkte sie, dass er belustigt wirkte. Er verstaute die Uhr in seiner Hosentasche und hielt ihr die Hand hin.

»In Ordnung. Geben wir uns die Hand drauf. Und, wenn es Ihnen nichts ausmacht, sollten wir uns dann auch gleich duzen. Hier im Theater machen wir das so. Ich bin der Felix.«

Sein Griff war fest, doch seine Haut war weich wie die eines Mannes, der es nicht gewohnt war, körperlich zu arbeiten.

»O ja, natürlich. Sehr gerne. Ich bin die Helene.«

Sie war erleichtert. Einen Brocken hatte sie aus der Welt geschafft: Privates und Berufliches zu trennen bedeutete schließlich auch, dass ein romantisches Interesse auf beiden Seiten ausgeschlossen war. Dennoch hatte sie gehofft, Felix würde sein Verhältnis zu Oskar irgendwie kommentieren. Aber auch er ging einfach darüber hinweg.

»Ah, da is ja wieder unsere Mäzenin, die gnädige Frau Möchtegernschauspielerin!«

Kramer stapfte die Treppen von der Bühne hinunter, eine brennende Zigarette im Mundwinkel.

Felix verzog den Mund und warf Frau Ehrenstein einen entnervten Blick zu. Sie wunderte sich ein wenig, dass dieser kurze Wortwechsel und das Duzen so schnell eine Vertraulichkeit zwischen ihnen hergestellt hatte.

»Konstantin, wie sieht's aus? Können wir anfangen?«

Er ging auf Kramer zu und verwickelte ihn in ein Gespräch, sodass Frau Ehrenstein sich nicht mit ihm zu befassen brauchte.

Inzwischen waren Traudel und Marie mit ihrer Arbeit fertig.

»Frau Ehrenstein, darf ich Ihnen Marie vorstellen? Der Himmel hat sie geschickt, kann ich nur sagen.«

Frau Ehrenstein und Marie reichten sich die Hand, und beide bemühten sich um eine ausdruckslose Miene. Das Dienstmädchen trug ein schlicht geschnittenes Leiberl mit einer weiten Stoffhose. Normalerweise steckte sie ihre Haare zu einem strengen Dutt zusammen, doch der war heute einem hohen Pferdeschwanz gewichen. Die dunklen Haarspitzen berührten gerade noch ihren Nacken.

»Marie, magst du gleich die Hose ins Kostümkammerl bringen und sie umnähen? Und wennst fertig bist, nimmst die Tweedstoffe mit, ja? Und wenn grad geprobt wird, gehst außen rum und nicht über die Bühne. Sei so lieb, danke!«

»Heast und sag denen da draußen, dass sie g'fälligst reinzukommen haben. Weil, die Probe beginnt jetzan. Hast verstanden, Puppi?«

Kramer brüllte quer durchs Theater, doch Marie warf erst einen fragenden Blick zu Traudel, ehe sie ihm stoisch zunickte.

»Ich begleite Sie, dann kann ich noch die Signora begrüßen.«

Frau Ehrenstein folgte Marie die Bühne hinauf. Erst als sie außer Hörweite der anderen Angestellten waren, richtete sie das Wort an sie.

»Ich habe gehört, Ihr erstes Aufeinandertreffen mit dem Regisseur war schon recht explosiv.«

»O ja, ich kann von Glück red'n, des mi wer vorg'warnt hat. Sonst wär ich schmähstad blieb'n, so wie die meist'n Madl'n, die von ihm so angangen werd'n. Möcht ich meinen.«

»Ich kann mir keine Situation vorstellen, in der Sie sprachlos wären, Marie.«

»Zu vü der Ehre, gnä' Frau. Ich bin net immer so goschert.«

Sie waren bei der stählernen Wendeltreppe, die nach oben zu den Garderoben führt, angekommen.

»Wo ist eigentlich das Kostümkammerl? Oben hätte ich es nicht entdeckt.«

»Na, des is drauß'n, Kommen'S, da geht's lang!«

Marie öffnete eine Tür, die sich so wenig von der schwarzen Wand abhob, dass Frau Ehrenstein sie gar nicht entdeckt hatte. Der Künstlereingang, wie die junge Frau schmunzelnd erläuterte. Sofort erhellte ein Strahl Tageslicht die Düsternis des Theaters. Draußen erstreckte sich ein großzügiger Hof, der von ein paar baufälligen Häusern begrenzt wurde. An den Wänden räkelten sich Efeuäste empor, die jetzt noch nackt waren. Im Sommer würden sie den Hof vermutlich in ein sattes Grün tauchen, was dem leicht abgesandelten Charakter der Gebäude sicher ein gemütliches Aussehen verleihen würde. Jetzt allerdings wirkte das Ganze eher grau und trostlos. Links und rechts führten schmale Durchgänge zur Straße.

»Ich hatte keine Ahnung, dass es hier hinten noch … so viel gibt. Von der Straße aus, also vom Vordereingang, würde man das gar nicht vermuten.«

»Des is tatsächlich bei viele Häuser in Wien so, gnä' Frau. Ma mag gar net glauben, was für schöne Höfe es in diese alten Bauten gibt. Ich mag des.« Dann wandte sich Marie an die zwei Schauspieler und die Schauspielerin, die an die Wand gelehnt standen und rauchten. »Er hat g'sagt, ihr sollt's jetzt reinkomman.«

Als sie ihre Worte hörten, warfen sie ihre Tschick auf den Boden. Sie wirkten wenig inspiriert, eher wie auf dem Weg zur Schlachtbank. Die gnä' Frau fragte sich, warum das so war. Natürlich waren die Umstände der Proben eher unangenehm. Die durchgedrehte Primadonna und der aufbrausende Regisseur waren sicher kein leichtes Los, aber eigentlich sollten sie doch froh sein, dass sie die Möglichkeit hatten, ihren Traum zu leben! Als die Schauspieler im Theater verschwunden waren, teilte sie ihre Gedanken mit Marie.

»Jo eh, gnä' Frau. Für wen wie Sie, mit Verlaub, warat das eh leiwand. Mit gnua Geld und Zeit, mein ich. Und Spaß an der Freud. Oba die ham des g'lernt, des is a Handwerk, verstehn'S? Die Schauspielerei und die Singerei. Des is ka Hobby für die, die müss'n des lernen, und dann müssn'S halt a davon leben könnan. Vom Traum und vom Ruhm allein geht des schlecht. Und dann mit so an Oaschloch wie dem Kramer, der Unsicherheit, ob des überhaupt was wird mit der Premiere. Und wenn kane Leut zu den Vorstellungen komman, kriegn'S halt a nix. Is halt g'schissn, so grundsätzlich. So, da samma!«

Marie öffnete ein knarrendes Holztürchen, und sie gingen ein paar Stufen hinunter ins Souterrain. Das Dienstmädchen zog an einer hinunterhängenden Schnur, und eine nackte Glühbirne erhellte den Raum.

»Kostümkammerl« war eine fast zu hochtrabende Bezeichnung für dieses Kabuff. Es war kaum größer als die Garderobe der Signora. Kleiderständer voller Kostüme standen dicht gedrängt in drei Reihen hintereinander an der Rückwand. Vorne, direkt unter dem verdreckten Kellerfenster, befand sich ein Tischchen mit einer Nähmaschine und ein Brett mit einem Bügeleisen, dessen Kabel schon mehrmals geflickt worden war. Daneben gab es eine Kochplatte mit einem kleinen Topf und einem Teekessel.

»Was ist das für ein Geruch?« Frau Ehrenstein griff an ihre Perlenkette und atmete flach.

»Ich glaub, des san mehrere. Die Traudel sprüht die

Kostüme mit irgendwas ein, dass sie net zum Schimmeln anfangen, es hängan da Lavendelsackerl rum, gegen die Motten. Außerdem gibt's a Gift wegen die Ratten und einige Chemikalien, für's Bügeln und damit die Stoffe länger steif bleib'n, Sie versteh'n. Außerdem kocht die Traudel manchmal an Tee oder a Ess'n da auf der Kochplatt'n. Ich denk, des isses.«

»Ratten?«

Marie grinste. »G'sehn hab ich no kane. Net hier drin jedenfalls.«

Frau Ehrenstein betrachtete die Kleiderständer. Zwischen kräftigen Gelb- und Pinktönen, Glockenhosen und Blumenkleidern sah sie auch ein paar Kostüme, die sie dem Barock und dem Biedermeier zugeordnet hätte.

»Das sind aber schrecklich viele Kostüme. Das kann doch nicht alles für unsere Produktion sein, oder? Selbst wenn sich die vier Darsteller mehrmals umziehen würden.«

»Was ich so mit'kriegt hab, und des is net vü, ich bin ja erst seit gestern da. Jedenfalls hat die Traudel g'meint, des am Anfang net ganz klar woar, in welche Richtung das Stück gehen wird, Sie versteh'n?«

»Also hat sie mehrere Stilrichtungen mitgebracht, damit sie alles parat hat, falls es gebraucht wird? Das klingt …«

»Wie a Topfen.«

»Unglaubwürdig, wollt ich sagen. So oder so sind das viel zu viele für nur vier Schauspieler.«

»Der Punkt is, gnä' Frau, dass ma so was net da lasst, in so an grindigen Keller, wann's net nötig is. Greifen'S amal den Stoff da an. Des san kane normalen Kleider, des is was B'sondres, des meiste handgemacht. Des is was wert. Jedenfalls beim Theater und in der Oper. Wär'n des meine, hätt ich die Sach'n in Sicherheit bracht, sobald's nimmer braucht werd'n.«

»Interessant. Was haben Sie über Traudel bisher herausgefunden?«

»Sie is Mitte dreißig, oba hackelt scho seit zehn Jahr beim Theater. Sie is guat, soweit i des g'sehn hab. Sie kann schnell a Kleid nähen oder ausbessern und versteht sie a mit de Leut hier. Is ka Oaschloch, verstehn'S? Sie sagt, sie hat a eigene Kostümwerkstätte im Fünfzehnten und kann sich vor Aufträg'n net retten.«

»No, wenn dem so wäre, würde sie wohl nicht hier arbeiten, wo die Gage vermutlich nicht überragend ist und die Kostüme auch eher schlicht.«

»Vor allem würd's ihre kostbaren Kostüme net hier unterbringen, wann's wo a Werkstätt'n hat, wo's sicher net schimmlat und voller Ungeziefer is!«

»Mit den Nachbarn ist es hier auch nicht sonderlich sicher, möcht ich meinen. Wenn die Kleider so viel wert sind. Und die Nähmaschine würd sicher auch was einbringen. Ich nehm an, dass hier abends abgesperrt wird, aber jetzt war die Tür nicht verschlossen. Jeder könnt hier einfach reinkommen und was stehlen.«

»Ah, gehen'S, Frau Ehrenstein. Des san keine daherg'laufenen Verbrecher da drauß'n, des san junge Leut, die in den maroden Häusern wohnen, wo sonst kaner mehr leben mag. Die tun kanem was.«

»Ach, das sind Hippies?«

Frau Ehrenstein hatte letztes Jahr in einer Kommune mit Hippies ein paar Bier getrunken, Joints geraucht und Musik gehört. Nebenbei hatte sie dort Ermittlungen zu dem Würger von Hietzing angestellt. Auch wenn sie danach hatte speiben müssen, brachte sie die Erinnerung zum Lächeln.

»Sie ham an Hang zu dem Wort, Frau Ehrenstein. Da wohnen die unterschiedlichsten Leut. Manche scho seit

Generationen. A paar kommen aus den Nachbarländern, a paar san junge Student'n, die sich nix and'res leisten können.«

»Nun gut, wir kommen vom Thema ab. Die Traudel hat also was zu verbergen, und man kann annehmen, dass es ihr finanziell nicht so gut geht, wenn sie ihre feinen Kostüme in dieser Bruchbude unterbringen muss. Ich nehm an, Sie haben nicht zufällig die gestohlenen Briefe der Signora oder vielleicht ein paar aus Zeitungen ausgeschnittene Buchstaben oder angefangene Erpresserschreiben hier herumliegen sehen?«

»Nix dergleichen. Bedaure, gnä' Frau.«

»No, wär ja auch zu einfach gewesen.«

Die beiden lächelten sich schief an. Dann riss ein lauter Ruf sie aus ihren Gedanken.

»Frau Ehrenstein? Gnä' Frau, Frau Ehrenstein!?«

In Piccolos Stimme lag eine Dringlichkeit, die beide veranlasste, zur Tür zu eilen.

»Ich bin hier! Das Fräulein Marie hat mir nur das Kostümkammerl gezeigt. Haben die Proben schon begonnen?«

»Nein, ich mein, ja, aber deswegen solln'S nicht kommen. Sondern weil, der Herr Hall hat g'sagt, ich soll Sie holen, weil die Signora, bei der is wieder was durchbrannt. Das heißt, die Proben haben begonnen, aber sie ist nicht gekommen, und wie die Annelies sie holen wollt, da war eine große Schreierei und Heulerei, da war's ganz mitgenommen. Und der Herr Hall, also der Herr Direktor, meinte, Sie sollten schnell kommen, und deswegen bin ich jetzt da. Sie verstehen?«

»Nicht im Geringsten. Aber ich komme.«

10

Erpressung von Bette Davies

Im kleinen Vorraum drängten sich Kramer, Annelies und Traudel vor der Garderobe der Primadonna. Sorge, Wut und Verwirrung drückten sich in allen drei Mienen aus, wenn auch in unterschiedlichem Maße.

»Heast, wo ham's sich scho wieder verkrochen? Zerst san'S z'früh dran und dann nirgends z'finden!«

»Hach, Frau Ehrenstein, die Signora, nun ja, ich fürchte, sie hatte einen Schwächeanfall. Das ist alles ganz schrecklich.«

»Marie, da bist du ja! Magst du vielleicht hinunter zur Bar im Foyer gehen und uns ein Riechsalz bringen? Sei so lieb. Und vielleicht noch ein Cognac, ja, der könnte auch helfen.«

Frau Ehrenstein schob sich kommentarlos an den dreien vorbei und klopfte mit dem Fingerknöchel zart an die Tür.

»Signora, ich bin es – Frau Ehrenstein. Darf ich eintreten?«

Felix öffnete, ließ die Dame hineingehen und schloss hinter ihr wieder die Tür.

Auf dem Boden lagen ein paar Lockenwickler und Schminkpinsel, aber der Spiegel war heil und das Mobiliar nicht zu Kleinholz verarbeitet. Insofern bestand noch Hoffnung. Die Signora hockte mit offenen Haaren auf dem Schemel vor ihrem Schminktisch, den Teddy fest an sich gedrückt. Ein buntes Tuch, das ihr vermutlich als Turban gedient hatte, lag zu ihren Füßen. Die einzigen

Geräusche im Raum waren ihr schweres Atmen und das regelmäßige Klacken von Felix' Taschenuhr.

Er stand hinter der Primadonna und bedeutete der gnä' Frau mit einem Blick, auf den Schminktisch zu sehen. Dort lag ein zerknittertes Papier. Es schien zerknüllt und wieder ausgebreitet worden zu sein. Die aufgeklebten Buchstaben waren deutlich zu erkennen.

»Ein neues Schreiben also«, sagte Frau Ehrenstein. Sie hatte damit gerechnet, nur nicht so bald. Der letzte Brief war erst am Tag des Philharmonikerballs gekommen. »Ich fürchte, unser Erpresser wird ungeduldiger.« Sie bemühte sich, leise zu sprechen, weil sie davon ausging, dass einige Ohren an die Tür gedrückt wurden.

»Was heißt hier *unser*? *Ich* bin hier das Opfer, und *Sie* haben versprochen, etwas dagegen zu unternehmen!«

Die Signora quetschte ihren Teddy so stark, dass man sich fragen konnte, ob er je wieder seine volle Größe erreichen würde.

»Bitte, liebste Signora Conetotti, zügeln Sie Ihre Stimme. Wir wollen doch nicht, dass der gesamte Spittelberg davon erfährt.«

Felix klang gleichzeitig bestimmt und besänftigend. Man hätte ihn einen Fels in der Brandung nennen können, wenn nicht das andauernde Geklapper mit der Taschenuhr seine Nervosität preisgegeben hätte.

»ICH WOLLT NUR FRAGEN, OB DIE HERRSCHAFTEN VIELLEICHT AUCH EIN PAAR GLÄSER FÜR DEN COGNAC HABEN WOLLEN? ODER SOLL ICH EINEN KAFFEE HERAUFBRINGEN?«

Die Stimme kam von draußen, war extrem laut und eindeutig Marie zuzuordnen.

Kurz darauf folgte ein »Pssst, Pssst!« und Gemurmel. Felix steckte seine Taschenuhr weg und riss die Tür auf.

»Das reicht jetzt! Ich gehe davon aus, dass jeder von Ihnen Besseres zu tun hat, als hier herumzulungern und zu lauschen. Wir haben ein Stück vorzubereiten. Fräulein Traudel, nehmen Sie Ihre Assistentin und kümmern sich um die Kostüme! Annelies, die Signora lässt sie holen, wenn sie Sie braucht. Kramer, Sie proben jetzt eine andere Szene mit den restlichen Schauspielern. Wagen Sie es nicht, ich habe momentan keinen Nerv für Ihre Widerworte! Haben das alle verstanden?«

Die gnä' Frau hatte ihn noch nie brüllen gehört. Sie musste gestehen, dass es sehr eindrucksvoll klang. Sie konnte zwar einige genuschelte Verwünschungen von Kramer vernehmen, doch die waren halbherzig im Vergleich zu dem, was sie von ihm gewöhnt war. Felix wartete, bis sich die Meute verzogen hatte, und schloss dann mit einem Seufzer die Tür.

Frau Ehrenstein musste ein Lächeln unterdrücken. Marie hatte genau im richtigen Moment gehandelt, um die Aufmerksamkeit auf die neugierigen Mithörer zu lenken. Dank ihr konnten sie sich jetzt in Ruhe unterhalten.

Sie merkte, dass sie schwitzte, weil sie immer noch ihren Wintermantel anhatte. Das ging natürlich nicht, Schweißflecken sah man ganz fürchterlich deutlich auf ihrem altrosa Kostüm.

»Darf ich dir aus dem Mantel helfen, Helene?«

Felix nahm ihren brombeerfarbenen Hut und den gleichfarbigen Mantel vorsichtig wie Reliquien entgegen und hängte beides an die Garderobe.

»*Maledetto*, jetzt seid ihr zwei schon per Du? Das ging aber schnell! Verbündet ihr euch etwa gegen mich, *porca miseria!*«

Die Primadonna raufte sich die langen grauen Haare, ihr Mascara war verwischt, der Blick verzweifelt. Im Moment war sie das Abbild von Bette Davies in *Was geschah wirklich mit Baby Jane?*.

»Bei allem Respekt, liebe Signora, ich denke, die italienischen Ausdrücke können Sie sich sparen, wenn wir unter uns sind«, sagte Felix, woraufhin die Primadonna aufsprang und mit dem Teddy auf ihn zeigte.

»Wie können Sie es wagen? Ohne mich wären Sie …«

Frau Ehrenstein hob beschwichtigend die Hände. »Gut, gut, ich denke, wir haben verstanden, dass alle Anwesenden aufgebracht sind. Die anderen werden sich aber nur für eine gewisse Zeit von Felix einschüchtern lassen, ehe ihre Neugier sie wieder hinauftreibt. Also …«

Frau Ehrenstein griff sich den Erpresserbrief mit der einen und ihre Perlenkette mit der anderen Hand.

WENN SIE WOLLEN DASS IHR GEHEIMNIS GEWAHRT WIRD MÜSSEN SIE BEZAHLEN AM OPERNBALL LEGEN SIE EINEN BRIEF MIT 5000 SCHILLING IN DIE BLUMEN ZU FÜSSEN DER SCHAUSPIEL STATUE BEI DER FESTSTIEGE BIS 23 30 WENN SIE JEMANDEM DAVON ERZÄHLEN WIRD JEDER VON IHRER LÜGE ERFAHREN

»Am Opernball?«

»Sie gehen jedes Jahr auf den Opernball, das ist kein Geheimnis. Die Signora, Kramer und Annelies.« Felix hatte wieder seine Uhr aus der Tasche geholt. Jetzt strich er mit den Fingerspitzen darüber. »Dieses Jahr wollte ich sie begleiten. Glaubst du, es nützt etwas, wenn sie nicht gehen? Eine plötzliche Krankheit oder Ähnliches?«

»Natürlich gehen wir! Ich lasse mir von niemandem den Opernball nehmen. Selbst als ich die Gelbsucht hatte, war ich dort«, erklärte die Primadonna energisch.

»Es würde ohnehin nichts nützen. Der Erpresser würde

nur den Übergabeort ändern. Eventuell wäre er aber so verärgert, dass er seine Forderung erhöhen oder, noch schlimmer, alles verraten würde.«

Die Signora sank in ihren Sessel und drückte sich den Teddy ans Herz. Beim ersten Anblick hatte Frau Ehrenstein den Bären für etwas räudig und abgegriffen empfunden. Jetzt fand sie, dass er sich hervorragend gehalten hatte, wenn man bedachte, wie die Sängerin ihn regelmäßig behandelte.

»Kannst du mir dann bitte verraten, warum du lächelst?«

Felix klang mehr als nur irritiert, und die gnä' Frau bemühte sich schnellstmöglich um einen ernsten Gesichtsausdruck. Sie spürte dieses Kitzeln in ihrem Bauch, das sie so oft bei ihrer Arbeit als Detektivin begleitete. Sie hatte eine Idee, und der Fall könnte bald geklärt sein.

Sie setzte sich der Primadonna gegenüber und ergriff ihre Hände.

»Ich kann mir gar nicht vorstellen, welcher Druck auf Ihnen lasten muss, Signora. Es tut mir fürchterlich leid, aber Sie müssen mir glauben, wenn ich Ihnen sage, dass sich das alles zu unserem Vorteil entwickeln könnte. Befolgen Sie die Anweisungen haargenau, und lassen Sie sich nichts anmerken. Reden Sie mit niemandem darüber. Ich kümmere mich um den Rest!«

Die alte Frau schien etwas entgegnen zu wollen, doch nach einem Blick in Frau Ehrensteins Augen entschied sie sich offenbar anders. Sie seufzte schwer und nickte schwach.

»In Ordnung«, sagte die gnä' Frau. »Annelies soll Sie jetzt wieder für die Probe herrichten. Auch wenn Sie sich nicht danach fühlen, es wäre das Beste, jetzt einfach weiterzumachen. Vielleicht hilft es Ihnen, sich von dieser scheußlichen Sache abzulenken, wenn Sie tun, was Sie am meisten lieben. Und denken Sie an die jungen Kollegen, die alle von Ihnen lernen wollen.«

Die Primadonna ließ sich das durch den Kopf gehen, ehe ein vorsichtiges Lächeln ihre Miene erhellte. »Sie haben recht. Meine Bestimmung ist die Kunst! Dieser Verbrecher darf nicht dafür sorgen, dass ich das aus den Augen verliere. Die Proben müssen unverzüglich weitergehen. Und ich werde allen beweisen, dass ich den Titel Primadonna verdient habe!«

Felix' blaue Augen strahlten, als er die Tür zur Garderobe hinter sich schloss. Die gnä' Frau wollte gerade die Wendeltreppe hinuntergehen, doch er hielt sie auf.

»Helene, das war großartig. Seit Beginn der Proben habe ich sie nicht mehr so voller Elan gesehen. Das war der Grund, warum ich sie engagieren wollte. Nicht nur wegen ihres Namens, sondern wegen ihrer Begeisterung für das Theater.«

»Das freut mich, Felix. Ich gebe Annelies Bescheid. Sie soll sich jetzt um die Signora kümmern.«

»Warte! Nur kurz. Dort unten haben die Wände Ohren. Ich … ich habe jetzt zum ersten Mal die Hoffnung, dass doch noch etwas aus meiner Premiere werden könnte. Das hab ich dir zu verdanken. Mir ist wichtig, dass du weißt, wie viel mir das bedeutet.«

Felix' plötzlicher Gefühlsausbruch überrumpelte die Dame. Doch er wirkte aufrichtig bewegt, und sie nahm sich die Zeit, ihm ein ernsthaftes »Gern geschehen« zu sagen, ehe sie sich wieder der Treppe zuwandte.

»Noch etwas, entschuldige … Verrätst du mir, was du vorhast? Vielleicht kann ich dich ja unterstützen. Wir könnten zusammenarbeiten.«

Sie fragte sich, ob seine überschwängliche Dankbarkeit

sie dazu bringen sollte, mehr zu sagen, als sie wollte. Wenn er tatsächlich da irgendwie mit drinsteckte, wäre es ein kluger Schachzug. Sie wollte ihn nicht vor den Kopf stoßen, aber sie hatte auch nicht vor, ihm blindlings zu vertrauen.

»Ich verspreche dir, Felix, du wirst es erfahren, wenn die Zeit reif ist.«

11
Am Opernball

Das Blitzlichtgewitter ging los, als Franz Beckenbauer eintraf. Die Rufe der Journalisten und Fotografen, die versuchten, die Aufmerksamkeit des Fußballstars auf sich zu ziehen, waren ohrenbetäubend. Die gnä' Frau war erleichtert, als sie und Oskar die Staatsoper betraten.

Das Foyer war erfüllt von Gesprächen und Gelächter der anderen Ballbesucher, die an der Garderobe ihre Mäntel abgaben oder sich die breite Haupttreppe hinaufschoben. Neben dem Treppenaufgang befand sich die Ausgabe der sogenannten »Damenspenden«: kleine Taschen mit Geschenken für die weiblichen Gäste. Früher einmal hatten sie als schmucke Verhüllungen für die Tanzkarten der Frauen gedient. Doch im Laufe der Jahrzehnte hatte sich der Zweck der Ballspenden verändert. Jetzt waren es nur mehr Souvenirs zur Erinnerung an den Abend. Die Täschchen wurden speziell für den Anlass angefertigt – je exklusiver der Ball, desto aufwändiger die Gestaltung. Mittlerweile fand sich alles Mögliche darin, von Fächern und Schmuckstücken bis hin zu Süßigkeiten und Alkohol.

Um sie nicht die ganze Zeit mit sich herumtragen zu müssen, würde Frau Ehrenstein ihre Damenspende erst am Ende des Abends abholen. Falls sie überhaupt daran dachte. Sie hatte keine Vorstellung, in welcher Verfassung sie sich dann befinden würde. Entweder hätte sie einen Erpresser überführt, oder sie würde unverrichteter Dinge und enttäuscht nach Hause fahren. Beim Schminken war sie so aufgeregt gewesen, dass sie mehrere Anläufe benötigt hatte, um ihren Lidstrich zu ziehen.

»Bist du so weit?«

Oskar bot ihr seine Armbeuge zum Einhaken an, und gemeinsam stiegen sie die breite Feststiege hinauf. Die gnä' Frau spürte den weichen Teppich unter ihren Ballschuhen, sehen konnte sie ihn im Gedränge nicht. Sie hob den Blick, als oben vereinzelte Blitzlichter aufleuchteten. Auf der Balustrade warteten eine Handvoll Fotografen, um die heraufsteigende Prominenz abzulichten. Am steinernen Geländer entlang standen die sieben Statuen. Sie stellten die freien Künste dar: Architektur, Bildhauerei, Malerei, Musik, Dichtkunst, Tanz und Schauspiel. Frau Ehrenstein musste den Kopf etwas verdrehen, um die Statue des Schauspiels zu entdecken. Dabei stolperte sie und wurde gerade noch von Oskar auf den Beinen gehalten.

»Danke, Oskar. Das war haarscharf.«

Nicht nur wäre es höchst peinlich gewesen, auf der Feststiege des Wiener Opernballs, umringt von internationaler Prominenz, hinzufallen. Es hätte vermutlich auch ihr maßgeschneidertes Ballkleid aus Seide ruiniert.

»Geht's dir gut? Normalerweise bist du am Opernball ganz aufgedreht, kannst gar nicht aufhören zu reden und hältst überall nach Berühmtheiten Ausschau. Gerade ist dieser Maler, der letztes Jahr die Otto-Wagner-Villa gekauft hat, an dir vorbeigegangen. Du weißt schon, der mit den komischen Hüten. Du hast ihn nicht einmal bemerkt.«

»Ernst Fuchs? Wo? Ach, da vorne ist er ja. Ist das Karin Dor neben ihm? Nein, vielleicht doch nicht.«

Sie verfiel wieder in Schweigen und hob den Blick zur Statue des Schauspiels. Jedes Jahr wurden die Blumen des Balls von der italienischen Riviera importiert, heuer waren es rosa Nelken. Die schönen Gestecke waren überall angebracht, auch an den Sockeln der Statuen. Dort sollte die Signora das Kuvert mit dem Geld bis dreiundzwanzig Uhr dreißig versteckt haben. Und irgendwann in den darauffolgenden Stunden würde die gnä' Frau den Erpresser dabei ertappen, wie er es sich holte. Das hoffte sie jedenfalls.

Die Ehrensteins mussten stehen bleiben, weil sich ein französisches Model für einen Fotografen in Pose warf.

»Also: Geht's dir gut?«

Oskar hatte die Stimme etwas gesenkt, was eigentlich nicht notwendig war. Das Geplapper und Geschnatter der Menschen war laut genug, um jedes Gespräch zu übertönen.

»Ja, entschuldige, ich denke, ich bin wohl wirklich etwas angespannt heute. Es hat wohl damit zu tun, dass wir die anderen aus dem Theater treffen werden.«

Oskar spannte den Kiefer an, was seine feinen Züge fast barbarisch wirken ließ. Das Thema gefiel ihm nicht, das wusste sie. Dass seine Frau Zeit im Theater mit diesen Künstlern verbrachte, missfiel ihm, und sie war noch nicht draufgekommen, was genau ihn daran störte. Ging es wie so oft um den guten Ruf der Familie? Oder hatte er Bedenken wegen seines alten Bekannten?

»Oskar, Mensch, da seid ihr ja! Guckt mal, unsere Loge ist dort. Eins weiter hinten als letztes Jahr, eine Frechheit, wie man so schön sagt. Müssen wir nächstes Jahr wohl mehr spenden, nich? Du bist ja wieder eine Augenweide, Helene. Küss die Hand! Die Annette freut sich schon auf dich.«

Jonas Barborka war ein Bekannter von Oskar, der mit Immobilien reich geworden war. Jedes Jahr stellte seine Firma für gute Freunde und Geschäftskunden eine Loge beim Opernball – ein Spaß, der mehr als hunderttausend Schilling kostete. Aber es war ein guter Platz, um sich vor dem Trubel und dem Gedränge zurückzuziehen. Außerdem konnte man sich hier auch mal hinsetzen und in Ruhe etwas trinken, während man einen freien Blick auf die Tanzfläche genoss.

Auf einem kleinen Tischchen bei der Balustrade stand schon gekühlter Sekt bereit. Die beiden Ehefrauen gaben sich Bussis auf die Wangen und setzten sich. Frau Baborka war eine nette Person, die nur fürchterlich gerne redete und trotz ihres Reichtums einen schrecklichen Modegeschmack hatte. Sie trug ein Chiffonkleid mit aufgeplusterten Ärmeln und vielen Schleifen in einem Farbton, der »Shocking Pink« genannt wurde, dazu Schmuck, der vermutlich annähernd so viel gekostet hatte wie die Loge, allerdings aussah, als hätte sie ihn für ein paar Schilling im Drogeriemarkt gekauft.

Während Frau Ehrenstein mit einem Ohr Frau Baborkas Aufzählung der Solisten zuhörte, die heute Abend singen würden, ließ sie den Blick durch den Saal gleiten. Wo normalerweise die Sitze für das Publikum aufgereiht waren und die besten Sänger der Welt auf der Bühne standen, befand sich jetzt eine Tanzfläche. Sogar der Orchestergraben war abgedeckt, damit sich sowohl die Gäste als auch die Künstler, die zur Eröffnung auftraten, darauf bewegen konnten. Natürlich interessierte die gnä' Frau, welche Berühmtheiten anwesend waren. Aber vor allem suchte sie nach der Signora und ihrer Gefolgschaft. Die Ehrensteins waren zeitig gekommen, es würde noch dauern, bis die Festfanfare gespielt und der Bundespräsident in der Mittelloge den Ball eröffnen würde. Demnach konnte es sein, dass sie noch nicht hier … Doch, dort waren sie! In einer Loge gegenüber. Die Primadonna war von den »Freunden der Wiener Volksoper« eingeladen worden und hatte ihrerseits ihren Mann, Annelies und Felix Hall mitgebracht.

Die Signora saß am Tischchen, ähnlich wie Frau Ehrenstein, und trommelte mit ihrer behandschuhten Hand auf den mit rotem Stoff überzogenen Rand der Loge. Sie wirkte angespannt, wie auch Felix Hall, der mit einem vollen Sektglas an der Seite stand und vor sich hin stierte. Kramer hingegen war in seinem Element. Er gestikulierte heftig und schien einen Vortrag über ein Thema zu halten, das ihn offensichtlich sehr und die anderen Anwesenden eher mäßig begeisterte. Die gnä' Frau schmunzelte.

»Was meinst du, Annette? … Ja, ich bin völlig deiner Meinung, ich find die Vorstellung lachhaft, dass jemand die Rolle besser singen könnte als die Renate Holm.«

Frau Baborka war erfreut, dass ihre Gesprächspartnerin ihr so unumwunden zustimmte, und erzählte von dem Fauxpas, den sich der Tenor bei der letzten Vorstellung vom *Barbier von Sevilla* erlaubt hatte.

Annelies trug ein schlichtes Kleid in Pastellfarben, dazu eine einfache Kette und Ohrstecker. Sie sah hübsch aus, fand Frau Ehrenstein, insbesondere weil ihr Gesicht vor Freude leuchtete. Sie beugte sich über den Rand der Loge und strich mit den Fingern über die rosa Nelken, die in einem Gesteck daran angebracht waren. Sie lächelte selig, so als könnte sie sich nichts Schöneres vorstellen, als hier zu sein. Ihre Blicke trafen sich, und Annelies winkte der gnä' Frau eifrig zu. Auch die Signora und Felix blickten jetzt auf und nickten ihr zu.

Felix betrachtete daraufhin für mehrere Sekunden etwas, das sich hinter Frau Ehrenstein befand, ehe er sich wieder seinem kaum angetasteten Sektglas zuwandte. »Er hat nach Oskar gesucht«, dachte sie, doch sie verscheuchte die

Neugier, die der Gedanke in ihr auslöste. Sie musste sich jetzt auf den Erpresser konzentrieren.

Eine Handvoll Verdächtige konnte sie schon ausschließen. Marie hatte sich im Theater umgehört, weder der Piccolo noch die anderen Schauspieler waren heute hier.

Traudel half einem befreundeten Kostümbildner aus, der sich um die Künstler kümmerte, die zur feierlichen Eröffnung des Balles einen Auftritt hatten. Sie trieb sich also hinter den Kulissen herum.

Blieben Felix, Kramer und Annelies. Jeder von ihnen konnte der Erpresser sein, und jeder von ihnen könnte wohl etwas mit einem Zusatzeinkommen anfangen.

»Nein danke, für mich erst einmal keinen Sekt mehr.« Frau Ehrenstein hielt die Hand über ihr Glas. »Könnt ich vielleicht stattdessen ein Mineral haben?«

Natürlich amüsierte sie sich gerne auf Bällen und genoss dabei ein bis zwei Dutzend Gläser Sekt. Tanzte, tratschte und flanierte durch die Gänge.

Doch heute musste sie klar und nüchtern bleiben.

12

Statuenbeschattung

Per amor del cielo! Ich weiß nicht, ob ich diesem Druck gewachsen bin. Ich seh schon hinter jeder Säule einen Banditen. *Povero me!*«

Frau Ehrenstein musste an sich halten, die Signora nicht darauf hinzuweisen, dass sie sich die italienischen Phrasen sparen könne, da sie unter sich waren. Doch mittlerweile glaubte sie, dass es der alten Dame gar nicht mehr auffiel. Die letzten Jahrzehnte hatte sie praktisch als Italienerin gelebt, das Vokabular kam ihr vermutlich mittlerweile ganz automatisch in den Sinn.

Auch um Frau Ehrensteins Nervenkostüm war es heute nicht gut bestellt, aber das würde sie sich ganz sicher nicht anmerken lassen. Vollkommen selbstsicher und abgebrüht wollte sie auftreten, damit bei der Signora und Felix keinerlei Zweifel aufkamen, dass sie eine ernst zu nehmende Detektivin war. Dick Powell als Phillip Marlowe schaffte das mit stoischem Blick und Zigarette im Mundwinkel.

»Sie brauchen sich wirklich nicht zu sorgen. Ich kann Ihnen versprechen, dass Ihnen nichts geschehen wird.«

»Ich würde das vermaledeite Kuvert am liebsten gleich loswerden. Es ist wie ein Gewicht, das mich niederzieht!«

»Bitte tun Sie das nicht. Es ist zu früh, außerdem …«

Frau Ehrenstein unterbrach sich, weil eine Maskenbildnerin mit einer Puderquaste in der Hand sich an den beiden vorbeidrängte. Sie standen am Eingang zur »Fernsehbar«. Der Raum wurde für Interviews des Österreichischen Rundfunks genutzt. Ein Reporter saß auf einem Barhocker und interviewte mit einem länglichen Mikrophon eine der Debütantinnen. Sie und ihr Tanzpartner waren eines der zweihundert Paare des Jungdamen- und Jungherrenkomitees, die den Ball eröffnet hatten. Selbst im Gewimmel des Balles waren die weißen Kleider und die mit Kristallen besetzten Krönchen in der Menge leicht auszumachen. Hinter der Debütantin prangte das vertraute Logo des ORF an der Wand, zwei ineinanderliegende rote Ellipsen auf weißem Grund.

Die Signora besaß trotz ihrer Ängste noch die Gier einer Schauspielerin nach Kameras. Sie hatte sich in Sichtweite des Fernsehteams begeben, in der Hoffnung, auf ein Gespräch eingeladen zu werden, doch bisher war sie auf kein Interesse gestoßen. Dieser Umstand trug vermutlich nicht zur Besserung ihrer Stimmung bei.

»Signora, ich bitte Sie. Warten Sie noch ein wenig, bevor Sie das Kuvert zur Statue bringen. Die Gefahr, dass ein Unbeteiligter es entdeckt, ist zu groß.«

»Hier ist der Sekt, Signora.« Annelies' piepsendes Stimmchen kam kaum gegen die Geräuschkulisse ringsum an. »Ich hab Ihnen auch einen mitgebracht, Frau Ehrenstein. Ihr Schmuck ist wieder so bezaubernd schön, man kann sich daran gar nicht sattsehen! Und so passend zum Kleid. Seide, nicht wahr?«

»Meine Güte, Lieschen, jetzt sei doch nicht so ein Trampel und belästige Frau Ehrenstein nicht mit dummen Fragen. Hier unterhalten sich gerade Erwachsene, *porca miseria!*«

Die gnä' Frau konnte sich nicht an den scharfen Ton gewöhnen, den alle Annelies gegenüber an den Tag legten. Die junge Frau zuckte dabei nicht einmal zusammen, sie lächelte einfach auf ihre sanfte Art weiter, als bemerkte sie es gar nicht mehr.

»Sie belästigen mich nicht, Annelies, und vielen Dank für den Sekt. Das ist sehr freundlich von Ihnen«, sagte die gnä' Frau liebenswürdig und fügte nach einer kurzen Pause hinzu: »Aber ich möchte Ihnen das zurückzahlen, die Getränke kosten hier ja Unsummen.«

»Heast, den Sekt hat unser Herr Direktor bezahlt, da brauchen'S Ihnen nicht drum scheren! *Cara mia*, lass die g'schissene Fernsehbar, das wird nix. Dahinten ist die Maria Schell umringt von Journalisten, da könnt ma mehr Glück ham mit an Interview.«

Kramer kam mit ausladenden Schritten auf sie zu, hinter ihm folgte mit einem enervierten Gesichtsausdruck Felix Hall. Vermutlich ließ er, um jeden Eklat zu verhindern, den Regisseur schon den ganzen Abend lang nicht aus den Augen. Auf dem Opernball wäre eine Szene nicht leicht zu verheimlichen, insbesondere weil hier überall Fotografen, Reporter und Kamerateams herumschwirrten. Der Ball diente schon lange nicht mehr ausschließlich dazu, die Oper und ihre Künstler zu feiern, es ging auch darum, Bilder von Stars und Sternchen zu verkaufen. In den engen Gängen vor den Logen der Prominenten kam es zu regelrechten Tumulten, wenn sich Journalisten und Fotografen um die besten Plätze stritten.

Kramer erklärte der Signora, wie sie sich zu Maria Schell und den Kameras vordrängen konnte, und Frau Ehrenstein bedankte sich derweil bei Felix Hall für den Sekt.

»Nichts zu danken. Kramer hat Lieschen beauftragt, sie solle Sekt auf meine Rechnung besorgen, also war es ehrlich gesagt nicht unbedingt meine Idee.«

»Verfügt er immer mit solcher Selbstverständlichkeit über das Geld anderer?«

»Ich hab es schon öfter erlebt. Was eigentlich faszinierend ist, denn er prahlt immer damit, dass er ein Händchen für Finanzen hätte. Anscheinend war er auf einer Höheren Technischen Schule, bevor es ihn zu den schönen Künsten zog. Er behauptet, dass er das Geld seiner Frau gar nicht brauche, weil er durch geschickte Investitionen reich genug sei.«

»Vielleicht meint er mit Investitionen geschicktes Schnorren?«

Felix lachte und tastete an die Tasche seines Gilets, aus der eine Uhrenkette herausführte. Vermutlich wollte er mit seiner Taschenuhr spielen. Frau Ehrenstein drückte ihm das Glas Sekt in die Hand, damit seine Finger etwas zu tun hatten und er seine Nerven besänftigen konnte.

»Nimm es … Nein, wirklich, ich bestehe drauf! Ich hab noch nicht daraus getrunken, und ich hatte heute schon genug. Abgesehen davon hast du den Sekt bezahlt, also ist er ohnehin deiner.«

Er zögerte, doch dann griff er dankbar zu und leerte das halbe Glas mit einem Schluck.

»Ah, das tut gut. Ich glaube, das wird noch eine lange Nacht. Ach je, sie ziehen weiter, vermutlich um die arme Schell zu belagern. Sehen wir uns später noch?«

»Ich … denke schon«, sagte die gnä' Frau, abgelenkt von der sich entfernenden Primadonna. »Viel Glück, Signora!«

»Heast!«, grölte Kramer über seine Schulter, während er seine Gattin weiterschob. »Im Theater sagt ma net ›Viel Glück!‹, des bringt Pech, Frau Möchtegern!«

Das wusste Frau Ehrenstein sogar. Doch hier ging es nicht um ein Schauspiel, sondern um das wahre Leben.

Die gnä' Frau hatte genug Krimifilme gesehen, um zu wissen, dass man für eine Beschattung großes Durchhaltevermögen benötigte. Meistens dauerte sie lange und war nicht besonders aufregend. Also hatte sie dafür gesorgt, dass sie es auf ihrem Beobachtungsposten angenehm hatte. In erster Linie musste er natürlich unauffällig sein. Schräg gegenüber der Statue »Schauspiel«, wo das Geldkuvert versteckt werden sollte, befand sich diejenige, die die Dichtkunst verkörperte. Der Arkadenbogen über der Skulptur bot einen kleinen Vorsprung, hinter dem sich Frau Ehrenstein verbergen konnte. Von dort aus hatte sie einen guten Blick auf alles, was sich gegenüber abspielte.

Um kurz vor halb zwölf fand sie sich hier ein. Sie hatte sich von der Bar nicht nur ein prickelndes Mineralwasser, sondern auch einen Aschenbecher mitgenommen, die sie jetzt auf der steinernen Balustrade platzierte. Dann wartete sie.

Und tatsächlich, fünf Minuten später tauchte die Signora neben der Statue auf. Mit ihrem knallgrünen Ballkleid und ihrem bunten Turban war sie auffällig wie ein Papagei, aber das war auch gut so. Sollte der Erpresser sie beobachten, würde er wissen, dass das Geld nun hinterlegt war. Die Primadonna schob das Kuvert zwischen die rosa Nelken, sodass nur mehr eine Ecke herauslugte. Wer nichts davon wusste, würde es nicht bemerken. Dennoch war es sichtbar genug, dass die gnä' Frau erkennen würde, wenn es fehlte.

Einige Personen trieben sich unter den Arkadenbögen herum, doch keine von ihnen näherte sich dem Sockel der Statue oder griff gar in die Blumen.

Vom Ballsaal erklang die Melodie von »Let the Sunshine in« aus dem Musical *Hair*. Die gnä' Frau wiegte die Hüften im Takt und warf einen Blick die Feststiege hinunter. Bei der Ballspenden-Ausgabe entdeckte sie ein bekanntes Gesicht. Traudel lehnte mit einer Zigarette in der Hand an dem Holzverschlag und plauderte mit einer jungen Frau, die dort offensichtlich arbeitete. War es Zufall, dass Traudel sich gerade jetzt hier einfand? Wenn sie sich um die Kostüme der Künstler bei der Eröffnung gekümmert hatte, musste sie jetzt vermutlich nicht mehr arbeiten. Anstatt sich ins Getümmel zu stürzen und zu tanzen, unterhielt sie sich hier im Foyer? Traudel hob den Kopf, und Frau Ehrenstein verzog sich schnell wieder hinter den Arkadenbogen. Sie durfte sich nicht ablenken lassen. Ob die Kostümbildnerin die Erpresserin war oder nicht, konnte die gnä' Frau nur herausfinden, wenn sie sich voll und ganz auf das Blumengesteck konzentrierte.

Kurz darauf bemerkte sie, dass die Musik aufgehört hatte. Einige der Ballbesucher, die sich auf den Gängen und unter den Arkaden aufgehalten haben, beeilten sich, in den Saal zu kommen.

Natürlich, die Mitternachtsquadrille!, dachte Frau Ehrenstein aufgeregt. Alle wollten dort zusehen oder mitmachen. Auch sie würde normalerweise jetzt in der Loge sitzen, wo man den besten Blick darauf hatte. Ein wenig Wehmut erfasste sie, immerhin hatte sie dieses Vergnügen bereits beim Philharmonikerball verpasst. Doch das war der ideale Zeitpunkt für einen Gauner, seine Missetat auszuführen.

Frau Ehrensteins Herz begann schneller zu schlagen. Eigentlich hatte sie sich auf stundenlange Wartezeit eingestellt, doch von ihrem Mineralwasser hatte sie erst ein paar Schlucke getrunken und in dem Aschenbecher befanden sich erst zwei Zigaretten. Sie sah rasch hinunter zur Ballspenden-Bude. Auch Traudel war nicht mehr da.

Frau Ehrenstein drückte sich an die kalte Steinwand und wagte kaum zu atmen. Sie starrte so konzentriert auf das Blumengesteck zu Füßen der Statue »Schauspiel«, dass ihre Augen tränten. War da eine Bewegung? Kurz dachte sie, sie hätte etwas Helles vorbeihuschen sehen, doch nun war wieder alles still. War das Kuvert bereits fort? Nein, nein, sie sah deutlich das weiße Eck aus den rosa Blumen hervorragen. Ein Eck, das sich bewegte? Für einen Moment glaubte sie, ihre Augen spielten ihr einen Streich, doch dann erkannte sie die blassen Finger, die sich um das Kuvert geschlossen hatten und es langsam herauszogen.

Frau Ehrenstein beugte sich vor, um besser sehen zu können. Ihr Herzschlag schien sich zu verlangsamen, ihr Verstand war klar und messerscharf. Das war ihre einzige Chance, und sie durfte sie nicht vergeuden.

Schräg gegenüber, hinter der Schauspielstatue, löste sich der Erpresser aus dem Schatten. Der Erpresser? Nein, die Gestalt trug eindeutig ein Kleid, aber sie war zu weit entfernt, als dass Frau Ehrenstein sie hätte erkennen können.

Schnell verließ sie ihren Beobachtungsposten und eilte die Arkaden entlang zur Feststiege, der schemenhaften Gestalt der Erpresserin hinterher. Die meisten Ballgäste befanden sich zwar bei der Mitternachtsquadrille, trotzdem tummelten sich noch genug auf dem Gang.

Beklemmung ergriff die gnä' Frau. Was, wenn sie die Spur verlor?

Ein paar Kellner mit vollen Tabletts tauchten vor der Dame auf und versperrten ihr den Weg, und schon hatte sie die Erpresserin aus den Augen verloren. Unfein fluchend drängte sie sich am verdutzten Servicepersonal vorbei und eilte die Feststiege hinunter.

Ihre Lippen bebten. Sie war sich sicher, die Fährte der Verbrecherin verloren zu haben. Ihre ganze Hoffnung auf erfolgreiche Aufklärung und Anerkennung ihrer Fähigkeiten war dabei, sich in Luft aufzulösen.

Doch dann entdeckte die gnä' Frau wieder die Hand,

die sich um das verräterische Kuvert klammerte, gerade rechtzeitig, bevor das Kleid der Erpresserin im Ballsaal verschwand.

Die Dame folgte hastig, doch ob sie die Übeltäterin erwischte oder nicht – nun bestand kein Zweifel mehr. Wenn die gnä' Frau sich mit etwas aukannte, dann mit Stoffen und Schnitten, und das Ballkleid der Erpresserin hatte sie eindeutig erkannt. Dennoch musste sie versuchen, sicherzugehen, sie wollte sich keine Fehler erlauben.

Sie stolperte fast über ihr Seidenkleid, als sie die Tür zum Ballsaal aufstieß. Es waren nur Sekunden vergangen. Die Erpresserin mischte sich in aller Seelenruhe unter die Schaulustigen der Quadrille. Beinahe unbemerkt ließ sie dabei ein zerknülltes Stück Papier zu Boden fallen.

Das Kuvert.

Frau Ehrenstein bückte sich danach und seufzte. Kurz spielte sie mit dem Gedanken, die Erpresserin jetzt gleich zu konfrontieren. Doch mit einer Szene am Opernball wäre keinem geholfen. Die Signora und Felix müssten entscheiden, was mit Annelies zu geschehen hatte.

13
Kein Lercherlschas

Durch diese Thür in Bogen ist Kaiser Joseph II geflogen. Anno 1789

Frau Ehrenstein las die Inschrift im Gewölbe der Weinstube und runzelte die Stirn.

»Es heißt, dass sich der Kaiser persönlich von den Vorzügen der Wirtin, der ›Sonnenfels-Waberl‹, und ihrer Kellnerinnen überzeugen wollte, wissen'S, gnä' Frau Ehrenstein?«

Sie hatte gar nicht bemerkt, dass der Piccolo neben ihr aufgetaucht war. Jetzt senkte er die Stimme.

»Die haben da nämlich mehr als nur gekellnert, Sie verstehen?«

»Ja, ich kann'S mir vorstellen.«

Das Spittelbergviertel hatte bis heute nicht den besten Ruf, doch zu kaiserlichen Zeiten musste es ein wahrer Höllenschlund gewesen sein. Illegale Prostitution habe dort floriert, und auch Raubmorde hätten sich regelmäßig ereignet, hieß es.

»Und warum soll er in Bogen vor die Tür geflogen sein?«, fragte die gnä' Frau ernsthaft interessiert. Sie fand die Vorstellung, dass sich ein Kaiser unters Volk mischen wollte und hinausgeworfen wurde, allzu amüsant.

»Na, aus demselben Grund, warum Sie heute noch hinausg'jagt werden: Wenn'S nicht zahlen wollen.«

Sein Lachen war ansteckend, und Frau Ehrenstein wäre

nur zu gerne mit ihm im Flur stehen geblieben, um ein wenig mehr über das Grätzl zu erfahren. Sie war nicht sonderlich erpicht auf das Gespräch, das sie jetzt im Inneren der Weinstube würde führen müssen.

»Der Herr Direktor Hall wartet schon auf Sie, gnä' Frau. Ich bring Sie hin, wenn's recht ist.«

Er führte sie durch einen düster anmutenden Gastraum. Die Wolken verbargen die Sonne schon den ganzen Tag, und durch die kleinen Fenster drang nur wenig fahles Licht herein. Die Stoffschirme der Deckenlampen waren verblasst und staubig. Das Mittagsgeschäft war vorbei, aber es saßen immer noch eine Handvoll Gäste hier, die sich ein Seidel Bier oder ein Achterl Wein gönnten, Zeitung lasen, Karten spielten und plauderten.

»Wie lange arbeitest du schon hier?«, fragte sie, während er sie in den hinteren Teil der Gaststätte führte.

»Ma, schon immer, würd ich sagen. Ich mein, bezahlt werd ich erst jetzt, wo ich offiziell Piccolo bin. Aber früher, da hat mein Papa am Bau hackelt, und meine Mama war hier in der Küche und hat mich immer mitg'nommen, weil's mich nicht allein hat lass'n woll'n. Ich fand's leiwand. Ich war schon, wie ich fünf war, ein Kramanzer, also ich hab G'schirr von den Tischen abg'räumt. Das war für mich wie ein Spielplatz, irgendwie, wissen'S? Bissl Trinkgeld hab ich immer bekommen. Und ich hab so Deutsch g'lernt, also eher Wienerisch. Ich hab schon *Lercherlschas* und *Pülcher* sagen können, bevor ich g'wusst hab, was eine *Kleinigkeit* oder ein *Gauner* sind.«

»Deine Familie kommt aus Kroatien, oder?«

»Aber sicher! Früher war ja da das Krowotendörfel, ham's des g'wusst? Meine Eltern ham g'sagt, wenn da des Dorf der Kroaten ist, müss ma da her, am Spittelberg. Die ham ja kein Wort Deutsch reden können, wie's herkommen sind. Meine Mama hat immer g'sagt, wir müssen schnell die Sprache lernen, und zwar im Dialekt und ohne Akzent, damit's uns das Leben nicht schwer machen, gell?«

»Und? Hat's funktioniert?«

Er zuckte mit den Schultern und lächelte schief. Sein Eifer schien sich nicht auf das Theater zu beschränken, sondern war Teil seines Temperaments. Er verging auch nicht, wenn er über Unerfreuliches redete.

»Na, leicht hat ma's uns nie g'macht. Aber es hat g'holfen, auch auf Wienerisch zu schimpfen, wenn's eine Prügelei geben hat, wissen'S? So, Herr Direktor, ich bring Ihnen die gnä' Frau, Frau Ehrenstein!«

Felix saß an einem Gasthaustisch in einer Nische. Er stopfte seine Taschenuhr in die Innentasche seines Jacketts und erhob sich rasch, als sich die beiden näherten. Für einen Moment wirkte es, als wollte er Frau Ehrenstein die Hand küssen, doch dann gab er ihr zwei Bussis auf die Wangen.

Es fiel ihr nicht leicht, die Bekanntschaft mit Felix Hall einzuordnen. Sie wurde das Gefühl nicht los, dass er etwas verbarg, kam aber nicht dahinter, was das sein konnte. Immerhin war jetzt klar, dass er nicht der gesuchte Täter war, also brauchte sie nicht mehr vor ihm auf der Hut sein.

»Was darf ich Ihnen bringen, gnä' Frau, Frau Ehrenstein? Wir ham noch eine Fritattensuppe vom Mittag über. Oder wenn's nichts Pikantes sein soll, vielleicht einen Topfenstrudel, der wirklich exquisit ist, muss ich schon sagen!«

Der Piccolo hatte die Hände hinter dem Rücken verschränkt und lehnte sich nach vorn, mit leicht zur Seite geneigtem Kopf. Er wirkte ein wenig wie die Karikatur eines Obers. Die gnä' Frau schmunzelte, bestellte Topfenstrudel mit einer Melange und versicherte dem jungen Mann, dass er seine Arbeit wirklich sehr professionell erledigte.

Als der Piccolo in Richtung Küche verschwunden war, blieben Felix und sie schweigend zurück. Die große Enthüllung würde erst stattfinden, wenn die Signora da wäre. Ein simples Gespräch übers Wetter käme der gnä' Frau in dieser Situation eigenartig vor.

Der Geruch von Fett, Fleisch und Maggi hing in der Einrichtung, als ob er sich schon seit Jahrzehnten hier eingebrannt hätte. Frau Ehrensteins Magen knurrte. An sich hatte sie nie Probleme mit ihrem Appetit, doch heute war es ihr schwergefallen zu essen. Wie würden die beiden auf ihre Enthüllung reagieren? Was, wenn man ihr nicht glaubte?

Ihr Magen knurrte erneut, diesmal lauter, und sie hielt sich reflexartig die Hand über den Bauch. Beschämt sah sie zu Felix. Der schenkte ihr ein verschmitztes Lächeln. Es war wirklich irritierend, wie sehr er Robert Redford ähnelte.

»Ich hab heute noch nicht viel gegessen«, sagte sie entschuldigend und ärgerte sich ein Wengerl, dass sie sich überhaupt vor ihm rechtfertigte.

»Dann wirst du den Topfenstrudel besonders genießen. Die Mutter vom Piccolo macht ihn selbst. Du isst gerne, stimmt's?«

Die gnä' Frau spürte Röte in ihre Wangen steigen. Ihr war klar, dass die Damen von Welt auf ihre Linie achteten und eher wenig, schon gar nicht gerne, aßen. Natürlich war das ein ausgemachter Blödsinn, und sie hatte nicht vor, auf kulinarische Genüsse zu verzichten. Dennoch musste sie sich eingestehen, dass sie von seiner Frage peinlich berührt war.

»Oh, ich finde das nicht schlecht, eher im Gegenteil! Ich finde es erfrischend, wenn jemand nicht so auf Konventionen achtet«, sagte er rasch.

»Bist du auch jemand, der nicht so auf Konventionen achtet?«, fragte die gnä' Frau, froh, von sich ablenken zu können. Außerdem war sie neugierig auf seine Antwort.

Die Frage schien ihn zu überrumpeln. Zwar blieb seine Miene unverändert, aber er holte seine Taschenuhr erneut aus seiner Innentasche und klappte sie auf. Ehe er sie wieder schloss, konnte Frau Ehrenstein eine Gravur darin erkennen, aber es war zu schnell gegangen, als dass sie sie hätte entziffern können.

»Ich weiß nicht. Ich denke, in Wahrheit bin ich ziemlich langweilig«, antwortete er schließlich. »Mein Leben ist nicht besonders …«

»Gnä' Frau, Frau Ehrenstein, Herr Direktor, ich bringe Ihnen …«

»*Maledetto*, ein Verkehr war das! Das Wetter ist ja auch ein Graus! Kein Wunder, dass ich zu spät komme!«

Die Primadonna begrub den Piccolo unter ihrem Pelzmantel und schob sich neben Felix auf die Holzbank. Bei jeder Bewegung klirrten ihre Armreifen. Und das war ständig, denn sie blieb keine Sekunde lang ruhig sitzen.

»Verzeihen Sie die Frage, werte Signora. Aber sind Sie nicht gerade vom Theater gekommen? Eine Gasse weiter?«, fragte Frau Ehrenstein.

»Ja, und? Das mit dem Verkehr war heute früh. Wollen Sie damit irgendetwas andeuten? Dass ich nicht die Wahrheit sage? *Porca Miseria*, kann sich das jemand vorstellen?«

Felix warf der gnä' Frau einen warnenden Blick zu, und diese entschuldigte sich untertänigst bei der Sängerin.

Die Primadonna orderte ein Achterl vom Tafelwein und beschuldigte den Piccolo, ihre Diät torpedieren zu wollen, als er ihr Essen anbot. Im nächsten Atemzug bestellte sie ein Gulasch.

»Die Probe heute war ein Graus, ich weiß nicht, wie ich

so weiterarbeiten soll! Und wir haben nur noch so wenig Zeit. So wenig, *Diavolo!*«

Die Signora schwankte, und für einen Augenblick wirkte es, als würde die alte Frau aus der Holzbank kippen. Ihre Launen waren heute wieder einer Diva würdig, doch Frau Ehrenstein kannte sie mittlerweile gut genug, um zu wissen, woher das kam. Sie griff über den Tisch und drückte die Hand der Signora.

»Atmen Sie einmal tief durch, und dann reden wir darüber, was ich herausgefunden habe.«

Die Primadonna öffnete den Mund, wie um etwas zu entgegnen, schloss ihn aber gleich wieder. Sie nahm einen tiefen Atemzug und nickte der gnä' Frau zu.

»Also, um noch einmal kurz zu rekapitulieren: Der Erpresserbrief forderte eine Übergabe beim Opernball …«

»So, bitt'schön die Herrschaften. Derf's no was sein? Nein? Dann: Guten Appetit!«

Frau Ehrenstein war erneut zusammengezuckt, als der Piccolo neben ihr aufgetaucht war. Doch sie hatte die Stimme gesenkt und war sich sicher, dass er sie nicht gehört hatte. Der Topfenstrudel und die Melange dufteten herrlich, und das Gulasch verströmte einen Hauch von Paprika und Kümmel.

Die gnä' Frau nahm einen Bissen von der süßen Mehlspeise und spülte ihn mit Kaffee herunter, ehe sie weiterredete. Wie sie es von Hercule Poirot und Miss Marple gelernt hatte, erklärte sie zunächst, wie sie in diese Situation gekommen waren und dann, was sie getan hatte, um die Erpresserin zu entlarven. Allerdings würde sie das für die Zukunft noch besser üben müssen. Drei Mal verhaspelte sie sich, und einmal verlor sie den Faden, als sie über den samtigen Topfenstrudel zu schwärmen begann. Doch schließlich kam sie zum Höhepunkt. Sie zögerte das Ende noch etwas künstlich hinaus und merkte, wie die Signora und Felix an ihren Lippen hingen.

»Für mich gab es zu diesem Zeitpunkt schon keinen Zweifel mehr, doch dann ließ die Person das zerknüllte Kuvert fallen, und das war mein letzter Beweis.« Sie holte das Papier aus ihrer Handtasche und legte es in die Mitte des Tisches. Die beiden anderen starrten es an, als wäre es eine Viper und hoben dann wieder den Blick zur gnä' Frau. »Es war Annelies.«

Sie hatte nicht mit Applaus gerechnet. Doch irgendeine Reaktion wäre schon nett gewesen. Die Mienen der Primadonna und ihres Direktors versteinerten. Frau Ehrenstein wartete noch einige Momente lang, dann nuschelte sie ein »Das war's« und trank ihre Melange aus.

Die Primadonna löste sich als Erste aus ihrer Erstarrung. Und das ziemlich lautstark.

»Das … das ist ja lachhaft! Habt ihr so was schon gehört? *Cavolo!* Das glauben Sie doch selbst nicht!«

»Signora, bitte zügeln Sie sich.« Felix' Stimme kam gepresst hervor. Seine Gesichtsfarbe erinnerte an einen alten Aschekübel, und seine Hände ballten sich zu Fäusten.

»Dieses Mädchen soll das alles geplant haben? Das kleine Lieschen, das vor ihrem Schatten erschrickt? Wem wollen Sie etwas weismachen, Frau Ehrenstein?«

In der gnä' Frau stieg ein Konvolut an Gefühlen auf. Als Allererstes war es Enttäuschung, gefolgt von Traurigkeit, gepaart mit dem »Ich hab es ja gewusst«-Gedanken. Dann war da schlechtes Gewissen und Unsicherheit, ob sie sich nicht doch womöglich geirrt haben könnte. Schließlich wurde das alles abgeschlossen mit rechtschaffener Wut, und Frau Ehrenstein beschloss, diesem Gefühl den Vortritt zu lassen.

»Ich habe nicht vor, irgendjemandem etwas weiszumachen. Ich habe mich bereit erklärt, Ihnen zu helfen, habe dafür meine Zeit und meine Nerven eingesetzt und nicht zuletzt meinen Aufenthalt beim wichtigsten Ball des Jahres. Ich versichere Ihnen, dass ich der Sache neutral gegenüberstehe. Ich gewinne oder verliere nichts mit der Tatsache, dass Ihre Assistentin Ihnen seit Wochen das Geld aus der Tasche erpresst. Das alles berührt mich nicht.«

Sie wünschte, sie hätte das mit der Grandezza und Kühle einer Grace Kelly darbieten können. Doch sie spürte die Hitze in ihren Wangen, hörte das Beben in ihrer Stimme. Und ja, vermutlich war sie dabei ebenfalls laut geworden. Sherlock Holmes hätte sich nicht so gehen lassen.

»Helene, Signora. Bitte, wir sind hier nicht allein.«

Farbe war in Felix' Wangen zurückgekehrt. Er schien innerhalb der letzten Minuten um zehn Jahre gealtert. Doch er bemühte sich, die Autorität des Direktors in seinem Satz mitschwingen zu lassen. Die Primadonna schüttelte den Kopf, aber es wirkte mehr aus Unverständnis, als dass sie ihm widersprechen wollte.

»Aber, das … das kann doch einfach nicht möglich sein. Ich habe dieses Kind in mein Haus aufgenommen, in mein Privatestes gelassen, sie betet doch den Boden unter meinen Füßen an und kennt mich wie kaum ein anderer.«

»Das ist der Punkt«, warf Frau Ehrenstein ein. »Sie hatte Zugang zu den Briefen, für sie war es einfach, Ihrem Geheimnis auf die Schliche zu kommen. Und, verzeihen Sie, wenn ich das so sage, Sie und Ihr Mann haben Annelies wie einen Fußabtreter behandelt. Vielleicht meinte sie, es stünde ihr zu.«

»Wie können Sie es wagen, Sie impertinente …«

»Es reicht!«

Das Geschirr schepperte, als Felix mit der Faust auf den Tisch schlug. Robert Redford schien dem aufbrausenden

Marlon Brando aus *Endstation Sehnsucht* gewichen zu sein. Die beiden Frauen waren so überrascht, dass sie tatsächlich schwiegen. Er strich sich abstehende Haarsträhnen nach hinten und sagte in bestimmtem Ton: »Beschuldigungen und Beschimpfungen ändern auch nichts an den Umständen. Ich hege an Helenes Aussagen keinen Zweifel. Die Frage ist, was jetzt zu tun ist. Ich denke, Annelies sollte mit ihrer Tat konfrontiert werden. Sie muss die Briefe zurückgeben, am besten auch die erpresste Summe. Und natürlich kann sie nicht Ihre Assistentin bleiben, Signora, ich hoffe, das ist Ihnen klar. Ich kann Ihnen dabei auch zur Seite stehen, falls Sie das wünschen. So oder so, ihre Taten müssen ein Ende haben. Und sie muss dafür zur Rechenschaft gezogen werden. Auf welche Art auch immer.«

Die Primadonna sank in sich zusammen und hielt die Hände vors Gesicht. Vor Frau Ehrensteins geistigem Auge drückte sie jetzt ihren alten Teddy an sich. Die Wut der gnä' Frau versickerte und wich Mitleid.

»Es tut mir leid, dass ich mich so gehen ließ. Mir ist klar, dass diese Mitteilung Sie wie ein harter Schlag getroffen haben muss. Felix hat recht, Annelies darf nicht so weitermachen, und je eher Sie es hinter sich bringen, desto besser. Auch ich biete Ihnen dafür meine Unterstützung an, wenn Sie sie gerne hätten. Außerdem … außerdem würde ich mich gerne mit Annelies unterhalten. Mich würde interessieren, wie es zu all dem kommen konnte und wie sie es angestellt hat.«

Der Gedanke war ihr eben erst gekommen. Vielleicht könnte sie anhand von Annelies' Ausführungen etwas mehr über die Psyche und den Modus Operandi von Erpressern erfahren. Das würde ihr für künftige Fälle helfen.

»Ich halte das für keine gute Idee, Helene«, sagte Felix eindringlich, doch die Primadonna machte nur eine müde Handbewegung. »Soll sie doch, was macht das alles noch aus?«

»Es könnte alles noch schlimmer machen.«

»Wie denn? Morgen rede ich mit dieser … *puttanella*. Ich möchte, dass Sie beide dabei anwesend sind.«

»Gut. Aber bitte erst nach der Probe, sonst kommen wir wieder nicht weiter«, erwiderte Felix müde.

Die gnä' Frau merkte, dass sie hier nicht mehr viel ausrichten konnte. Die beiden würden die Informationen erst sacken lassen müssen. Außerdem war sie in einer Viertelstunde mit Marie im Café Ritter auf der Mariahilferstraße verabredet.

»Ich muss jetzt noch zu einem Termin. Wir sehen uns ja morgen bei der Probe, da können wir weitersprechen. Ich … ich wünsche Ihnen alles Gute, Signora!«

Die gnä' Frau machte sich auf den Weg zurück zum Ausgang der Weinstube. Drei Tische weiter saß eine ihr bekannte Gestalt, in einem Eck zusammengesunken. Sie stutzte. Es war ohne Zweifel Kramer. Normalerweise machte er um alles ein Tamtam, doch jetzt versteckte er sich hinter einer Ausgabe der *Wiener Zeitung* und versuchte – offensichtlich krampfhaft – nicht gesehen zu werden.

Sie beschloss, ihn nicht anzusprechen, und ging weiter zur Bar, wo sie die Rechnung beim Piccolo bezahlte, samt eines deftigen Trinkgelds. Er bedankte sich höflich, doch er redete nicht mehr wie ein Wasserfall. Überhaupt schien seine Überschwänglichkeit einen Dämpfer erhalten zu haben. Er sah ihr kaum in die Augen, bot ihr auch nicht an, sie noch hinauszubegleiten. Stattdessen ging er zu einer Gruppe, die am anderen Ende der Bar saß und die abrupt ihr Gespräch unterbrach, als Frau Ehrenstein zu ihnen hinübersah. Es waren die drei Schauspieler und die Kostümbildnerin Traudel. Sie lächelten und nickten ihr zu.

Mit einem mulmigen Gefühl verließ die gnä' Frau die Weinstube. Sie zündete sich eine bitternötige Zigarette an und betrachtete nachdenklich den steinernen Löwen, der über ihr an der Hausecke thronte.

»Ich frage mich, was das alles zu bedeuten hat«, flüsterte sie ihm zu.

14
Grenzüberschreitende Assistentinnen

Francesca, Engelchen, das klingt ja großartig, wunderbar! Deine Stimme – ein Traum! Nur war's leider das falsche Lied. Jetzt käme: ›Ich lade gern mir Gäste ein‹, während'st den anderen das flüssige LSD einschenkst, weißt, Haserl?«

Kramer saß in der ersten Reihe, die Hände wie zum Gebet auf seinen weiten Haremshosen gefaltet, während er mit seiner Frau auf der Bühne sprach.

Die Signora wirkte indigniert. Wohl war ihr klar, dass der Fehler tatsächlich bei ihr liegen musste, wenn sogar ihr Mann sie darauf hinwies. Dennoch lag es nicht in ihrer Natur, klein beizugeben.

»Das hab ich doch gesungen!«

»Nein, mein Herz, mein süßer Schatz! Du hast wieder mit ›Trinke Liebchen, trinke schnell‹ begonnen. Des g'hört aber in den ersten Akt.«

»Das ist auch kein Wunder! Letzte Nacht hat mich ein Krach aus dem Schlaf gerissen, ich konnte ja kaum schlafen! Außerdem ist die Heizung viel zu hoch aufgedreht.«

Die Stimmung bei der Probe war eigenartig. Nüchtern betrachtet lief alles wie gewohnt ab. Die Primadonna war überkandidelt, die anderen Schauspieler machten ihre Arbeit gewissenhaft, der Piccolo wuselte herum, und Traudel und Marie schleppten Stoffe. Auch Felix war nun leise hereingekommen und hatte sich in die letzte Reihe gesetzt.

Allerdings nicht neben Kramer oder Frau Ehrenstein. Ja, irgendetwas lag in der Luft, doch die gnä' Frau konnte es nicht in Worte fassen.

Bei ihrem Treffen am Vortag hatte Marie ihr erklärt, was vermutlich der Grund dafür war, dass das gesamte Theater sich in der Weinstube herumgetrieben hatte. Die Primadonna hatte bei der Kostümprobe lautstark und gewohnt theatralisch erklärt, dass sie nicht zu lange aufgehalten werden dürfe, weil sie noch zu einer überaus wichtigen und heimlichen Unterredung in die Gutenberggasse müsse. Es war kaum möglich gewesen, die Änderungen an ihrem Kostüm vorzunehmen, weil sie sich so unruhig und zappelig verhalten hatte. Mehr als sonst, hatte Marie süffisant hinzugefügt.

Weil der Piccolo in der Gutenberggasse kellnerte, war es zum Stammlokal für jeden hier geworden. Für die gnä' Frau war es also kein Wunder, dass sich alle dorthinbegeben hatten, um herauszufinden, was es mit der ganzen Aufregung auf sich hatte. Die Frage, die sich jetzt noch stellte, war, wie viel sie alle mitbekommen hatten. Frau Ehrenstein musste sich eingestehen, dass sie nicht besonders diskret gewesen waren. Mit einem schlechten Gewissen dachte sie an ihren Ausbruch zurück, der der Dramatik der Primadonna diesmal in nichts nachgestanden hatte. Zudem schalt sie sich, dass sie für so eine delikate Unterredung nicht auf einem anderen Treffpunkt bestanden hatte.

Es half nichts. »Was g'schehn ist, ist g'schehn«, flüsterte sie vor sich hin, während sie im Zuschauersaal auf die Fortsetzung der Probe wartete.

»Bitte, Frau Ehrenstein, ham's was zu mir g'sagt?«

Annelies' Mäuschenstimme fuhr der Dame durch Mark und Bein. Frau Ehrenstein ging mittlerweile davon aus, dass alles, was die junge Frau tat, nur gespielt war. Dieses schüchterne, bescheidene Wesen, das jede Beleidigung mit einem Lächeln quittierte … War sie vielleicht auch in der Gutenberggasse gewesen und hatte sich nur geschickter als die anderen verborgen? Nein, dann hätte sie sich vermutlich ihre Beute geschnappt und wäre bereits über alle Berge. Außer, sie hatte hier noch etwas vor.

»Frau Ehrenstein?«

Annelies' Lächeln war süß wie Kandiszucker. Frau Ehrenstein hätte es ihr am liebsten aus dem Gesicht gefegt. Doch sie musste sich normal verhalten, wenn sie die Assistentin nicht vorwarnen wollte. Nach der Probe sollte sie gestellt werden. Bis dahin musste der Anschein von Normalität gewahrt werden.

»Nein, Annelies, ich hab nicht mit Ihnen geredet. Ich hab nur laut gedacht.«

»Ach, nun ja, das kenn ich, das mach ich auch ganz gern. So laut vor mich hin denken, wissen Sie? Manchmal ist das ein Zeichen, dass was hinausmuss, denk ich. Bei mir ist das so. Bedrückt Sie vielleicht etwas, Frau Ehrenstein?«

»Wenn Sie mich so fragen … Ja, tatsächlich.«

Annelies klappte den stoffbezogenen Sitz neben der gnä' Frau hinunter und setzte sich rasch darauf. Sie lehnte sich so nah heran, dass Frau Ehrenstein ihr üppiges Parfum riechen konnte. Azurée von Estée Lauder. Kein billiger Duft.

»Ich möchte mich Ihnen ja nicht aufdrängen, Frau Ehrenstein. Aber, nun ja, wissen Sie, es kann wirklich helfen, sich gewisse Dinge von der Seele zu reden. Bei jemandem, der nicht so in der Sache drinsteckt, Sie verstehen. Ich habe das Gefühl, Sie haben mit etwas zu kämpfen und, nun ja, wenn ich Ihnen dabei behilflich sein kann …«

»Sie meinen, ich solle Ihnen mein Herz ausschütten? Ihnen etwas anvertrauen?«

Die gnä' Frau spürte ein Lachen in sich aufsteigen. Es war kein amüsiertes, kein befreiendes, eher ein brodelndes, das ihr richtig im Bauch brannte und das gewaltsam hinauswollte.

Annelies rutschte näher und flüsterte. »Sie können versichert sein, dass Ihre Geheimnisse bei mir gut aufgehoben sind. Von mir geht doch keine Gefahr aus, das haben Sie sicher schon gemerkt. Und wenn ich so frei sein darf, ich denke, ich weiß ohnehin schon, um was es geht.«

»Tun Sie das?«

»Nun ja, die Art, wie gut Sie sich mit unserem Direktor verstehen. Das ist ziemlich offensichtlich, nicht wahr? Ein attraktiver, freundlicher Mann wie er, und zu Hause, in der großen Villa in Hietzing, sitzt nur ein griesgrämiger Ehemann …«

»Annelies!« Felix' Stimme donnerte von den hinteren Reihen nach vorn, er stapfte mit energischem Schritt zu ihnen.

»Die Signora hat dich nun schon zwei Mal gerufen. Sie braucht ihren Tee und ihre Halspastillen. Was sitzt du so tatenlos hier herum? Hast du vergessen, dass du hier zum Arbeiten bist?«

Sein Ausbruch schien Annelies nicht sonderlich zu bestürzen. Sie entschuldigte sich mit ihrer piepsenden Stimme und einem schüchternen Lächeln und eilte in Richtung Bühne.

»Tut mir leid«, sagte er, jetzt an Frau Ehrenstein gewandt. »Das Ganze zehrt einfach an meinen Nerven. Helene? Alles in Ordnung? Du siehst aus, als würdest du gleich in Ohnmacht fallen.«

Felix kniete sich neben sie und tätschelte ihr die Hand. Sie schüttelte benommen den Kopf und versicherte ihm, dass es ihr gut gehe. Auch wenn sie in Wahrheit das Gefühl hatte, auf dem schwankenden Deck eines Schiffes zu stehen.

»Heast, wir machen jetzt eine Pause.« Kramer war an sie herangetreten. »Eine Stund, vielleicht länger. Ich hab mein Interview, weißt es eh, Felix. Was is'n mit der gnädigen Frau Möchtegernschauspielerin?«

»Nichts ist mit mir, danke der Nachfrage, Herr Kramer.« Frau Ehrenstein schaffte es, sich so weit zu sammeln, dass ihre Stimme kräftig und überzeugend klang. »Sie haben ein Interview? Über das Stück? Das ist gute Werbung, oder?«

Die Sorgenfalten auf Felix' Stirn verschwanden nicht ganz, doch seine Mundwinkel zuckten, als er aufstand. »Ganz richtig, Helene. Du hast ein gutes Gefühl für Geschäftliches. Es ist sogar ein Fernsehinterview mit dem ORF. Konstantin konnte das kurzfristig organisieren, und ich bin dankbar dafür. Ehrlich gesagt würde es nicht schaden, wenn der Kartenverkauf angekurbelt wird.«

»Jo, eh, ich werd den Karren schon aus'm Dreck ziehn. Wie immer. Was tät's ihr alle nur ohne mich machen? Heast, was machst'n du da?«

Erst jetzt bemerkte die gnä' Frau, dass Marie mit einem kleinen Korb in der Hand hinter den Männern stand.

»Dasselbe wie Sie, Herr Kramer. Blöd rumstehn«, antwortete das Dienstmädchen mit einem entzückenden Lächeln und einer Stimme so süß wie ein ganzer Zuckerhut.

Kramers selbstgefälliges Gehabe schien ihm zu vergehen, und sein Gesicht lief rot an. »Glaub ja net, dass du net rausg'schmissn werd'n kannst, wenn's dir an Respekt mangelt, du Luder.«

»Wenn hier jemand jemanden hinausschmeißen kann, dann bin ich das, Konstantin.« Felix stellte sich vor Kramer und versperrte ihm den Blick auf das Dienstmädchen.

»Und das mache ich sicher nicht so kurz vor der Premiere, wo es ohnehin an allen Ecken fehlt. Wissen Sie, wo die Signora ist, Fräulein Marie?«

»In ihrer Garderobe, sich ausruh'n, hat's g'sagt. Die Annelies holt ihr noch den Tee.«

»Das ist gut. Alle herhören: Das ist nur eine kurze Unterbrechung, bis unser Regisseur mit seinem Interview fertig ist. Wir sind so weit hinter dem Zeitplan, dass wir heut Überstunden machen müssen.«

Ein Raunen ging durch den Zuschauersaal, doch niemand wagte, ernsthaft Widerstand zu leisten.

»Warte, Konstantin, ich möchte unbedingt noch einmal mit dir durchgehen, was du beim Interview sagen musst. Helene, geht's dir so weit gut? Kann ich dich allein lassen?«

Ehe Frau Ehrenstein antworten konnte, sagte Marie: »Deswegen bin ich herkommen, Herr Direktor. Ich hab ma dacht, die gnädige Frau braucht vielleicht a Stärkung, so blass, wie's ausschaut.«

Sie hielt ihm den Korb hin, der mit Salzstangerln und einer Thermoskanne gefüllt war.

»Fräulein Marie, Sie schickt der Himmel! Jetzt renn doch nicht weg, Konstantin!«

Kramer stapfte angefressen die Treppen hinauf, dicht gefolgt von Felix Hall. Der Zuschauerraum leerte sich rasch, alle wollten so viel wie möglich von der Unterbrechung nutzen. Als Letztes ging Traudel hinter die Bühne. »Marie, wennst magst, kannst jetzt auch Pause machen. Später tust dann die Hosenumschläge nähn, sei so lieb!«

Als sie allein waren, setzte sich Marie neben die gnä' Frau und breitete auf deren Schoß ein Geschirrtuch aus.

»Damit's den weißen Hosenanzug net vollsau'n.«

»Die Farbe heißt Eierschale!«

»Wurscht wie, man wird jed'n Brösel drauf sehn.«

Aus der Thermoskanne stieg Dampf empor, und der kräftige Duft von Kaffee hüllte die beiden ein, während Marie zwei Becher füllte.

»Und jetzt erzählen'S, warum's wie a Leich ausschaun. Für an Moment hab ich dacht, Sie kippen um.«

Die gnä' Frau berichtete von ihrem Gespräch mit Annelies. Die Augen ihrer Gefährtin wurden groß, und sie umklammerte die Thermoskanne so heftig, dass ihre Adern auf dem Handrücken hervortraten. Frau Ehrenstein zweifelte nicht daran, dass Marie sich gerade vorstellte, eine Waffe zu halten.

»Sie … sie hat versucht, an Informationen ranzukommen, um Sie zu erpress'n.«

Da das eine Feststellung und keine Frage war, fühlte sich die gnä' Frau nicht bemüßigt zu antworten. Das Salzstangerl knackte, als sie hineinbiss, einige hellbraune Teile der Kruste landeten auf dem Geschirrtuch. Die großen Salzstücke brannten kurz in ihrem Mund, ehe sie sich auflösten, doch Frau Ehrenstein merkte, wie sie langsam wieder zu Kräften kam. Ja, es war schockierend, ins Visier einer notorischen Erpresserin geraten zu sein. Aber mit etwas im Magen empfand sie es schon nicht mehr als ganz so einschüchternd.

»Wollen Sie auch einen Bissen?«

Marie verdrehte die Augen und schüttelte den Kopf, anscheinend fassungslos, dass Frau Ehrenstein in so einer Situation nur ans Essen denken konnte.

»Des könn ma ihr net durchgeh'n lass'n!«

»Sie hat ja im Grunde noch nichts gemacht. Wüsste ich nicht, dass sie die Signora seit Längerem erpresst, hätte ich vermutlich angenommen, dass sie nur etwas Konversation betreiben will.«

»Gnä' Frau, ich bitt Sie, nehmen'S des net zu leicht. Die hat bestimmt scho die Buchstaben aus der Zeitung ausseg'schnittn für ihren Brief. Am liebsten würd ich sie mir gleich vornehmen und …«

Frau Ehrenstein legte beruhigend ihre Hand auf den Oberschenkel ihrer Gefährtin und drückte sanft zu.

»Marie, ich nehme das ernst. Bitte vertrauen Sie mir. Wenn nach der Probe die Aussprache mit der Signora und Felix stattfindet, werde ich mir Annelies zur Brust nehmen und mich auch an Major Raab wenden.«

Major Raab war Polizist, um genauer zu sein, Ermittler im Sicherheitsbüro Wien, das sich unter anderem mit Tötungsdelikten befasste. Frau Ehrenstein hatte ihn bei der Jagd nach dem Würger von Hietzing kennengelernt. Und als sie die Giftmörderin eines ungarischen Grafen enttarnt hatte, hatte sie ihn um Unterstützung gebeten. Die Ermittlung hatte er allerdings verpfuscht und war ihr seither etwas schuldig.

Marie entspannte sich, und die gnä' Frau bat sie zu berichten, was sie von den anderen erfahren hatte.

»Die wissen's. Ich mein, kaner hat's so aussproch'n. Oba die Schauspieler ham drüber tuschelt, des die Annelies nimmer lang da sein wird, und der Piccolo hat geraunzt, dass er sich jetzt um die Wehwehchen der Primadonna wird kümmern müss'n. Und die Traudel hat g'sagt, dass ich mich von der Annelies fernhalt'n soll, weil die so a Schlangen wär, Sie verstehn?«

»Ja. Das hab ich schon befürchtet. Wenigstens sollte aber keiner wissen, womit die Signora erpresst wurde. Mit etwas Glück kann sie ihr Geheimnis wahren.«

»Gnä' Frau, redn'S net so an Schmarrn! Sie san in kürzester Zeit einer Verbrecherin auf die Spur gekommen. Wenn Sie net g'wesn wär'n, hätt die Primadonna die Nerven scho längst wegschmiss'n. Ich find, Sie ham des super g'macht, gnä' Frau.«

»Das rührt mich, danke, Marie. Ich hab nur so ein ungutes Gefühl bei der Sache. Ich kann nur hoffen, dass der Spuk nach dem heutigen Tag wirklich vorbei ist.«

»Vielleicht hamma ja ein Glück, gnä' Frau. Oba ich sag Ihnen, des wird ma schon bissl fehlen, die Theaterluft. Allerdings is die Berkovics sicher angenehmer als der Kramer. Finden'S net a?«

»No, man kann schon richtig dankbar für unsere Haushälterin sein, wenn man bedenkt …«

Ein lauter Knall ließ Marie nach Frau Ehrensteins Hand greifen. Diese verschüttete den Großteil ihres Kaffes auf dem Teppichboden und ihren Raulederstiefeletten.

»Jesusmariaundjosef, was war denn das?«

15

Füße im Souterrain

Die beiden Frauen rannten durch den Zuschauerraum und die hölzernen Treppen zur Bühne empor. Frau Ehrenstein gratulierte sich im Geiste dazu, sich heute für einen Hosenanzug entschieden zu haben und nicht für ihren engen Bleistiftrock. Sie folgte Marie zum Künstlereingang, als ein markerschütterndes Kreischen zu ihnen drang.

»Des kommt von drauß'n«, rief das Dienstmädchen.

Die Winterkälte schlug ihnen entgegen, als sie die Tür aufrissen. Der Bahöl fand vor Traudels Kostümkammerl statt.

Die Schauspielerin umklammerte ihren älteren Kollegen, der jüngere kam gerade aus der Kammer und stützte dabei die leichenblasse Traudel.

»Was is g'schehn, um Himmels willen?«, fragte Marie und sah mit geröteten Wangen in die Runde. Die Kostümbildnerin stammelte unter Tränen unverständliche Worte. Der sie stützende Schauspieler schüttelte fassungslos den Kopf.

»Gehen'S da nicht rein, die Damen. Es ist ein abscheulicher Anblick. Das Blut … Piccolo, lauf ins Büro und ruf die Polizei! Rasch!«

Der Piccolo hatte sich unbemerkt zur Gruppe gesellt und wirkte verängstigt.

»Aber wieso? Was soll ich denn sagen?«

»Ein Mord ist g'schehn.«

Die gnä' Frau und Marie warfen sich einen Blick zu. Dann setzten sie sich gleichzeitig in Bewegung.

»Ich hab doch g'sagt, dass Sie da nicht reingehen sollen!« Der Schauspieler klang nicht verärgert, eher frustriert, als ob er einem störrischen Esel etwas beizubringen versuchte.

Frau Ehrenstein ließ sich von ihm nicht irritieren. Sie sah die drei Treppen hinunter ins Halbdunkel des Souterrain. Mehr als am Boden liegende Füße waren nicht zu erkennen.

»Piccolo, ruf zuerst die Ambulanz an, vielleicht kann ja noch was gerettet werden. Und dann lässt du dich zum Sicherheitsbüro zu Major Raab durchstellen und erklärst ihm, dass hier ein Verbrechen geschehen ist. Wenn er sich sträubt, erwähnst du einfach meinen Namen. Verstanden?«

Der Adamsapfel des Jungen hüpfte, als er schwer schluckte, doch er nickte knapp und hastete los.

»Aber …«, warf der Schauspieler hilflos ein.

»Sie kümmern sich um Traudel und Ihre Kollegin. Bringen Sie sie ins Warme und verabreichen'S ihnen einen Schnaps von der Bar, wenn nötig. Sie …«, die gnä' Frau zeigte auf den älteren Schauspieler, »bleiben hier und passen auf, dass keiner hier runterkommt, bis die Polizei da ist.«

Die gnä' Frau sah alle streng an, bis sie sicher war, dass sie ihren Befehlen Folge leisten würden, und bewegte sich dann vorsichtig mit Marie ins Kostümkammerl.

Sie hatte sich souverän und bestimmt gegeben, wie sie es von William Powell in *Der dünne Mann* oder *Der große Ziegfeld* kannte. Doch ihr Herz schlug ihr bis zum Hals, und sie wagte kaum zu atmen. Jeder Schritt fiel ihr schwer, als begäbe sie sich nicht in das Atelier der Kostümbildnerin, sondern in eine Schlangengrube.

Marie ging voran und blieb in gebührendem Abstand neben dem Körper am Boden stehen.

»Ich glaub net, dass da no was zu rett'n is«, flüsterte sie.

Frau Ehrenstein stellte sich zu ihr und brachte allen Mut auf, um hinzusehen. Letztes Jahr hatte sie zum ersten Mal eine Leiche gesehen, die Tante ihres ehemaligen Dienstmädchens, die von einem Serienmörder erdrosselt worden war. Das Erlebnis hatte sie mitgenommen. Doch das war in einem Leichenschauhaus gewesen, lange nach der Tat, in einer sterilen Umgebung, und die alte Dame war gesäubert und hergerichtet worden.

Das hier war anders. Nicht nur weil die Augen der Toten weit aufgerissen waren und ein schwarzes Loch in der Brust klaffte, sondern auch weil die gnä' Frau das Opfer kannte.

»Meine Güte. Annelies.«

Die Beine der jungen Frau waren seitlich abgewinkelt, ihre Arme befanden sich über ihrem Kopf, so als hätte sie sie kurz vor ihrem Tod erhoben. Der Kopf war zu einer Schulter hin gekippt, auf dem Kinn befanden sich ein paar braunrote Flecken, der ausdruckslose Blick der Leiche fixierte die Wand hinter Marie und Frau Ehrenstein.

»Was soll ma mach'n? Viel Zeit wird uns net bleib'n, bis wer kommt.«

Frau Ehrenstein musste das verkraften. Einen Tag nachdem sie Annelies als Erpresserin enttarnt hatte, wurde diese erschossen. Sie spürte einen Stich in ihrer Brust. Wäre sie nicht gewesen, würde die junge Frau noch leben. Nein, für Selbstzerfleischung blieb nachher genug Zeit. Jetzt musste sie handeln.

Sie nahm einen tiefen Atemzug. Zu dem Geruch von Mottenkugeln und der Feuchtigkeit des Kostümkammerls war ein anderer dazugekommen. Azuree von Estee Lauder, Annelies' Parfum. Aber es lag noch etwas in der Luft, was sie nicht so recht einordnen konnte.

»Was riecht da so?«

»Vielleicht das Mittagessen von der Traudel. Oder ihr Tee? Das miachtlt irgendwie eigen.«

Marie wies zur Kochplatte in der Ecke, wo ein Topf und die Teekanne standen. Der Geruch war nicht unangenehm, nur eigenartig. Vermutlich eine spezielle Teemischung.

»In Ordnung. Marie, nehmen'S das und fotografieren Sie alles.«

Frau Ehrenstein zog eine kleine Kamera in einem braunen Lederetui aus ihrer Handtasche und reichte sie ihrer Gefährtin. Bei ihren letzten Ermittlungen waren die beiden in eine Arztpraxis eingebrochen, und Frau Ehrenstein hatte sich verflucht, keinen Fotoapparat dabeizuhaben, um Spuren zu dokumentieren. Damit ihr das in ihrem neuen Fall nicht noch einmal passierte, hatte die gnä' Frau das handliche Gerät jeden Tag zur Probe mitgenommen.

Sie überwand all ihren Ekel und kniete sich neben Annelies, bemüht, nicht mit dem Blut in Kontakt zu kommen. Der Körper lag nicht weit von der Treppe entfernt, zwischen der Tür und dem Tisch mit der Nähmaschine. Das Blut am Boden war etwas verwischt, der Stoff der hellbraunen Weste an den Schultern hochgezogen und verschoben. Frau Ehrenstein nahm an, dass Annelies bewegt worden war. Sie warf einen Blick zurück zum Eingang. Der Körper war gerade so weit geschleift worden, dass man die Leiche beim Vorbeigehen nicht gleich sehen würde.

Marie fotografierte die Umgebung der Leiche sowie die Tischchen mit Nähmaschine und Kochplatte. Jedem Klicken der Kamera folgte das surrende Geräusch des Aufziehens, sonst war es gespenstisch still hier unten.

Frau Ehrenstein fühlte sicherheitshalber den Puls der

jungen Frau, doch wie zu erwarten, war da nichts mehr zu spüren. Dabei sah sie, dass etwas Kleines zwischen Daumen und Zeigefinger klemmte. Zuerst dachte sie, es wäre ein Fetzen Stoff oder ein Stück Papier. Doch dann erkannte sie die markante Farbe und Konsistenz. Oft genug zahlte sie in Boutiquen oder beim Juwelier damit.

»Das ist ein Stück von einem Fünfhundert-Schilling-Schein. Marie, machen'S bitte ein Foto davon.«

Marie fotografierte ihn aus drei verschiedenen Winkeln und ging dann zu der Schusswunde über, von der sie mehrere Nahaufnahmen machte.

»Die Puff'n, oiso die Waffe, hat er mitg'nommen, wie's scheint. Ich seh's da jedenfalls nirgends. Er hat's daschossn und is gleich wieder rausg'rennt, bevor ihn wer sehn hat können.«

»Es gibt nur einen Ausgang. Was ist, wenn …«

Die beiden Frauen sahen sich an. Marie flüsterte: »… wenn er nimmer die Möglichkeit g'habt hat rauszukommen und sich da versteckt hat?«

Beide blickten zu den Kleiderständern. Kostüm um Kostüm hingen eng aneinandergepresst im Halbdunkel. Jeder könnte sich dort verbergen, ohne gleich aufzufallen. Er müsste nur so lange ausharren, bis sich der geeignete Augenblick zur Flucht ergab.

Schritt für Schritt näherten sie sich dem hinteren Teil des Kostümkammerls. Marie hielt für einen Moment inne, um nach etwas zu greifen. Es war ein Gehstock mit reicher Goldverzierung – zwar ein Requisit, aber dennoch aus Holz und bestens als Waffe einsetzbar.

Mit bumperndem Herzen deutete die gnä' Frau auf den Boden unter den Kleiderständern. Dort standen unzählige Schuhe und Stiefel. Was, wenn in einem dieser Paare die Füße des Mörders steckten?

Sie steckte die Hand zwischen zwei Kostüme in der Mitte und nickte Marie zu. Diese hob den Stock wie einen Schläger und machte sich bereit. Mit einem Ruck zog die gnä' Frau die Kleiderbügel zur Seite. Weiter hinten fiel etwas klirrend zu Boden. Mit einem Grunzen schlug Marie drauflos.

»Gnä' Frau, Frau Ehrenstein? Fräulein Marie? Polizei und Rettung sind auf dem Weg. Geht's Ihnen gut?«

Von oben drang die Stimme des Piccolos nur leise zu ihnen durch. Er klang besorgt, war aber wohl nicht besorgt genug, um den Weg ins Souterrain zu wagen.

Schwer atmend hielt das Dienstmädchen inne und drückte dann mit dem Stock ein paarmal gegen die Kleidung. Sie stieß aber nicht auf menschlichen Widerstand.

»Jaja, alles gut. Wir kommen jetzt wieder rauf!«

Frau Ehrenstein betastete ihre Hochsteckfrisur und rückte ihre Perlenkette zurecht. Das Adrenalin rauschte ihr noch in den Ohren. Sie steckte die Kamera wieder in ihre Tasche und warf noch einen letzten Blick auf Annelies. Die junge Frau hatte immer so zerbrechlich und zart gewirkt. Ihr Lächeln so zurückhaltend. Die gnä' Frau wünschte sich, sie könnte Annelies so in Erinnerung behalten und nicht in einer Blutlache liegend mit vor Schreck aufgerissenen Augen.

Sie wusste, das würde ihr nicht gelingen.

16

Nach der Tschick wird's offiziell

Das Sonnenlicht brannte der gnä' Frau in den Augen, als sie aus dem Halbdunkel des Kostümkammerls hinaufkam. Sie nahm einen tiefen Atemzug der kalten Winterluft und war froh, diese eigentümliche Geruchsmischung vom Tatort aus der Nase zu bekommen.

Ein Tatort. Der Aufbewahrungsort von Kostümen für ein kleines Theaterprojekt, das sie zufällig gerade produzierte, war tatsächlich zum Schauplatz eines Mordes geworden. Mittlerweile sollte sie sich an Verbrechen und ihre Opfer gewöhnt haben, doch dem war nicht so. Insbesondere, da sie das Gefühl hatte, dass sie in diesem Fall eine Mitschuld trug.

»Kann ich jetzt gehn? Ich müsst nämlich …«

Der Schauspieler, den Frau Ehrenstein zum Aufpasser ernannt hatte, gab ein klägliches Bild ab, doch sie musste ihm zugestehen, dass er die Stellung gehalten hatte. Trotz offensichtlicher Blasennot.

»Ja, gehen Sie, wir passen jetzt auf. Aber verlassen Sie nicht das Theater! Die Polizei wird alle befragen wollen.«

Das schockierte ihn, doch er rannte ohne ein weiteres Wort ins Gebäude.

»Gnä' Frau? Frau Ehrenstein? Was ham's da unten gesehen? Was ist denn überhaupt g'schehn? Ich hab g'macht, was mir g'sagt ham, aber ich weiß ja gar nicht. Das kann doch alles nicht …«

»Ganz ruhig, Piccolo.« Der junge Mann war zwar genauso groß wie die gnä' Frau und hatte einen sichtlich hingebungsvoll gepflegten Schnurrbart, doch im Moment erinnerte er sie eher an ihren elfjährigen Sohn, als sie einmal gemeinsam im Wienerwald einer dicken Kreuzotter begegnet waren.

Der Piccolo stammelte vor Nervosität, und seine Hände rieben immer wieder an seiner abgetragenen Arbeitshose. Sein Anblick rührte die gnä' Frau. Wäre es nicht so unpassend gewesen, sie hätte ihn in die Arme genommen.

»Ich weiß, es ist schockierend. aber so wie es ausschaut, ist Annelies erschossen worden. Sie ist tot, und vom Mörder gibt's keine Spur.«

»Unten is er jedenfalls nimmer. Des hamma überprüft«, fügte Marie hinzu.

»Ihr habt's *was*?« Jetzt stand dem Piccolo der Mund offen. Er konnte kaum glauben, dass die beiden Frauen es mit einem Gewaltverbrecher aufgenommen hatten.

»Das kann nicht wahr sein!«

Felix Hall kam aus dem Theater gelaufen, und ehe er aufgehalten werden konnte, stolperte er die Treppen zum Souterrain hinunter.

»O mein Gott, o mein Gott!« Langsam schleppte er sich wieder hinauf, er hatte wohl genug gesehen. Erschöpft lehnte er sich an die grob verputzte Hauswand und schloss die Augen.

»Herr Direktor, die Polizei und die Rettung sind unterwegs. Ich hab's gerufen«, sagte der Piccolo.

»O mein Gott … die Polizei.«

Felix' Klagen war leise, und er schüttelte müde den Kopf. »Annelies. Die Polizei. O mein Gott.«

»Geh bitte, bring doch dem Herrn Direktor an Schnaps, Piccolo. Des tatat net gut ausschaun, wann der jetzt a no z'sammbricht. Die Kieberei wird ihn für die Leich halt'n.«

»Piccolo, nein, warte, ich glaub, das wird nicht nötig sein. Felix? Felix, ich bitt dich, zwing mich nicht, dir eine aufzulegen!«

Frau Ehrenstein dachte daran, wie Jean Harlow Cary Grant in *Suzy* eine Ohrfeige gab, und fragte sich, ob sie dazu imstande wäre. Für den Notfall war sie bereit, es an Felix auszuprobieren.

Sie rüttelte an seinem Revers. Als er die Augen aufschlug, war sein Blick herzerweichend.

»Felix, du musst dich jetzt zusammenreißen. Die Polizei wird gleich da sein, deine Truppe ist traumatisiert, und deine Hauptdarstellerin glaubt, ihre Assistentin wäre noch am Leben. Du bist der Direktor hier, du musst der Fels in der Brandung sein!«

»Helene, es ist so furchtbar. Der Skandal. Was wird die Presse sagen? Was wird aus meinem Theater?«

»No, freilich, der Skandal. Wie konnte sich Annelies auch ausgerechnet in deinem Theater erschießen lassen, ohne auf deinen Ruf zu achten!«

»So hab ich das nicht gemeint.«

Frau Ehrenstein wollte jetzt keinen Streit anfangen, wenige Meter neben einer noch nicht einmal erkalteten Leiche. Aber langsam ging es ihr auf die Nerven, dass sie die Einzige hier war, die sich wie eine Erwachsene benahm. In der Ferne hörte sie lauter werdendes Heulen von Sirenen und atmete auf. Endlich würde sich jemand anderes um all das kümmern. Doch zugleich wurde ihr klar, dass sie dann auch keinen ungehinderten Zugang zu den Spuren mehr hätte. Den Tatort und die Leiche hatte sie gesehen und auf Fotos dokumentiert. Was fehlte noch? Die Zeugenaussagen konnte sie noch später einholen. Die Umgebung des Tatorts?

Sie ging vor dem Abgang zum Souterrain in die Hocke. Auf der Treppe war nichts Auffälliges zu sehen. Keine blutigen Fußabdrücke oder sonstige Indizien. Das Türschloss war nicht beschädigt, das Holz am Türrahmen nicht aufgebrochen.

»Was macht sie?«, fragte Felix.

»Pscht. Sie denkt nach«, erwiderte Marie nüchtern.

»Die Tür zu Traudels Kostümkammerl ist eigentlich immer geschlossen, oder?«, fragte die gnä' Frau nachdenklich, ohne den Blick von der Tür zu nehmen.

»Jo, des heißt, wann kaner drin is, is immer zu«, erklärte Marie. »Wann ma drin hackl'n, tu ma manchmal offen lass'n, wegen der Luft. Sie wissen ja, wie's da drin miachtlt. Oba g'scheit verschließen, oiso mit Schlüssel, mach ma immer erst, wann ma fertig mi'm Tag san.«

Es gab zwei Durchgänge direkt zur Straße. Vier Eingänge, die in die Häuser führten, inklusive dem des Theaters. Als Marie und Frau Ehrenstein hinausgelaufen waren, war ihnen niemand entgegengekommen. Möglich war, dass jemand zu den Garderoben hinaufgelaufen war und abgewartet hatte, bis die Luft rein war. Oder einfach dortgeblieben war, weil derjenige dort gar nicht auffiel …

»Hat jemand nach der Primadonna gesehen?«, fragte die gnä' Frau niemanden im Speziellen.

»Die Schauspielerin. Sie hat gesagt, die Signora schläft auf der Couch in ihrer Garderobe. Sie wollte sie nicht wecken. O Gott, da sind sie. Hierher! Sie ist hier unten!«

Felix löste sich von der Wand und wies den Sanitätern den Weg ins Souterrain. Dem Notarzt, der kurz darauf ohne jede Eile den Innenhof betrat, stellte er sich als Direktor vor und erklärte in knappen Worten, was passiert war.

Der Arzt, ein Mann Mitte sechzig mit freundlichen Augen, rief zu den Sanitätern hinunter: »Und?«

»Tot!«

»Passt.« Er zündete sich eine Zigarette an und machte keine Anstalten, die Angaben seiner Mitarbeiter zu überprüfen.

»O nein.« Alle Umstehenden folgten Felix' verzweifeltem Blick. Aus dem linken Durchgang, der zur Straße führte, kam Kramer angelaufen, sein langes schütteres Haar flatterte im Wind. Im Schlepptau hatte er zwei Männer, einen mit Mikrophon in der Hand und einen mit Kamera, auf der das rot-weiße Logo des österreichischen Rundfunks prangte, auf der Schulter.

Schwer atmend blieb der Regisseur vor dem Kostümkammerl stehen. Auf seinem Gesicht hatte sich ein Schweißfilm gebildet, er wirkte aufgeregt, aber keinesfalls so grantig wie sonst.

»Heast, ich hab ja g'sagt, es is von da kommen! Seid's ihr bereit?«

Er gestikulierte zu Reporter und Kameramann, die sich beide vor dem rauchenden Notarzt in Stellung brachten. Der war wenig beeindruckt.

»Konstantin, was zur Hölle machst du da?« Felix zischte die Worte in Kramers Ohr.

»Publicity sagen die Amis dazu, Felix. Ein Interview mit einem Regisseur kommt irgendwo ganz hinten im Kulturteil von den Abendnachrichten. Das da, das wird der Aufhänger sein. Dein Theater wird bald jedem ein Begriff sein in Wien. Heast, brauchst ma nicht zu danken!«

Felix wirkte nicht, als hätte er den Wunsch, Kramer zu danken. Er schien ihn eher verprügeln zu wollen. Vermutlich hielt er sich nur wegen der Kamera zurück.

»Können Sie uns sagen, was hier geschehen ist, Dr. …«, sagte der Reporter und hielt dem Arzt das längliche Mikrophon entgegen.

»Hanbauer. Na sicher kann ich Ihnen was dazähln.« Da der Notarzt die Zigarette im Mundwinkel behielt, waren seine Sätze etwas verwaschen. »Wir san zu einem Notfall hergruf'n word'n, es ginge um Leben und Tod, hat's g'heißn. Hier angekommen treff ma auf …«

»Vielleicht wäre es sinnvoller, auf die Polizei zu warten.« Felix redete mit dem Kameramann, doch der ignorierte ihn und hielt die Kamera weiterhin auf den Arzt gerichtet.

»… und die Person, um dies gangen is, offensichtlich bereits verschieden is. Ich mach's offiziell, wenn meine Tschick fertig is.«

»Gnä' Frau?« Maries Haare kitzelten an Frau Ehrensteins Wange, als sie ihr ins Ohr flüsterte. »Ich geh lieber rein. Warat bissl deppat, wenn ich hier gefilmt werd und eigentlich in Quarantäne sein sollt.«

Die gnä' Frau nickte ihr zu, und ihre Gefährtin entfernte sich.

Währenddessen hatte sich ein Streitgespräch zwischen Kramer und Felix entwickelt.

»Konstantin«, rief Felix, »alles, was passieren wird, ist, dass sie das Theater mit einem Mord in Verbindung bringen. Warum sollten sie dich oder mich interviewen, wenn sie hier Bilder von einer Leiche bekommen, noch dazu in einem Viertel, das die Leute ohnehin als heruntergekommenen Brennpunkt ansehen?«

»Des kann ich dir sag'n, lieber Felix, Herr Oberg'scheit! Wir ham nämlich live mitbekommen, wie alles g'schehn is. Während ich interviewt wurde. Ganz recht, da schaust, was?«

»Wollen Sie damit sagen, dass Sie gesehen haben, wer Annelies ermordet hat?«, fragte Frau Ehrenstein aufgeregt.

»Ah, Sie scho wieder. Sie san aber a immer da, wo's ein G'frett gibt. Ja, das will ich damit sagen. Wir ham da vorn auf der Straßn das Interview g'habt, dann hat's knallt, und wir ham uns am Boden g'worfn. Instinktiv, verstehn'S? Und dann hamma wen wegrennen sehn. Den Mörder.«

»Wie hat er ausgesehen?«, fragte Frau Ehrenstein atemlos.

»Ja, das würde mich auch interessieren.«

Alle drehten sich überrascht um und blickten in Major Raabs grimmiges Gesicht.

17
Held oder Bösewicht?

Für die gnä' Frau barg es eine gewisse Faszination, den Major zum ersten Mal sozusagen in freier Wildbahn in seiner Eigenschaft als Verbrecherjäger zu erleben. Bisher war sie ihm nur in seinem Büro oder in Kaffeehäusern begegnet, wo sie sich mit ihm über Fälle unterhalten hatte. Da war er ein freundlicher junger Mann gewesen, der sie stets mit einem Augenzwinkern bedacht hatte. Ja, mitunter hatte er sich von ihrer angeblichen Penetranz enerviert gezeigt oder hatte versucht, ihr das »Detektivspielen« auszureden. Doch er war immer höflich geblieben und auch bereit, seine Fehler einzugestehen.

In seiner offiziellen Funktion war er wie ausgewechselt. Sein Blick war hart, nicht einmal der Ansatz eines Lächelns war in seinem Gesicht zu erahnen, und seine Anweisungen klangen, als würde er keinen Widerspruch dulden. Hinter ihm stand eine Gruppe uniformierter Polizisten, alle mit dem gleichen stoischen Gesichtsausdruck.

Stotternd erklärte Kramer, dass er zwar eine Person hatte davonlaufen sehen, diese ihm aber nicht bekannt vorgekommen sei. Daraufhin wies Major Raab einen Beamten an, alle Zeugen ins Theater zu bringen – auch das protestierende Filmteam. Einen weiteren Mann postierte er vor dem Kostümkammerl, und den nächsten schickte er zur Straße, wo das Interview stattgefunden hatte. Frau Ehrenstein wollte das Wort an ihn richten, doch er knurrte nur: »Später.« Sie sah noch, wie er sich den Notarzt vorknöpfte, ehe sie ins Theater geschoben wurde.

Im Zuschauerraum war die Stimmung aufgeladen. Die drei Schauspieler hockten dicht beieinander in einer der mittleren Reihen, das Fernsehteam saß tuschelnd auf den Holztreppen, der Piccolo mit herunterbaumelnden Beinen auf dem Bühnenrand. Kramer ging die Sitzreihen entlang, eine brennende Zigarette in der einen, ein Feuerzeug in der anderen Hand. Felix saß in sich zusammengesunken in der letzten Reihe und starrte auf seine Taschenuhr. In einer Ecke stand reglos ein Polizist und behielt alle im Blick.

Marie saß in der ersten Reihe, hatte den Arm um Traudel gelegt und tätschelte ihr die Hand. Das Gesicht der Kostümbildnerin hatte wieder etwas Farbe angenommen, doch sie war immer noch sichtlich mitgenommen. Frau Ehrenstein kniete sich vor sie hin in den weichen Teppichboden. Das war keine gewohnte Haltung für sie, insbesondere nicht in einem Hosenanzug, doch sie wollte Traudels Miene von vorne und nicht von der Seite beobachten, während sie sie befragte.

»Haben Sie alles, was Sie brauchen, Traudel? Gut. Sie waren die Erste, die sie entdeckt hat, oder?«

Die Kostümbildnerin nickte widerwillig.

»Ich weiß, es ist nicht leicht, aber ich möchte Sie bitten, mir so genau wie möglich zu erzählen, was Sie gesehen haben.«

»Aber warum?« Traudels Stimme war kaum lauter als ein Seufzen.

»Weil die Erinnerung jetzt noch frisch ist. Vertrauen Sie mir, bitte.«

Marie drückte die Hand der Kostümbildnerin und nickte ihr aufmunternd zu.

»Ich hab wen liegen sehn. Zuerst hab ich gedacht, die

Marie ruht sich vielleicht nur aus oder ist gestürzt. Aber die Schuhe und die Strümpfe … viel zu vornehm für die Marie. Entschuldige.«

»Schon in Ordnung«, versicherte Marie gleichgültig.

»Dann bin ich näher kommen und hab g'sehn, dass es Annelies ist. Und dann das Blut …« Sie fasste sich an den Hals. Frau Ehrenstein machte sich bereit, zur Seite zu springen, für den Fall, dass die junge Frau sich übergeben müsste. Doch Traudel redete weiter.

»Ich hab dann nur g'schrien, so viel weiß ich noch. Richtig bewusst wieder zu mir gekommen bin ich erst wieder hier.« Sie sah sich im Zuschauerraum um, als wäre sie zum ersten Mal hier.

»War das Kostümkammerl offen, als Sie hinkamen? Also, stand die Tür offen, oder war sie geschlossen?«, fragte die gnä' Frau drängend. Raab würde jeden Moment hier auftauchen und ihre Befragung unterbrechen.

»Es … es stand offen, das hat mich gewundert. Das kann ja nur Marie sein, hab ich mir gedacht, aber die war doch im Zuschauerraum, bei Ihnen. Aber es war Annelies …«

»Wann waren Sie davor das letzte Mal im Kostümkammerl?«

»Im Kammerl selber war ich, lassen'S mich nachdenken … Ja, am Ende der Probe, da hab ich den Minirock und die eine G.I.-Uniform hingebracht, weil die später noch geändert werden mussten. Herrje, das muss ja noch gemacht werden! Wann soll ich denn …?«

»Das ist jetzt erst mal nicht wichtig. Sie waren also nicht mehr dort, als alle Pause gemacht haben. Wegen des Interviews von Herrn Kramer?«

»Also … ich war nicht mehr drinnen. Als alle Pause hatten, wollt ich zur Trafik, einen Lottoschein kaufen und noch anderes besorgen.«

»Und Sie haben die Tür vom Kammerl zugemacht?«

»Ja, natürlich, das mache ich immer so.«

»Ist Ihnen etwas Ungewöhnliches aufgefallen? Nicht nur dort unten, sondern auch davor, im Hof?«, fragte Frau Ehrenstein. Bisher waren die Antworten von Traudel nicht sehr ergiebig gewesen. Irgendetwas musste sie doch gesehen haben!

»Sie meinen, bis auf die Leiche, die vor meiner Kochplatte lag?«

Die Stimme der Kostümbildnerin klang jetzt gereizt. Marie tätschelte ihr die Hand und gab ihrer heimlichen Vertrauten mit einem leichten Kopfschütteln zu verstehen, dass da nicht mehr herauszuholen sei.

»Lassen Sie Ihre Finger von mir, Sie … Sie … *stronzo!*« Mit einem lauten Poltern wurde die Signora von einem grauhaarigen Beamten hereingeführt.

»Ich weiß zwar net, was ein Stronzo ist, aber es klingt schon ein bissl nach Beamtenbeleidigung, Werteste.«

Er wirkte abgebrüht. Weder ihr schrilles Geschrei noch ihr Versuch, sich aus seinem Griff zu winden, schienen ihn im Mindesten zu beeindrucken.

Jetzt sprangen alle auf, um der Primadonna zur Hilfe zu eilen, und riefen aufgebracht durcheinander.

»Wie können Sie es wagen …«

»Eine Dame ihres Alters …«

»Wissen Sie überhaupt, wer das ist?«

»Francesca, mein Engelchen, was haben Sie dir …«

»Ich verlange eine Erklärung!«

Frau Ehrenstein und Marie waren im Hintergrund geblieben, während die anderen sich um die Signora und den Beamten scharten. Selbst der Polizist, der in der Ecke gewacht hatte, ging hin, um seinem Kollegen beizustehen. Es machte beinahe den Anschein, als hätten alle nur auf eine Gelegenheit gewartet, Druck abzulassen. Trotz all der Animositäten, die zwischen den Mitwirkenden geherrscht hatten, war jetzt ein deutlicher Schulterschluss zu spüren. Das Theater gegen die Polizei.

»Ruhe!«

Frau Ehrenstein hätte es nicht gewundert, die Lampenschirme scheppern zu sehen, so donnernd hatte der Schrei von Major Raab geklungen. Sein Organ würde sich gut für die Bühne eignen, ging es ihr durch den Kopf, und sie überlegte, ob er die Rolle eines Helden oder die eines Bösewichts besser verkörperte. Gerade sah er so wütend aus, dass sie beinahe damit rechnete, ihn als Nächstes die Zähne fletschen zu sehen.

»Alle setzen. In die Zuschauerreihen. Jetzt!«

Das Gewurl an Menschen löste sich auf. Nur die Signora bot dem Major die Stirn, Kramer versteckte sich hinter seiner Frau.

»Ich muss schon protestieren! Ich werde aus dem Schlaf gerissen und dann mit Gewalt, jawohl mit Gewalt, *maledetto*, aus meiner Garderobe geschleppt …«, schnatterte die Primadonna.

»Sie haben den Beamten Folge zu leisten. Andernfalls werden Sie festgenommen«, erklärte Raab eisern. »Alle müssen sich hier einfinden, Personalien müssen aufgenommen und Fragen beantwortet werden. Das hier ist ein Tatort, Herrschaftszeiten.«

»Ein Tat…?«

»Ja, Francesca, mein Herz, stell dir vor: Die Annelies ham's daschossen.«

Für einen Augenblick starrte die Signora ihren Mann mit offenem Mund an. Dann drehten sich ihre Augäpfel nach oben, sodass man nur noch das Weiße sah, und sie kippte vornüber in seine Arme. Der Aufprall kam für Kramer anscheinend überraschend. Er schaffte es nicht mehr, sie aufzufangen, sondern wurde unter ihr begraben. Ein geröcheltes »Hilfe« war das Einzige, was von ihm noch zu hören war.

Raab presste die Lippen aufeinander und hob den Blick zur Decke, wie um den Herrgott um Hilfe anzuflehen. Er stieß einen Seufzer aus und wies seine Beamten an, den beiden am Boden Liegenden Hilfe zu leisten.

Felix trat an ihn heran, stellte sich als Direktor dieses Etablissements vor und bot sein Büro als Befragungszimmer an. Ohne ein Wort des Dankes nickte Raab und beschloss, gleich mit Felix zu beginnen. Beim Weg durch den Zuschauerraum warf der Polizist der gnä' Frau einen so erbosten Blick zu, dass sie davon ausgehen musste, er gäbe ihr die Schuld für den ganzen Schlamassel.

18
Schokolade zum Verhör

Nachdem Raab mit seiner Befragung von Felix fertig war, holte er Kramer zu sich, danach Traudel, dann die Signora. Als auch jeder der drei Schauspieler vor ihr drankam, war sich die gnä' Frau sicher, dass Raab sie absichtlich warten ließ.

Laut ihrer Armbanduhr waren zwei Stunden und siebenundfünfzig Minuten vergangen, als Marie von ihrer Befragung zurückkam. Da jetzt der Piccolo zum Major gerufen worden war, war sie im Zuschauerraum nun allein mit ihrem Dienstmädchen und immer noch demselben Polizisten, der im Eck Wache hielt.

»Soll ich auf Sie wart'n? Drauß'n?«, flüsterte Marie, während sie neben Frau Ehrenstein kniend umständlich ihre Tasche packte.

»Nein, das wird nicht nötig sein. Gehen'S nach Haus zu Ihrer Mutter. Ham's ihm was erzählt von der Quarantäne und so?«

»Nein, ich hab ihm meine Personalien g'eben und g'sagt, was ich da mach und was ich heut g'sehn hab. Mehr hat er net g'fragt, und ich sag der Kieberei net mehr, als was sie von mir wissen woll'n.«

Bei der Jagd auf den Würger von Hietzing hatte die Polizei einen Jugendfreund Maries als Täter festgenommen. Er war unschuldig gewesen, wie die gnä' Frau und das Dienstmädchen später hatten beweisen können. Dieser Vorfall hatte die ohnehin schon stark ausgeprägte Abneigung der jungen Frau gegen die Wiener Gesetzeshüter nur noch weiter angeheizt.

»Hätt ich soll'n?«

Der Polizist räusperte sich lautstark, und Marie verabschiedete sich von Frau Ehrenstein und ließ sie wissen, dass sie sich melden sollte, falls sie heute noch etwas brauchte.

Die gnä' Frau streckte sich und schüttelte ihre Glieder aus, als sie endlich aufgerufen wurde. Ihr eierschalenfarbener Hosenanzug war zerknittert und hatte einige Flecken abbekommen. Nichtsdestotrotz strich sie ihn im Gehen glatt und drückte ihre Frisur zurecht.

Sie wurde auf einem Sessel Raab gegenüber platziert. Er saß hinter einem Schreibtisch, Felix' Schreibtisch offensichtlich.

Der Major nahm ihre Anwesenheit nicht wahr, sondern schrieb konzentriert in ein Notizbuch. Das musste eine Taktik sein. Normalerweise begrüßte er sie mit überbordender Freundlichkeit und hatte auch genug Manieren, um aufzustehen, wenn eine Dame das Zimmer betrat. Nun gut, sollte er seine Spielchen spielen. Sie würde sich gedulden.

Immerhin eröffnete sein Schweigen Frau Ehrenstein die Möglichkeit, das Büro genauer in Augenschein zu nehmen.

Auf einem Regal stand eine abstrakte Bronzeskulptur, nicht größer als eine Kaffeekanne, die nicht erkennen ließ, ob sie ein Lebewesen oder einen Gegenstand darstellen sollte. An einer Wand hingen mehrere gerahmte Bilder. Frau Ehrenstein erkannte Plakate der Operette *Wiener Blut* und des Theaterstücks *Liliom*. Außerdem zwei Drucke, die so aussahen, als stammten sie vom selben Künstler. Einer zeigte einen blonden jungen Mann, der sich im Spiegel die Krawatte richtete und der sie an Felix erinnerte, der andere ein glamouröses Pärchen in Abendgarderobe, das Treppen hinabstieg. Die gnä' Frau kniff die Augen zusammen und glaubte, den Namen »Leyendecker« zu entziffern.

Raabs Kugelschreiber glitt weiterhin lautlos über das Papier, einzig das Ticken der kleinen Standuhr auf dem Schreibtisch war zu hören. Der Tisch war akkurat aufgeräumt, die wenigen Gegenstände, die sich darauf befanden, waren an den Kanten der Tischplatte ausgerichtet: eine Schreibunterlage aus Leder, drei übereinandergestapelte Ablagefächer in der einen Ecke, eine Schreibtischlampe in der anderen. Es musste sehr ungewohnt für Raab sein, an einem solchen Tisch zu sitzen, denn sein Arbeitsplatz im Sicherheitsbüro war stets in extrem schlampigem Zustand und quoll über vor Papieren, Ordnern und Unterlagen. Aus diesem Grund war es Frau Ehrenstein einmal gelungen, unbemerkt Beweisfotos von dort zu stehlen. Sie biss sich auf die Unterlippe, um nicht zu kichern.

Felix' Büro dagegen war makellos. Die gerahmten Bilder hingen gerade und waren staubfrei. Das Regal mit der Bronzeskulptur war mit Ordnern, Büchern und Heften gefüllt, die alle in exakt gleichem Abstand zum Rand platziert waren. Sonst befand sich nur noch ein Spiegel neben der Tür. Hier gab es nichts, was nicht nötig war. Ein wenig erinnerte sie der Raum an Oskars Arbeitszimmer in der Villa Ehrenstein. Bloß nicht ablenken lassen. Immer auf die Arbeit fokussiert bleiben.

»Frau Ehrenstein.«

Raab sprach ihren Namen mit einem Seufzer aus. So wie die Mutter Oberin auf dem privaten Gymnasium, wo Frau Ehrenstein ihre Schulzeit verbracht hatte.

Sie reckte das Kinn empor und erwiderte mit fester Stimme: »Das ist mein Name. Korrekt.«

Sie glaubte, ein amüsiertes Blitzen in Raabs Augen zu erkennen, doch seine Miene blieb ungerührt.

»Was tun Sie hier?«

Sie könnte das als philosophische Frage auffassen oder in einem wortwörtlichen Sinne – sie war hier, weil er sie ins Büro hatte rufen lassen –, aber da sie nach der langen Wartezeit auch kein Bedürfnis hatte, das Ganze in die Länge zu ziehen, antwortete sie ihm direkt.

»Ich bin die Produzentin dieses Stücks. Dieses aufstrebende Theater erschien mir als gute Investition.«

Raab hob eine Augenbraue, und die gnä' Frau fühlte sich bemüßigt hinzuzufügen: »Deswegen bin ich auch bei den Proben anwesend. Um meine Investition im Auge zu behalten.«

Der Major verzog den Mund und notierte etwas in sein Notizbuch.

»Kannten Sie das Opfer?«

»Kennen ist ein großes Wort. Ich habe sie einige Male getroffen und auch ein paar Worte mit ihr gewechselt.«

»Wo waren Sie, als der Schuss fiel?«

»Ich befand mich mit der Kostümassistentin im Zuschauerraum.«

»Was taten Sie dann?«

»Ich, also das heißt, wir, sind nach draußen gerannt, um herauszufinden, woher der Knall kam. Da wussten wir ja noch nicht, dass es ein Schuss war. Wir haben dann die Schauspieler vorm Kostümkammerl gesehen. Das heißt, zwei von ihnen.«

»Und dann?«

»Dann kam die Kostümbildnerin mit dem anderen Schauspieler ganz leichenblass …«

»Ich will wissen, was Sie dann gemacht haben.«

»Ähm, also ich, das heißt, wir, die Kostümassistentin

und ich, wir sind ins Kostümkammerl hinein, um zu sehen, nun ja, um zu sehen, ob noch was gerettet werden kann. Ich meine, ob Erste Hilfe vonnöten wäre.«

»Und das mussten Sie übernehmen, weil Sie die besten Kenntnisse in Erster Hilfe haben?«

»Äh, nun ja, *beste* ist wieder so ein großes Wort …«

Raab schmiss den Kugelschreiber vor sich auf den Tisch und fuhr sich durch seine kurz geschorenen Haare. Von einem Moment auf den anderen waren ihm seine Gesichtszüge entglitten.

»So, jetzt reicht's ma wieder. Lass ma den Schmarrn und red ma Tacheles, gnä' Frau, wenn's recht ist.«

»Ich habe nichts dagegen«, log sie wenig überzeugend.

»Wie kommt's, dass Ihnen Leichen folgen wie Fliegen einem Hundstrümmerl?«

»Ich muss schon sehr bitten, Herr Major!«

Frau Ehrenstein echauffierte sich aufrichtig. Sie konnte ja nun wirklich nichts dafür, dass sie immer wieder über Morde stolperte. Außerdem verbat sie sich Vergleiche mit Hundeexkrementen.

Raab hob beschwichtigend die Hände und ließ sich in den Sessel zurückfallen. Erst jetzt fielen ihr die dunklen Ringe unter seinen Augen auf. Sie konnte nicht wissen, wie sein Tag bislang verlaufen war. Womöglich hatte er schon einen Nachtdienst hinter sich. Vielleicht machte ihm auch wieder sein Vorgesetzter, der Herr Hofrat Simmel, die Hölle heiß.

»Wann haben Sie denn das letzte Mal was gegessen? Wollen Sie vielleicht den hier haben? Ich hab selbst noch genug, keine Sorge.«

Sie hielt ihm einen blauen Bendsdorp-Schokoriegel über den Tisch. Wenn man zehn Papierschleifen der Verpackung gesammelt hatte, bekam man dafür einen neuen

Schokoriegel, was sie und ihren Sohn Willi zu massenhaftem Verzehr anstiftete. Willi bevorzugte die Grünen mit Nüssen, sie mochte die blauen mit Milchschokolade am liebsten.

Raab schien schon ablehnen zu wollen, doch dann seufzte er wieder und griff zu. Rasch riss er das Papier vom Riegel und biss herzhaft hinein.

»Ich sag Ihnen was, Major Raab, meine Laune ist auch immer marod, wenn ich nichts im Bauch hab.«

»Meine Laune ist marod, weil eine junge Frau erschossen wurde und es meine Aufgabe ist, den Mörder zu finden.« Er nuschelte ziemlich, denn sein Mund war voll, doch Frau Ehrenstein nahm erleichtert zur Kenntnis, dass er jetzt viel zugänglicher wirkte. Es war sicher vorteilhaft, seinen Zuckerrausch auszunutzen.

»Hat Kramer, also der Regisseur, Konstantin Kramer, hat er tatsächlich den Mörder weglaufen sehen?«

»Sagt er jedenfalls«, antwortete Raab kauend. »Seine Beschreibung fiel nicht sehr genau aus. Jeans, helles T-Shirt, lange dunkle Haare. Wirkte im Allgemeinen *südländisch*, laut seiner Aussage.«

»Und das Fernsehteam? Haben die was gesehen? Vielleicht sogar aufgenommen?«

»Nein. Als es geknallt hat, hat sich Kramer nach vorn auf sie geworfen. Richtig heroisch, haben sie gesagt, wie um sie zu schützen. Jedenfalls haben's dadurch nichts erkennen können. Kramer hat gerufen: ›Da lauft er, so fangt's ihn doch!‹, aber sie ham nur noch einen Schatten um die Ecke verschwinden sehen, mehr nicht.«

Heroisch? Das klang so gar nicht nach Kramer. Aber vielleicht tat sie ihm Unrecht, und im Angesicht einer echten Gefahr entdeckte der Regisseur seine Selbstlosigkeit.

»Aber die Kamera ist weitergelaufen? Vielleicht sieht

man auf dem Band doch noch etwas, das von Nutzen sein könnte. Haben Sie schon die Nachbarn befragt? Diejenigen, deren Wohnungen zum Hof schauen?«

»Meine Männer kümmern sich darum, aber ich erwarte mir nicht allzu viel davon. Die Leute hier reden nicht so gern mit der Polizei, müssen Sie wissen.«

Mit einem traurigen Blick betrachtete Raab das leere Silberpapier des Schokoriegels und zerknüllte es schließlich. Die übrig gebliebene blaue Papierbanderole balancierte er auf seinen Fingerspitzen.

»Wenn Kramer und das Fernsehteam nicht unter einer Decke stecken, haben die wohl das beste Alibi«, stellte Frau Ehrenstein fest. »Wo haben sich die anderen aus dem Theater aufgehalten, als der Schuss losging? Was haben sie Ihnen erzählt?«

»Nun, der Direktor, Felix Hall, war hier im Büro zu dem Zeitpunkt, allein. Die Sängerin, diese Primadonna, hat angeblich geschla… Moment mal!« Raab setzte sich abrupt auf, als wäre er aus einem Traum erwacht. »Versuchen Sie, mich mit Schokolade zum Reden zu bringen?«

»No, das klappt ganz gut, finden Sie nicht?«

Raab funkelte sie böse an, und diesmal war es an ihr, beschwichtigend die Hände zu heben. Sein Unmut wurde dadurch nicht verringert, eher im Gegenteil.

»Für Sie mag es Spaß sein, Frau Ehrenstein. Wieder irgendein Abenteuer … Aber hier ist ein Verbrechen geschehen.«

Die gnä' Frau spürte, wie sich ein Knäuel aus Wut und Enttäuschung in ihrem Magen bildete. Wenn jemand wusste, wozu sie fähig war, dann war es Raab. Dass er jetzt versuchte, sie zum gelangweilten Frauchen zu degradieren, war in ihren Augen ein besonders boshafter Affront.

»Wenn ich mich richtig erinnere, hatten wir vor nicht

allzu langer Zeit ein ähnliches Gespräch. Da habe ich Ihnen eine zweifache Giftmörderin auf dem Silbertablett serviert, mitsamt Beweisen, und *Sie* waren es, der die Sache nicht ernst genug genommen hat. Sie haben die Täterin ungeschoren davonkommen lassen!«

Raabs Nasenflügel bebten. Er wollte etwas sagen, doch sie kam ihm zuvor.

»Ganz zu schweigen davon, dass Sie einen Unschuldigen für den Würger von Hietzing gehalten haben und ich, unter Einsatz meines Lebens, den Richtigen überführt habe.«

Auf Raabs Stirn bildeten sich tiefe Falten.

»Ich hätte nicht … Sie haben ja …«

»Und eins noch! Das hier ist ganz sicher kein Spaß für mich oder ein x-beliebiges Abenteuer. Da draußen liegt eine junge Frau tot in einem abgesandelten, kalten, stinkenden Kammerl. Sie war kein Engel, war sogar manipulativ und zerstörerisch, aber sie hatte ihr Leben noch vor sich. Das hat sie nicht verdient, keiner hat das, und wär ich nicht gewesen, wär sie vermutlich noch am Leben. Also kommen Sie mir hier nicht mit Ihrer rechtschaffenen Zurechtweisung. Ich weiß besser als Sie, um was es hier geht.«

Bevor sie es verhindern konnte, waren ihr die Tränen gekommen. Sie hasste es, sich vor anderen verletzlich zu zeigen. Zu oft hatte sie miterlebt, dass Frauen, die weinten, zu Sensibelchen oder Hysterikerinnen abgestempelt worden waren.

»Frau Ehrenstein, es tut mir wirklich leid. Ich war wütend und hab einen Blödsinn geredet.«

Seine Stimme war sanft geworden. Für einen Moment machte er Anstalten, über den Tisch zu greifen, doch dann entschied er sich anders und holte ein Stofftaschentuch aus seinem Jackett.

»Sparen Sie sich's. Ich hab meine eigenen.«

Sie kramte in ihrer Tasche und fluchte, als sie die Papiertaschentücher nicht auf Anhieb fand. Schließlich wurde sie aber doch fündig, putzte sie sich die Nase und tupfte die Haut unter ihren Augen ab.

Für einige Augenblicke saßen sie sich schweigend gegenüber. Sein Blick war schuldbewusst. Sie hoffte, dass ihrer hart wirkte. Mittlerweile war sie einfach nur schrecklich erschöpft von diesem fürchterlichen Tag.

»Also … wieso glauben Sie, dass Sie für den Tod der jungen Frau verantwortlich sind? Ich meine, falls Sie nicht geschossen haben … Falls doch, würde das meine Arbeit jetzt enorm erleichtern.«

Er lächelte schief. Sie rechnete es ihm hoch an, dass er die unangenehme Situation mit einem Witz auflockern wollte. Doch ihr war nicht nach Lächeln. Sie spielte mit dem Gedanken, ihm die Erklärung vorzuenthalten. Aus Prinzip, Wut, Rache, verletzter Eitelkeit? Nein, so eine Person war sie nicht. Außerdem wollte sie genauso wie er, dass Annelies' Tod aufgeklärt wurde, und je mehr er wusste, desto eher könnte es ihm gelingen.

»Es ging eigentlich die ganze Zeit um Erpressung. Mit einem Mord hab ich nie gerechnet.«

Sie erzählte ihm die ganze Geschichte. Das aufbrausende Verhalten der Signora, wie sie sich der gnä' Frau dann anvertraut hatte, die Falle am Opernball und schließlich die Zusammenkunft in der Weinstube. Sie verzichtete aber darauf, den Grund für die Erpressung zu nennen, und versicherte Raab, dass es für den Fall nicht von Interesse sei.

»Wir hatten vor, Annelies nach der Probe zur Rede zu stellen. Die Signora wollte ihr Geld zurückverlangen und sie entlassen. Das war der Plan.«

Während ihres Berichts hatte Raab wieder begonnen mitzuschreiben. Ohne aufzusehen, fragte er: »Wer ist *wir*?«

»Die Signora, Felix, also Herr Hall, und ich.«

»Verstehe.« Er las sich das Geschriebene noch einmal durch und ließ dabei unaufhörlich den Kugelschreiber klicken. Ein enervierendes Geräusch, doch die gnä' Frau war mittlerweile zu müde, um ihn darauf hinzuweisen.

»Eine ganz schön verworrene Geschichte«, sagte er schließlich nachdenklich.

»Eigentlich nicht. Eine Person erpresst tausende Schilling. Am Tag nach der Aufdeckung wird sie ermordet.«

»Das heißt, Sie gehen davon aus, dass die Signora ihre Assistentin aus Rache ermordet hat?«

»Wenn wir schon von Motiven reden, würde ich vermutlich eher Angst nennen. Angst, bloßgestellt zu werden. Angst, alles zu verlieren. Aber wie ich schon sagte: Mehrere Personen haben von Annelies' Untaten Wind bekommen.«

»Aber warum sollte jemand anderes als die Signora die Assistentin dafür büßen lassen?«

»Vielleicht war es jemand aus dem Umfeld der Signora, der sie schützen möchte. Oder sie war nicht die Einzige, die von Annelies erpresst wurde.«

»Meiner Erfahrung nach ist das häufigste Motiv immer noch die gute alte Gier. Jemand hat der Assistentin knapp vor oder nach ihrem Tod einen Geldschein aus der Hand gerissen. Diese Gegend ist nicht die beste. Jemand hätte auf der Suche nach Beute ins Kammerl gehen, die Assistentin überraschen und einen einfachen Raubmord begehen können. Den hat Kramer dann weglaufen sehen.«

»Kramer hat weiß Gott wen sehen können, der vor einem lauten Knall davongelaufen ist. Sie glauben doch nicht wirklich, dass jemand zufällig eine Erpresserin ausgeraubt hat?«

Raab stand auf und ging um den Schreibtisch herum.

Es war offensichtlich, dass für ihn die Befragung beendet war.

»Ich glaube, dass der Herr Hofrat sich die Beweise ansehen und zu dem Schluss kommen wird, dass es sich um gewöhnlichen Raubmord handelt.«

»No, weil er ja so oft recht g'habt hat in letzter Zeit.«

Sie wusste, dass Raabs Vorgesetzter, der Herr Hofrat, dem jungen Polizisten schon öfter die Hände gebunden hatte. Der Giftmord in Döbling zum Beispiel war nicht weiter verfolgt worden, weil einflussreiche Personen aus der Wiener High Society involviert gewesen waren.

Raab lehnte sich müde an den Schreibtisch vor zu Frau Ehrenstein. In seinem Blick lag eine Mischung aus Sympathie und Entrüstung.

»Frau Ehrenstein.«

»Major Raab.«

»Ich gehe jetzt meiner Pflicht nach und bitte Sie, Ihre Finger von dem Fall zu lassen, wohl wissend, dass Sie dem nicht Folge leisten werden.«

Nun entrang sich Frau Ehrenstein doch ein Lächeln, während sie aufstand und zur Tür ging.

»Ich freue mich, dass wir uns in dieser Sache einig sind.«

»Nichtsdestotrotz handelt es sich um Polizeiermittlungen, und es wäre für alle Beteiligten leichter, wenn Sie uns nicht in die Quere kämen. Ansonsten müsste ich Sie womöglich wegen Behinderung der Staatsgewalt festnehmen.«

»Jaja, ich bin schrecklich eingeschüchtert. Trotz Ihrer unausgegorenen Theorien möchte ich Sie bitten, bei den Ermittlungen die Sache mit der Erpressung nicht außer Acht zu lassen. Haben'S einfach ein Auge drauf, wenn Sie Annelies' Sachen durchsuchen. Wo hat sie eigentlich gewohnt?«

Raab sah sie nur belustigt an und schüttelte den Kopf.

»No, ich werd's schon selbst rausfinden. Ich wünsch Ihnen eine gute Nacht, Major.«

»Frau Ehrenstein?«

Sie drehte sich bei offener Türe zu ihm um. Er lehnte immer noch am Schreibtisch, nur war seine Miene jetzt ernst geworden.

»Passen Sie auf sich auf. Hier geht ein Mörder um.«

19

Ein guter Anfang

Bei der Kennedybrücke war ein derartiger Stau, dass Frau Ehrenstein das Taxi verließ und die letzten zwei Stationen mit dem 60er fuhr. Als sie ausgestiegen war, ließ sie die Straßenbahn vorbeirattern, ehe sie die Lainzerstraße überquerte und den leichten Anstieg der Gloriettegasse begann.

Es störte sie nicht, ein wenig zu laufen, ganz im Gegenteil. Den Großteil des Tages hatte sie im Sitzen verbracht, und obwohl sie erschöpft war, tat die Bewegung ihren Beinen gut. Sie musste lächeln, als sie daran dachte, dass sie ein Jahr zuvor außer Atem und ins Schwitzen gekommen war, wenn sie diesen kleinen Hügel erklimmen musste. Damals war sie, ganz die feine Dame, noch nicht gewöhnt gewesen, Wege tatsächlich zu Fuß zu gehen. Doch die Ermittlungen zum Würger von Hietzing hatten Beinarbeit erfordert. Ihre Tätigkeit als Hobbydetektivin hatte sie erkennen lassen, zu was sie eigentlich fähig war. Es war, als würde sie sich jetzt, mit ihren dreiunddreißig Jahren, erst richtig kennenlernen. Auch wenn das aufregend, mitunter sogar gefährlich sein konnte, wollte sie nicht wieder zurück in das behütete, langweilige Dasein als Hausherrin in Vollzeit.

Frau Berkovics und der Rest der Dienerschaft hatten bereits Feierabend, also hängte die gnä' Frau selbst ihren Mantel und ihren Hut ins Garderobenzimmer. Ihr Sohn Willi war sicherlich schon ins Bett gebracht worden. Für einen Moment stand sie unschlüssig in der Mitte des großen Vorzimmers. Sollte sie hinauf in ihr Zimmer gehen? Zum Schlafen war es noch zu früh, und sie hatte kein Bedürfnis, sich wieder in die Kälte zu begeben, um auf ihrem Balkon eine Zigarette zu rauchen. Oder sie ging geradeaus in die Küche, um zu sehen, welche Reste der Koch Zodl im Kühlschrank gelassen hatte? Der Tag hatte ein flaues Gefühl in ihrem Magen hinterlassen, und so verspürte sie, was untypisch war, keinen Gusto auf eine Mahlzeit.

Also knipste sie den Kronleuchter im Wohnzimmer an und ließ ihre neueste Platte aus dem Karton gleiten. Die Proben am Spittelberg hatten den enormen Vorteil, dass er nicht weit von der Mariahilferstraße gelegen war, wo sich ein hervorragender Plattenladen befand. Frau Ehrenstein hatte sich beraten lassen und eine LP von einem ihr vollkommen unbekannten Künstler gekauft.

Sie setzte den Tonarm vor das letzte Lied der A-Seite, schenkte sich Old Bushmills ein und ließ sich seufzend auf einen der beiden Ohrensessel sinken. Mit geschlossenen Augen und irischem Whiskey am Gaumen hörte sie »She packed my bags last night pre-flight …« und kräftige Klavierakkorde.

Sie wünschte, Marie wäre hier. Die gnä' Frau und ihr Dienstmädchen verbrachten oft den Feierabend gemeinsam, hörten Musik und unterhielten sich noch ein Wengerl bei einem Glas Whisky. Heimlich natürlich, denn eine solche Vertraulichkeit zwischen Diensboten und der Herrschaft waren in feinen Haushalten nicht gern gesehen. Ihre Gefährtin hätte Frau Ehrenstein mit ihrer Klugheit und ihren Einsichten sicher aus ihrer Verwirrung herausgeholfen. Die Gedanken der gnä' Frau drehten sich in ihrem Kopf wie im Riesenrad.

Konnte es sein, dass Raab recht hatte? War es purer Zufall, dass der Mord und die Aufdeckung der Erpressung nur einen Tag auseinanderlagen? Es würde ihr Gewissen enorm erleichtern. Eine andere Frage, die sie sich stellte: Was hatte Annelies im Kostümkammerl zu suchen? Eigentlich hätte sie Besorgungen für die Primadonna erledigen müssen. Die gnä' Frau war sich sicher, dass sie keine Handtasche bei der Leiche gesehen hatte. Aber warum sollte sie einen Fünfhundert-Schilling-Schein in der Hand gehabt haben?

»Um sie ruhig z'haltn«, würde Marie jetzt sicher sagen. Annelies hätte einem geheimen Treffen im Kostümkammerl nur zugestimmt, wenn man ihr Geld in Aussicht gestellt hätte. Der Mörder lockt sie mit Bargeld und erschießt sie, sobald sie es sich genommen hat. Dann zieht er sie ins Innere des Kammerls, damit sie nicht gleich entdeckt wird, und macht sich aus dem Staub.

Das ließ die gnä' Frau stutzen. In kürzester Zeit nach dem Schuss hatten sich schon mehrere Personen am Tatort eingefunden. Der Mörder musste schnell sein. Und Nerven aus Stahl besitzen. Das alles traf auf die Signora nicht zu, die aber die Hauptverdächtige wäre, wenn der Mord mit der Erpressung zu tun hätte. Mit *ihrer* Erpressung wohlgemerkt. Was, wenn Annelies es noch bei anderen versucht hatte? Immerhin hatte sie auch aus Frau Ehrenstein delikate Informationen herauskitzeln wollen. Die stille, unterdrückte Assistentin, die man kaum bemerkte, so wie eine Fliege an der Wand. Mit ihrer kriminellen Energie wäre es ihr ein Leichtes gewesen, an Material zu kommen und es gegen jemanden einzusetzen. Bis die gnä' Frau sie als Urheberin aufgedeckt hatte, hatte keiner wissen können, dass sie es war. Und so …

»… hätte es jeder sein können«, murmelte sie.

»Was hast du gesagt?«, fragte Oskar. Er stand an der Bar und goss sich ein Glas Brandy ein.

Frau Ehrensteins Herz machte einen Sprung.

»Wie lang bist du schon da? Was machst du überhaupt hier?«

»Ich wohne hier.«

Mit einem Lächeln setzte er sich ihr gegenüber in den anderen Ohrensessel und fügte hinzu: »Ich hoffe, es stört dich nicht, dass ich das Lied noch mal von vorne abgespielt habe. Ich mag seine Stimme. Wie heißt er?«

»Elton John«, erwiderte sie mechanisch. Es dämmerte ihr, dass sie gar nicht mitbekommen hatte, dass »Rocketman« schon wieder von vorne begonnen hatte. Auch erst langsam wurde ihr jetzt klar, warum sie von Oskars Anwesenheit so überrascht war. Nicht, dass sie nicht ab und zu hier bei einem guten Tropfen sitzen und sich unterhalten würden. Vor ein paar Monaten wäre die Vorstellung noch lachhaft gewesen, zu sehr hatte sich das Ehepaar Ehrenstein immer in die Haare bekommen. Doch vor einigen Wochen hatte er sich zu ihr ins Wohnzimmer gesetzt, ihr erklärt, dass jeder von ihnen ihr eigenes Leben mit eigenen Geheimnissen haben sollte und dass er auf ein freundschaftliches Miteinander hoffe. Bisher hatte das auch wunderbar funktioniert, und Frau Ehrenstein war aufrichtig glücklich darüber.

Nein, der Grund, warum sie so stutzte, war ein anderer. Es war Dienstag, und die Dienstagabende verbrachte er sonst immer mit seiner Geliebten.

»Worüber denkst du nach?« Oskar studierte sie fasziniert.

»Ähm, ich bin nur überrascht. Ich dachte, du magst die Briten nicht so. T.Rex zum Beispiel haben dir ja gar nicht zugesagt.«

Er runzelte die Stirn.

»T.Rex klingen aber auch nicht so, oder? Ich meine, du

bist hier die Musikkennerin, ich will mich nicht streiten. Aber vielleicht sollten wir nicht alle Briten über einen Kamm scheren.«

Sie blickte ihn verdutzt an, bis ihr klar wurde, dass er scherzte. »Rocketman« war gerade zu Ende, was sie dankbar zum Anlass nahm, aufzustehen und die Platte umzudrehen. Und um sich zu sammeln. Dieser Tag mit all seinen Überraschungen und aufzudeckenden Geheimnissen steckte ihr in den Knochen, und sie fühlte sich kaum imstande, ein normales Gespräch mit irgendjemandem zu führen. Geschweige denn mit ihrem Ehemann, der nichts von ihrer Tätigkeit als Privatdetektivin wissen sollte.

»Was ist passiert?«

Seine Frage klang nicht anklagend, eher mitfühlend und besorgt. Dennoch geriet sie in Panik.

»Wie kommst du darauf, dass etwas passiert ist?«

»Du bist später als sonst von der Probe nach Hause gekommen. Dir geht offensichtlich so einiges durch den Kopf. Und für jemand, der so viel Wert auf seine Garderobe legt, ist deine Aufmachung … auffallend. Dein Hosenanzug sieht aus, als wäre er von einem Fiaker durch die Innenstadt geschleift worden.«

Betroppezt blickte sie an sich herab. Normalerweise überprüfte sie den Sitz ihrer Kleidung und ihrer Frisur in regelmäßigen Abständen, das war sogar eine Art Tick von ihr. Doch an diesem Abend hatte sie tatsächlich vergessen, in welchem Zustand sie sich befand.

»Ich will dich nicht drängen, aber wenn du darüber reden möchtest, Helene, dann könntest du dir noch etwas von diesem schrecklich stinkenden Whisky einschenken und dich wieder hersetzen.«

Frau Ehrenstein stand für einen Moment unschlüssig da. Elton Johns Klavierklänge schwebten durch den Raum, und in ruhigem Tempo sang er seinen Freunden von einer langen, langen Straße vor.

Morgen würde der ORF über den Mord berichten, mit Fernsehaufnahmen direkt vom Tatort. Besser, sie erzählte ihrem Mann jetzt davon.

»Das ist ein hervorragender irischer Whiskey aus einer Brennerei mit einer fast 400-jährigen Tradition, und der stinkt überhaupt nicht!«

Oskar wirkte nicht überzeugt, aber er nickte ergeben und wartete, bis sie sich mit ihrem frisch gefüllten Glas wieder hingesetzt hatte, ehe er ihr zuprostete.

Sie bemühte sich, sachlich und klar zu bleiben, als sie ihm von den Ereignissen berichtete. Im Grunde gab sie ihm nur eine stichwortartige Aufzählung der Fakten, und einige Details unterschlug sie bewusst, wie die Erpressung und ihre Untersuchung am Tatort. Oskar betrachtete sein leeres Glas.

»Verstehe«, sagte er schließlich.

»No, das ist ja ein guter Anfang.« Sie wollte nicht schnippisch klingen, doch war sie zu müde und zu angespannt, um sich diesen Satz zu verkneifen. Außerdem enervierte es sie, dass sie weder von seiner Mimik noch aus seiner Stimme ablesen konnte, was er davon hielt.

»Und ich nehme an, du möchtest trotzdem weiter hingehen? Ins Theater, zu den Proben?«

Frau Ehrenstein hatte noch gar nicht darüber nachgedacht, ob die Proben überhaupt fortgesetzt würden. Würde die Premiere verschoben werden? War die Signora in der Lage aufzutreten, nach dem Schock?

Aber ihr Mann, dem von Anfang an ihr Mitwirken an dem Stück missfallen hatte, sollte gar nicht erst glauben, dass sie dem Theater nun fernbleiben würde. Im Brustton der Überzeugung bejahte sie seine Frage. Sie bezweifle, dass es gefährlich sei, weiter zu proben, immerhin ermittelte ja bereits die Polizei, außerdem gebe es ja diesen englischen Ausdruck »The Show must go on«, und überhaupt könne sie die Beteiligten jetzt keinesfalls im Stich lassen. Sie redete ohne Punkt und Komma, denn sie rechnete jede Sekunde damit, dass er sie unterbrach, um ihr ein Gegenargument entgegenzuschleudern.

Doch das geschah nicht. Er sprach erst, als ihr die Wörter ausgegangen waren. Farbe war in seine Wangen getreten. Zwar war es seiner ruhigen Stimme nicht anzuhören, doch sie spürte, dass er versuchte, seine Gefühle im Zaum zu halten.

»Ich denke, dir ist klar, dass ich damit nicht sehr glücklich bin. Ich meine, mich beunruhigt nicht nur die Gefahr, in die du dich begibst. Das Ganze könnte sich zu einem Medienspektakel hochschaukeln. Und die Wogen um diesen Artikel in diesem Schundblatt haben sich gerade erst gelegt. Ich wäre froh, wenn der Name Ehrenstein nicht jährlich mit einem Skandal in Verbindung gebracht würde.«

Als die gnä' Frau voriges Jahr bei den Ermittlungen zum Würger von Hietzing einen anregenden Nachmittag in einer Hippiekommune verbracht hatte, hatte ein Boulevardreporter davon Wind bekommen und einen reißerischen Artikel verfasst. Eine feine Dame aus Hietzing in linksradikalen Kreisen, wo Drogen konsumiert wurden und wilde Musik spielte, war schon eine Schlagzeile wert. Oskar war wegen der öffentlichen Aufregung ein lukrativer Vertragsabschluss entgangen.

Es begann, in ihr zu brodeln. Sie hatte sich damals mehrfach für den Vorfall entschuldigt, und ihr gefiel nicht, dass die Geschichte nun schon wieder aufgewärmt wurde wie drei Wochen altes Gulasch. Dass sie sich für ihren

Wunsch, zurück ins Theater zu gehen, überhaupt rechtfertigen musste, erschien ihr ungerecht. Sie kannte zwar die österreichische Rechtslage, dass Ehemänner darüber bestimmen durften, ob und wo ihre Frau arbeitete, aber das bedeutete nicht, dass Oskar von diesem Recht Gebrauch machen musste.

Allerdings hatte er ihr weder Vorschriften noch Vorhaltungen gemacht, sondern ihr lediglich seine Sicht der Dinge mitgeteilt. Und sich darüber hinaus zusammengerissen, um nicht laut zu werden.

Als ob die Hitze auf dem Herd zurückgedreht worden wäre, ging das Brodeln in leichtes Simmern über, bis die Oberfläche ruhig dalag.

»Glaub mir, Oskar, mir ist auch daran gelegen, im Hintergrund zu bleiben. Aber ich denke, da besteht keine Gefahr. Das ORF-Team, das bereits vor Ort war, hat meinen Namen gar nicht mitbekommen. Und Felix und Kramer sind ohnehin nur darauf aus, Werbung für das Theater und die Operette zu machen. Nun ja, eher Kramer, Felix hat auch keine Freud mit dem Skandal, wie's scheint.«

»Kramer?«

»Konstantin Kramer, der Regisseur des Stücks. Er ist auch der Ehemann der Hauptdarstellerin.«

»Der Name kommt mir bekannt vor.«

»No, selbstverständlich, er hat in Wien schon so einiges inszeniert! *Der Barbier von Sevilla* in der Kammeroper zum Beispiel oder den *Wozzek*, wo war das noch … Im Theater am Parkring? Oder war's das Kaleidoskop? Eins von denen, das schon zuhat, du weißt schon.«

Der Blick, den ihr Mann ihr zuwarf, ließ sie schmunzeln. Nein, natürlich kannte er sich auf dem Gebiet der Wiener Kellertheater nicht aus. Ihr Mann ließ sich in solchen Etablissements nicht blicken.

»Der Name kommt mir bekannt vor. Sicher nicht aus irgendwelchen Klatschspalten. Konstantin Kramer ... Könnte es sein, dass ich mit ihm zur Schule gegangen bin?«, fragte er nachdenklich, den Blick auf die Glut im Kamin gerichtet.

»Ich kann ihn mir nur schwer in einer feinen Privatschule mit Schuluniform vorstellen.« Zugegeben, sie wusste nicht, wie es in Oskars reiner Bubenschule zugegangen war, aber in ihrer Mädchenschule hätten die Nonnen ein so selbstgefälliges, aufbrausendes Verhalten nicht durchgehen lassen.

»Es war, glaub ich, nicht die Privatschule. Eher die HTL. Vielleicht ein, zwei Klassen über mir ... Ich bin mir nicht sicher.«

Da die Import-Export-Firma der Familie unter anderem mit verschiedenen Putz- und Lösungsmitteln handelte, hatte Oskars Vater ihn auf eine höhere technische Lehranstalt für chemische Industrie geschickt – kurz HTL. So fad das in Frau Ehrensteins Ohren auch klang, Chemie war schon immer das Steckenpferd ihres Mannes gewesen, und er hatte seine Schulzeit dort genossen.

»Ich sollte mich aus diesem besudelten Hosenanzug schälen und schlafen gehen.«

Ihr war bewusst, dass das sinnlos war. Sie würde kein Auge zumachen können.

»Wie wär's ... Weißt du, eigentlich wollte ich mir gerade im Fernsehen einen Spätfilm ansehen, als ich gehört habe, dass du schon da bist. Ich konnte nicht schlafen«, sagte Oskar und klang dabei überraschenderweise verlegen, so als wäre das etwas Verwerfliches. »Hast du vielleicht Lust, mir Gesellschaft zu leisten? Im Fernsehprogramm steht, dass es einer von diesen Spionagefilmen ist, die du so gern hast. *Die 40 Stufen.*«

»Neununddreißig! Um Himmels willen, Oskar, der Film heißt *Die 39 Stufen* und ist von Alfred Hitchcock. Das ist Allgemeinwissen! Wann fängt er an? Na, egal, wenn er schon begonnen hat, erzähl ich dir, was bisher passiert ist. Hab ich dir etwa noch nichts von Hitchcock gezeigt? Beeil dich, den Brandy kannst du ja mitnehmen.«

20

Nonne und Flederwisch

Heast, was zur Hölle?«

Kramer trug einen seidenen Bademantel, der mit bunten, großblättrigen Blumen bestickt war. Die Schulterpartie war von seinen tropfenden Haaren ganz nass.

Frau Ehrenstein setzte ihr charmantestes Lächeln auf.

»Ich wollte nach Ihnen und der Signora schauen. Gestern hatten wir ja nicht die Möglichkeit zu reden. Es muss ein schrecklicher Schock gewesen sein, für Sie beide. Mein herzliches Beileid!«

»Aha. Sehr … *lieb*. Auf Wiederschauen.«

Er wollte die Eingangstür schließen, doch sie schob ihre kniehohen Glattlederstiefel dazwischen. Zwar würde es ihr leidtun, wenn Kratzer ins Leder kämen, aber sie musste Prioritäten setzen.

Kramer funkelte sie böse an.

»Ich würde gerne auch Ihrer Frau mein Bedauern mitteilen. Persönlich.«

»Wir müss'n gleich los. Die Probe beginnt in kaum einer Stund«, brummte er.

»Das ist mir klar, deswegen bin ich ja auch jetzt gekommen«, flötete sie mit Engelsstimme und starrte ihm unverwandt in die Augen.

In der Früh hatte sie in der Direktion des Theaters angerufen. Ein hörbar übermüdeter Felix hatte ihr mitgeteilt, dass die Probe wie geplant am Vormittag stattfinden würde. Er hatte sich sogar zu dem Satz hinreißen lassen, dass glücklicherweise kein essenzielles Mitglied des Ensembles abhandengekommen war, weswegen er den Premierentermin einhalten könnte.

Als Kramer einen Moment zögerte, nutzte die gnä' Frau die Gelegenheit.

»Was für eine wunderschöne Wohnung Sie haben!«, rief sie und drängte sich kaltschnäuzig an ihm vorbei.

Die Gegend im 3. Bezirk war zwar nicht unbedingt eine der feinsten, aber sehr gut gelegen. Man brauchte von dort aus nur einen Hupfer über den Wienfluss zu machen, um in die Innere Stadt zu gelangen. Außerdem befand sich die Wohnung in einem hübschen Altbau und wirkte sehr großzügig und geräumig. Ihre Wände waren hoch und die Decke mit Stuck verziert, große Doppeltüren mit Glaseinsatz verliehen dem Vorzimmer einen herrschaftlichen Charakter.

Ohne auf Kramer zu warten, ging Frau Ehrenstein weiter ins Wohnzimmer. Das verstieß natürlich gegen jeden guten Ton, aber sie genoss es, den rüpelhaften Regisseur hilflos hinter sich herlaufen zu hören.

»Marandjosef«, flüsterte sie atemlos, als sie in der Mitte des Raums stehen blieb. Er war ungefähr so bizarr eingerichtet, wie die Primadonna und Kramer sich kleideten. An den Wänden und über den Möbeln hingen Tücher in den unterschiedlichsten Farben, auf dem Boden lagen willkürlich verteilt Perserteppiche, auf einem Sockel in der Ecke stand ein Gipskopf, der wohl die Signora darstellen sollte, mit einem Turban samt Feder darauf. Eine rote Plüsch-Chaiselongue war mit violetten Polstern übersät, an denen goldene Quasteln angebracht waren.

Die gnä' Frau schätzte moderne Einrichtung und erfreute sich auch stets der farbenfrohen Welt der siebziger Jahre, doch das hier war selbst ihr ein bisserl viel.

»Heast, Sie gehn ma am Zaga, Frau Möchtegern.«

Kramer war so dicht neben ihr stehen geblieben, dass sie sein süßliches Shampoo riechen konnte. Sie machte einen Schritt zur Seite, damit er sie mit seinen nassen Haaren nicht volltropfte.

»Es wird Sie vermutlich nicht überraschen, dass ich so etwas öfters zu hören bekomme. Also dass ich Menschen auf die Nerven gehe. Wo ist …«

»*Porca miseria*, Frau Ehrenstein! Will man mich in Ketten legen und in ein dunkles Loch werfen? Sind Sie die Vorhut? Ist das jetzt die Strafe für meinen unverschämten Griff nach den Sternen, muss ich wie Ikarus …«

»Signora Conetotti, ich bitte Sie.« Frau Ehrenstein konnte der Primadonna ihren Huscher jetzt nicht durchgehen lassen. Das Ehepaar würde bald zur Probe aufbrechen, und sie musste die Diva unbedingt noch allein sprechen.

»Wollen wir uns für ein paar Minuten unterhalten, während sich Ihr Mann für die Probe umzieht?«

Die gnä' Frau konnte an Kramers Gesichtsausdruck erkennen, dass ihm die Sache nicht gefiel. Allerdings blieb ihm nichts übrig, als es zähneknirschend geschehen zu lassen, schließlich war er im Bademantel und musste sich ankleiden.

»Wollen Sie mich vielleicht herumführen? Ich muss sagen, ich bin überwältigt von der Einrichtung des Wohnzimmers und wäre am Rest der Wohnung interessiert. Währenddessen können wir reden.«

Die Signora ergriff die ausgestreckte Hand der gnä' Frau und führte sie in das Zimmer, aus dem sie gerade gekommen war. Kramer stapfte fluchend in die andere Richtung.

»Mein Boudoir«, erklärte die Primadonna. Sie ließ sich auf dem breiten Himmelbett nieder und sank dabei um mehrere Zentimeter ein. Frau Ehrenstein erhaschte aus dem Augenwinkel Seidentücher, Straußenfedern und getrocknete Blumen, ließ sich davon aber nicht ablenken. Vielleicht würde sie ein andermal herkommen, um in der Technicolor-Einrichtungsexplosion dieser Wohnung zu schwelgen. Heute hatte sie keine Zeit dafür. Annelies hatte mit dem Ehepaar zusammengewohnt, um sich rund um die Uhr um die Bedürfnisse der beiden zu kümmern. Frau Ehrenstein musste unbedingt das Zimmer der verstorbenen Assistentin sehen.

»Wirklich sehr schön. Werte Signora, verzeihen Sie, dass ich so hereingeplatzt bin. Dachten Sie wirklich, die Polizei sei gekommen, um Sie abzuführen? Haben die bei Ihrer Befragung irgendwelche Andeutungen diesbezüglich gemacht?«

»Hach«, die Primadonna griff hinter sich und holte einen mit Vögeln bestickten Fächer hervor, ehe sie fortfuhr. »Sie haben ja gesehen, wie sie mich gestern behandelt haben. Ich musste Fragen beantworten, als wär ich gewöhnliches Fußvolk.«

»Ja, das ist … wirklich tragisch. Was haben Sie der Polizei erzählt?«

Die Signora fächelte sich so heftig Luft zu, dass einzelne Haarsträhnen, die aus ihrem Turban hervorlugten, wild um ihr Gesicht tanzten.

»*Allora*, was soll ich denen schon gesagt haben? Ich hab mich ausgeruht und von alledem gar nichts mitbekommen. Ich glaube, man hat mir nicht geglaubt. Der junge Polizist war nicht sehr höflich.«

Sie wirkte aufgebracht und nervös. Die gnä' Frau fand das nicht verwunderlich, bei der ganzen Aufregung. Allerdings könnte es auch bedeuten, dass sie etwas zu verbergen hatte.

Die Primadonna erzählte von ihrer letzten Begegnung

mit Annelies. Nichts an ihrem Verhalten sei anders gewesen als sonst.

»Sie war so zuckersüß und unterwürfig, als ob sie kein Wässerchen trüben könnte. Das hat mich zornig gemacht. Nach allem, was sie mir angetan hat. Ich … ich war vielleicht etwas ruppiger zu ihr als sonst. Ich hab ja nicht wissen können, dass es das letzte Mal war, dass ich sie …«

Frau Ehrenstein sah sich gezwungen, den Fächer an sich zu nehmen, denn mittlerweile fürchtete sie, die Sängerin könnte sich damit verletzen. Die gnä' Frau schlug vor, nun den Rest der Wohnung zu besichtigen. Vielleicht wäre das ja genau das Richtige, um die Nerven der Signora zu beruhigen.

Während sie die türkise Küche und das in Brauntönen erstaunlich schlicht gehaltene Musikzimmer durchschritten, stellte Frau Ehrenstein weitere Fragen zum Hergang. Die Signora behauptete, den Schuss nicht gehört zu haben, sie habe so fest geschlafen, dass sie erst aufgewacht sei, als ein Polizist sie wachgerüttelt habe.

»Ich dachte, ich bekomm einen Herzinfarkt! Und als ich dann hörte, dass Annelies, also dass sie … Da bin ich ohnmächtig geworden.«

»Ja, ich war dabei. Und gehört dieses Zimmer dort Ihrem Mann?«

Unter normalen Umständen hätte die gnä' Frau der Signora jetzt die Hand getätschelt und ihr Mut zugesprochen. Die alte Dame stand ganz offensichtlich neben sich. Annelies war fast jeden Tag an ihrer Seite gewesen, und auch wenn sie ihre Arbeitgeberin hintergangen hatte, musste es ein Schock für die Signora sein, dass sie so brutal aus dem Leben gerissen worden war. Nun, es half nichts. Heute musste die gnä' Frau sich abgebrühte Detektive wie Sherlock Holmes oder Sam Spade zum Vorbild nehmen.

»Nein, nein, Konstantins Zimmer ist da hinten. Aber da dürfen wir nicht rein, Frau Ehrenstein, er legt sehr viel Wert auf seine Privatsphäre. Nein, dies hier ist … war Annelies' Zimmer.«

Frau Ehrenstein spürte ein erwartungsvolles Kribbeln in ihrem Bauch.

»Ach ja, ich hatte vergessen, dass sie bei Ihnen gewohnt hat! Darf ich einen Blick hineinwerfen?«

Ehe die Signora antworten konnte, hatte die gnä' Frau schon die Türe geöffnet. Sie hatte zwar erwartet, dass Annelies' Zimmer nicht so aufwendig und prunkvoll eingerichtet war wie die Räume des Ehepaars, dennoch war sie von der Kargheit überrascht. Der Raum ähnelte Audrey Hepburns Klosterzelle in *Geschichte einer Nonne*. Ein Bett, ein Schrank, ein Schreibtisch und ein Kreuz an der Wand. Kein Schnickschnack, keine Farben, nicht einmal gerahmte Fotos.

»Hatte sie Familie?« Frau Ehrenstein hatte die Stimme gesenkt, als befänden sie sich in der Kirche oder bei einer Beerdigung. Sie fühlte sich auch ganz ähnlich. Es war das Zimmer einer Toten, einer Person, die nie wieder in diesem Bett schlafen würde.

»Nein.« Die Signora sprach zwar nicht leise, aber ihre Stimme klang nicht mehr so aufgeregt wie zuvor. »Die Polizei will noch nachforschen, aber soweit ich weiß, hatte sie niemanden.«

»So wie Sie, als Sie nach Wien gekommen sind, nicht wahr?«

Erst jetzt wurden der gnä' Frau die Parallelen zwischen den beiden Frauen bewusst. Sie hatten sich allein und ohne Mittel in einer fremden Welt durchschlagen müssen. Und beide waren dabei nicht ehrlich gewesen. Vielleicht hatte sie das sogar zusammengeführt, vielleicht hatte sich die Primadonna aus diesem Grund für Annelies entschieden.

Der Gedanke schien der Signora zuvor nicht in den Sinn gekommen zu sein. Sie legte eine zitternde Hand an ihren Hals und stöhnte ein erstauntes: *»Dio …«*

Frau Ehrenstein öffnete den Schrank und ging danach hastig zur Kommode.

»Ist die Polizei schon hier gewesen?«, fragte sie, ohne aufzublicken.

»Nein, nein, warum sollten sie?«

Weil Annelies ein Mordopfer und eine Erpresserin war, wollte die gnä' Frau antworten, aber stattdessen sagte sie:

»Weil jemand Annelies' Sachen durchwühlt hat. Ihre Kleidung im Schrank ist ganz durcheinander, ihre Schuhe sind umgeworfen. Wenn ich von den Abdrücken am Boden ausgehe, wurde das Bett etwas verschoben. Zwei Schubladen der Kommode sind nicht ganz geschlossen, und … ja, wie ich vermutete: Jemand hat hier herumgewühlt und anscheinend nicht einmal den Versuch unternommen, alles wieder in Ordnung zu bringen.«

Als die Signora nicht antwortete, sah die gnä' Frau auf und verstand.

»Sie haben das Zimmer durchsucht, nicht wahr?«

Die alte Frau wich ihrem Blick aus, und ihre kräftig mit Rouge bemalten Wangen wurden noch röter.

»Warum auch nicht? Das ist meine Wohnung und mein Recht, *capito*?«

»Jaja, ich verstehe schon. Haben Sie etwas gefunden? Ihre Briefe? Geld? Erpresserschreiben?«

»Niente.« In ihre Stimme mischten sich Niederlage und Wut. Obwohl die Signora vorgab, vollkommen durcheinander zu sein, hatte sie dennoch die Kaltschnäuzigkeit besessen, das Zimmer nach Beweisen zu durchsuchen.

»Ich ruf jetzt das Taxi!«, dröhnte Kramers Stimme aus dem Wohnzimmer.

Frau Ehrensteins Finger glitten über die glatte Oberfläche ihrer Perlenkette. Sie musste rasch nachdenken. Das Ehepaar hatte Annelies so sehr in Beschlag genommen, es war unmöglich, dass sie noch woanders eine Wohnung gehabt hatte, wo sie ihrer Nebenbeschäftigung als Erpresserin nachgegangen war. Vermutlich hatte sie nur die Nächte für sich allein gehabt. Hier in dieser Zelle.

»Keine losen Platten im Parkett? Keine doppelten Böden im Schrank?«

Sie sprach mehr zu sich selbst, dennoch antwortete die Signora prompt.

»Nein, Felix hat alles überprüft. Unter der Matratze war auch nichts.«

»Felix? Er war hier?«

»Er hat uns gestern Abend nach Hause gebracht, um sicherzugehen, dass mir nichts fehlt. Und als Konstantin noch schnell ein paar Bier vom Zeilinger, das ist das Wirtshaus da unten, holen gegangen ist, ja, da hat Felix mir geholfen. Ihm ist ja auch daran gelegen, dass das alles nicht nach außen dringt. Er ist sehr auf mein Wohl bedacht.«

Die gnä' Frau konnte sich nicht vorstellen, dass Felix diese Geschichte mit der falschen Identität der Signora so wichtig war, dass er deshalb ein paar Stunden nach einem Mord heimlich eine Kommode durchwühlte.

»Acht Minuten, sagt die Vermittlung«, schrie Kramer.

Die Gedanken der gnä' Frau rasten.

Die Signora war auf dem Weg aus dem Zimmer und bedeutete Frau Ehrenstein mit einer Geste, es ihr gleichzutun. Als diese sich nicht bewegte, sagte die Primadonna drängend: »Ich muss auch noch meine Sachen zusammenpacken. Für die Probe. Immerhin habe ich ja jetzt keine

Assistentin mehr. Und wer putzt jetzt hier? Sehen Sie sich einmal den Staub an. Grässlich!«

»Wo ist das Besenkammerl?«, platzte es aus Frau Ehrenstein heraus. »Um … um einen Staubwedel zu suchen. Ich kümmere mich um den Staub. Während Sie sich für die Probe fertig machen. *Capito?*«

Die Signora sah verwirrt aus, wies aber vage in eine Richtung, während sie sich auf den Weg in ihr Boudoir machte.

In dem Besenkammerl lagerten für gewöhnlich die Putzutensilien. Eher würde die Hölle zufrieren, als dass die Signora oder Kramer sich dort hineinbegaben. Zugegebenermaßen war das in der Ehrenstein'schen Villa nicht anders. Bis vor Kurzem hätte auch die gnä' Frau nicht um eine Million Schilling beschreiben können, wie es in so einer Kammer aussah. Doch Marie hatte ihr verraten, dass sie dort manchmal Süßigkeiten versteckte, um während der Arbeit zwischendurch naschen zu können. Sie hatte es der gnä' Frau gezeigt, für den Fall, dass die auch mal das dringende Bedürfnis nach Zucker verspüren sollte. In einer kleinen Schachtel war Frau Ehrenstein auf ein Eldorado von Mannerschnitten, Sportgummi und Wiener Zuckerln gestoßen. Frau Ehrenstein wusste das Angebot sehr zu schätzen, würde sich aber davor hüten, die Naschvorräte ihrer Gefährtin zu plündern. Jetzt allerdings hatte es sie auf eine Idee gebracht.

Die gnä' Frau stand in der Tür des Besenkammerls und betrachtete die herumstehenden Gegenstände. Besen, Staubwedel – nichts Ungewöhnliches. Ein Kübel mit einem Fetzen darauf, darin war sicher nichts versteckt. Auch in den Putzmittelflaschen hörte sie nur Flüssigkeiten gluckern. Das Versteck müsste mindestens groß genug sein, um die Briefe der Signora bergen zu können. Der Staubsauger? Sie ging in die Hocke, hantierte kurz am länglichen Gehäuse und spielte mit dem Gedanken, ihr Dietrich-Set darauf anzusetzen. Doch dann ließ er sich öffnen. Darin war nur ein Beutel, der sich leer anfühlte. Schade, dachte die gnä' Frau. Er hätte genau die richtige Größe gehabt. Ihr Blick streifte ein paar Boxen, die in der Ecke standen.

»Die Ersatzbeutel«, keuchte sie. Es waren drei Stück, doch einer – der unterste – war schwerer als die anderen.

Sie riss den Deckel des Beutels ab und konnte nur noch feststellen, dass es sich um Papiere, Briefe, ein Notizbuch und aus der Zeitung ausgeschnittene Buchstaben handelte, ehe Kramers Stimme sie zusammenzucken ließ.

»Wir gengan jetzt! Wo san'S denn, Frau Möchtegern?«

Hektisch stopfte sie die ganze Box in ihre Umhängetasche. Wohlweislich hatte sie sich heute für eine besonders große aus Leinen entschieden, auch wenn die überhaupt nicht mit ihrem gerade geschnittenen Rock aus Wolle harmonierte.

Kramer erschien in der Tür des Besenkammerls, als sie ihm mit dem Staubwedel in der Hand entgegenschritt.

»Ich hab ihn gefunden!« Sie hoffte, dass sie nicht vollkommen atemlos klang und dass er sie nicht allzu genau in Augenschein nahm. Sonst würde er die Schweißperlen an ihren Schläfen und die Staubflöckchen auf ihren Knien erkennen.

»Heast, was haben'S mim Flederwisch vor? San'S jetzt unter die Putzfrauen gangen?«

Er lachte, als wäre das der größte Witz der Geschichte. Das Geräusch war ihr zuwider, also wischte sie ihm ein paarmal mit dem Staubwedel übers Gesicht. Seine Augen wurden groß, und er verstummte.

»Ich hab Ihrer Frau versprochen, hier ein bisserl sauber zu machen. No, den Rest können Sie ja später machen!«

Frau Ehrenstein drückte ihm den Wedel in die Hand und rauschte an ihm vorbei zur Eingangstür, wo bereits die Signora wartete.

21

Von Norma Desmond zu Lady Macbeth

Frau Ehrenstein stand allein in der Mitte der Bühne und wartete auf Marie. Diese fühlte gerade bei ihrer anderen Vorgesetzten, der Kostümbildnerin Traudel, vor, wann sie heute gehen oder wenigstens eine längere Pause machen könnte. Das Kostümkammerl war erst vor Kurzem wieder freigegeben worden, und auch wenn sich keiner wohl dabei fühlte, Näharbeiten an einem Tatort auszuführen, musste die Arbeit erledigt werden.

Die gnä' Frau und Marie hatten einiges zu besprechen. Vor allem wollte Frau Ehrenstein gemeinsam mit ihrem Dienstmädchen die Staubsaugerbeutelbox begutachten. Seit sie vor Stunden mit dem Künstlerehepaar im Theater angekommen war, hatte sie noch keine Möglichkeit gehabt, einen Blick hineinzuwerfen. Jetzt war die Probe endlich vorbei. Sie hatte viel länger gedauert als geplant, weil Kramer sich nicht und wieder nicht zufriedengegeben hatte.

Während sie wartete, konnte sie ruhig ein wenig Bühnenluft schnuppern, fand Frau Ehrenstein, und dabei versuchen, Gloria Swansons Grandezza zu imitieren. »Bereit für meine Nahaufnahme«, hauchte sie, reckte das Kinn in die Höhe und schritt über die Bretter. Dabei stellte sie sich vor, die großen Augen der Zuschauer in der ersten Reihe auf sich zu spüren. Sie verfolgten jede ihrer Bewegungen, erwarteten gebannt, wie nicht sie selbst, sondern die Rolle, die sie spielte, gehasst oder geliebt werden würde.

Sie konnte jemand anderes sein als sie selbst, und die Zuschauer würden nie erahnen, wer sie in ihrem Inneren tatsächlich war. Schließlich würden sie ihr mit tosendem Applaus ihren Tribut zollen.

Die gnä' Frau verbeugte sich ausladend vor dem leeren Zuschauerraum, so wie sie es von den Granden des Burgtheaters kannte. Plötzlich wurde ihr bewusst, dass hinter ihr wirklich jemand klatschte. Sie fuhr herum und griff sich an ihr pumperndes Herz.

»Entschuldige, ich wollte dich nicht erschrecken«, sagte Felix, als er zu ihr in die Mitte der Bühne kam.

»Ich … ähm … ich wollte nur …«

»War das aus *Boulevard der Dämmerung*?«

»Ja, Norma Desmond sagt das am Schluss.«

Die Situation war Frau Ehrenstein schrecklich peinlich, und sie spürte das Brennen in ihren Wangen. Sie fühlte sich entblößt, so als hätte Felix tatsächlich hinter ihre Maske geblickt.

»Für einen Moment musste ich an Shakespeare denken«, sagte Felix. »An den Monolog von Lady M., also die Lady, die ihren Mann dazu bringt, einen Mord zu begehen, und dann dem Wahnsinn verfällt, du verstehst schon.«

Er sprach offensichtlich von Lady Macbeth, die Frau Ehrenstein persönlich immer um einiges interessanter gefunden hatte als ihren Mann Macbeth.

»Ach so, du meinst …«

»Psst! Wir sagen den Namen hier nicht. Es ist nur erlaubt, wenn das Stück selbst gespielt wird. Das bringt Pech, weißt du? Obwohl ich nicht weiß, wie viel *mehr* Unglück wir hier noch haben sollten. Aber lassen wird das. Darf ich dir etwas zeigen? Einen kleinen Trick?«

Sie wusste nicht, worauf er hinauswollte, aber sie nickte interessiert.

»Schau mal, du musst deinen Körper immer dem Publikum zugewandt lassen, auch wenn du grad mit jemandem auf der Bühne redest. Das wirkt vielleicht für dich ein wenig unnatürlich, aber es geht ja immer darum, dass die Zuschauer auch sehen können, was du tust. Nein, nicht so viel.«

Er drehte sie an den Schultern, so, dass sie etwas schräg zum Zuschauerraum stand.

»Wenn ich jetzt dein Bühnenpartner bin, siehst du mich nur so halb an, damit der Großteil deines Gesichts dem Publikum zugewandt ist. Ungefähr so.«

Vorsichtig nahm er ihr Kinn in die Hände. Seine Haut war weich und roch stark nach einer scharfen Seife. In seinem Atem konnte sie noch schwach Zahnpastaduft wahrnehmen, der von Kaffee und etwas Zucker mit Zimt überlagert wurde, wie bei einer Zimtschnecke.

»Ja, so ungefähr würde es passen.« Seine Stimme war konzentriert und leise, seine Stirn in Falten gelegt. Ein Schneidezahn stand etwas schief, auf der Wange konnte sie den hellen Streifen einer Narbe erahnen, und in seinen blauen Augen waren vereinzelte grüne Punkte zu sehen. So nah war sie ihm noch nie gewesen. Fasziniert studierte sie jede Pore.

»Wenn du mich jetzt so ansiehst, leicht schräg, dann öffnet sich dein Gesicht ganz automatisch zum Zuschauerraum.«

Er ging ein paar Schritte zurück und stellte sich genauso hin wie sie.

»Bist du zu feige, derselbe Mann zu sein in Tat und Mut, der du in Wünschen bist?«, intonierte er mit kräftiger Stimme.

Sie wünschte, sie hätte gewusst, wie der Text weiterging, damit sie ihm auf gleiche Art antworten könnte. Es gefiel ihr, dass er sie ernst nahm und bemüht war, ihr Theaterkniffe zu zeigen. Anders als Kramer, der sich über sie lustig machte und »Frau Möchtegern« nannte.

»Das war jetzt die Lady …, die Lady, deren Nachnamen wir nicht aussprechen dürfen?«, fragte sie.

»Ganz genau.« Er lächelte und löste sich aus der Stellung, die er zuvor eingenommen hatte. »Irgendwie mag ich sie, auch wenn sie von allen immer verteufelt wird. ›Kommt, ihr Geister, die ihr auf Mordgedanken lauscht, entweiht mich!‹ Ich meine, das ist irgendwie stark, wenn auch moralisch nicht einwandfrei. Nehme ich an. Ich weiß nicht, vermutlich bedeutet mir das Stück so viel, weil ich es schon als Junge gesehen habe. Das muss mich geprägt haben.«

»Hast du hier schon einmal ein Stück von Shakespeare spielen lassen?«

»O Gott, nein!«

Felix setzte sich auf einen der Sessel, die hier für die Probe bereitstanden. »Hier wollen die Leute entweder lachen oder schöner Musik lauschen. Am besten beides. In relativ einfacher Sprache mit relativ einfachen Inhalten.«

»Aber du veranstaltest hier doch auch Vernissagen und … wie heißt das noch mal? Performancekunst, oder?«

Sie ließ sich ihm gegenüber auf einem Sessel nieder und überlegte für einen Augenblick, eine Zigarette anzuzünden. Da Kramer hier ständig mit einer Tschick im Mund herumtanzte, wäre das auf der Bühne wohl nicht verboten. Dennoch kam es ihr – ihr fiel kein anderes Wort ein – wie ein Sakrileg vor.

»Ja, natürlich, aber Geld bringt mir das kaum ein. Dabei geht es mir um Anerkennung von den Kritikern. So komm ich, besser gesagt, mein Theater, zu etwas Renommee. Ein Vorteil ist auch, dass es mich kaum was kostet, diesen modernen Künstlern eine Bühne zu bieten.«

»Im Gegensatz zu dieser Produktion, nicht wahr?«

Als Geldgeberin kannte Frau Ehrenstein die Finanzen. Sie war überrascht gewesen zu lesen, welche Ausgaben für die Löhne der Schauspieler, eines bekannten Regisseurs und einer Primadonna, außerdem die Kostüme und die Rechte für die Musik und vieles mehr zusammenkamen. Ganz zu schweigen von den laufenden Kosten für Strom und Mitarbeiter, die bei jeder Aufführung anfielen. Es war zwar möglich, das Ganze wieder einzuspielen und dabei noch Gewinn zu machen, aber dafür mussten die Zuschauer zahlreich erscheinen.

»Das stimmt. Diesmal wollte ich was Großes wagen. In der Hoffnung, dass es auch viel abwirft. Und im Grunde lief auch alles gut, bis Annelies …«

»Getötet wurde?«

»… angefangen hat, Erpresserbriefe zu schreiben.«

Die beiden sahen sich schweigend an. Frau Ehrenstein kam nicht umhin zu bemerken, dass er bis jetzt noch kein Wort des Bedauerns über Annelies' Tod ausgesprochen hatte. Er sorgte sich um sein Theater, seinen Ruf, seine Kartenverkäufe. Aber alles, was er seit dem Mord getan hatte, war, Annelies die Schuld dafür zu geben.

»Du mochtest sie nicht besonders, oder?«, fragte sie.

»Dazu kannte ich sie nicht gut genug.«

»Du kanntest sie länger als mich. Würdest du dasselbe auch über mich sagen?«

»Dich habe ich in der kurzen Zeit schon besser kennengelernt als sie in den letzten Monaten. Jedenfalls glaube ich das. Außerdem mag ich dich.«

Die direkte Art, in der er es sagte, warf sie etwas aus der Bahn. Er war gebildet, besaß Humor, arbeitete hart für seine Träume, und laut Marie behandelte er die Mitarbeiter mit Respekt. Unter anderen Umständen hätte sie gern mit ihm bei einer Melange über Filme, Theaterstücke und das Leben in der Kunstbranche geplaudert. Doch sie wusste es besser. Bei ihrem letzten Fall hatten ihre Emotionen sie zu lange an der Nase herumgeführt, sodass sie die Spuren gar nicht mit der Täterin in Verbindung hatte bringen wollen. Sie musste auf der Hut sein.

»Ich nehme an, dass du deswegen auch keine Skrupel hattest, die Sachen von Annelies zu durchwühlen. Hast du eigentlich etwas gefunden?«

Er blinzelte, als wehte ihm eine steife Brise entgegen.

»Woher …? Nein, nein, hab ich nicht. Ich wollte nur der Signora beistehen. Sie war sehr aufgewühlt.«

»No, selbstverständlich. Unsereins würde ihr bei einer Tasse Tee die Hand tätscheln, aber das Zimmer eines Mordopfers nach Beweismitteln zu durchsuchen ist natürlich auch eine Möglichkeit.«

Seine Züge verhärteten sich. Sie war sich ziemlich sicher, dass er sie im Moment doch nicht so besonders mochte.

»Die Signora braucht ihre Briefe wieder. Für ihre Seelenruhe. Das hat ohnehin nichts mit dem Mord zu tun. Die Polizei sagt, es war vermutlich irgendein Herumtreiber aus dem Grätzl, der sie ausgeraubt hat.«

»Natürlich sagt die Polizei das. Weil es auf die Gastarbeiter oder die Hippies zu schieben immer leichter ist, als tatsächliche Ermittlungsarbeit zu leisten. Du bist seit Jahren hier, hattest du viele Probleme mit den Anrainern?«

Er blickte betreten auf die Bühnenbretter vor ihm. Das Licht der Scheinwerfer spiegelte sich auf seiner glänzenden Stirn.

»Nein«, antwortete er nur.

Die gnä' Frau nahm eine Bewegung hinter der Bühne wahr und erkannte Marie im Dunkel. Sie hielt sich verborgen, um die Befragung nicht zu stören. Aber Frau Ehrenstein bezweifelte, dass sie noch mehr aus Felix herauskitzeln konnte. Er starrte vor sich hin. Vielleicht verarbeitete er, dass jemand aus seinem Ensemble einen Mord begangen haben könnte. Oder dass ihm jemand auf die Schliche gekommen war.

Die gnä' Frau stand auf und strich ihren Wollrock glatt. Kurz zuvor hatte sie noch mit ihm Posen geprobt. Sie hatte sich entschieden, ihn in seine Schranken zu weisen, und doch bedauerte sie es ein wenig, wie sich die Stimmung zwischen ihnen geändert hatte.

»Ich muss los. Ich … Danke, dass du mir gezeigt hast, wie sich eine richtige Schauspielerin auf der Bühne bewegt. Bis morgen.«

Sie ergriff ihre Handtasche und war schon fast bei Marie hinter der Bühne, als er sie zurückrief.

»Helene? Hast du etwas gefunden? Bei Annelies?«

»Wie kommst du darauf, dass ich …«

»Deswegen warst du doch dort, oder? Warum sonst? Am Tag nach dem Mord.«

Die gnä' Frau wusste auf die Schnelle nicht, was sie sagen sollte.

»Frau Ehrenstein! Könntan Sie sich des amal anschaun, bitt'schön?«

Marie war ein paar Schritte zurückgegangen und rief laut nach ihr.

Die Dame gestikulierte vage in die Richtung und verabschiedete sich hastig.

Während sie und Marie zum Künstlereingang eilten, drückte sie ihrer Gefährtin die Hand.

»Danke! Das war knapp.«

22
O du lieber Augustin

Die späte Nachmittagssonne schien nicht recht zu wissen, ob sie sich schon verabschieden sollte. Ab und zu schickte sie noch tapfer grelle Strahlen nach unten, ehe sie wieder von dichten Wolkenschlieren verdeckt wurde. Düsternis mit einem Hauch von Hoffnung.

Das Trottoir der Spittelberggasse war so schmal, dass Frau Ehrenstein und Marie eng aneinandergedrückt den Hügel hinuntergingen. Dennoch mussten sie immer wieder auf das Kopfsteinpflaster der Straße ausweichen, wenn der Gehsteig von großen Holzpfosten verstellt war, die die bröckelnde Fassade eines Gebäudes stützten.

»Ich frag mich, warum die Stadt das Grätzl so verkommen lässt«, sagte die gnä' Frau, während sie an einem mit Brettern verrammelten Fenster vorbeigingen.

Der Spittelberg war eine typische Vorstadt, eine Siedlung, die ursprünglich außerhalb der Wiener Stadtmauern gelegen hatte. Wenn Frau Ehrenstein an die Geschichte vom Piccolo aus der Weinstube dachte, waren das Viertel und die Häuser auch historisch interessant. An manchen Fensterbögen konnte man sogar noch Ornamente erkennen.

»Kaner hat sich drum g'schert. Paar Spekulanten ham was aufkauft und wollt'n ois abreiß'n. Und die Leut ausseschmeiß'n, die da immer schon g'lebt ham.«

»Woher wissen Sie das?«

»Der Piccolo hat's ma dazählt. Oba die Leut, die ham

sich g'wehrt, wissen'S? Die ham, wie heißt's? Ah ja, *eine Interessensgemeinschaft* gegründet. Die mach'n der Verwaltung die Hölle heiß, hat der Piccolo g'sagt. Die woll'n, dass da so a Art Schutzzone kommt. Damit die Häuser saniert werd'n, dass ois so wie früher ausschaut. Und die Leut bleib'n könnan und …«, Marie hüpfte rasch wieder auf den Gehsteig, als ein Auto auftauchte, »… und a Fußgeherzone soll da a her.«

»Das kann man sich gar nicht vorstellen. Aber schön wär's schon. Ich hoff, sie haben Erfolg.«

Nachdem sie die Burggasse überquert hatten, führte Marie ihren Gedanken weiter.

»Das wird ihnen nicht direkt helfen, den Leuten hier. Ein Mordfall, mitten im Grätzl, während sie der Stadt zeigen wollen, dass sie es wert sind, erhalten zu werden.«

»Des würd nur den Spekulanten nütz'n. Und denen, die ihnen Geld geb'n ham.«

Da war etwas in Maries Stimme, was Frau Ehrenstein aufblicken ließ. Ihre Gefährtin ging mit in Falten gelegter Stirn, die Hände tief in den dünnen Mantel vergraben, neben ihr her. Es war offensichtlich, dass ihr etwas im Kopf herumschwirrte. Um ihre Gedanken nicht zu unterbrechen, schwieg die gnä' Frau und wartete.

»Mir is grad eing'falln, dass die Traudel so was g'sagt hat«, sagte Marie schließlich, als sie in die Kirchengasse abbogen. »Damals hab ich mir nix dabei dacht, oba … I wollt rauskrieg'n, wies mit ihr finanziell so steht. Weil's ja die teuren Kostüme da im Kammerl hat. Und sie hat g'meint, dass sie grad net flüssig is, verstehn'S. Sie hat a Geld, nur isses ang'legt in Immobilien, Häuser da in der Nachbarschaft. Und da gibt's grad paar Scherereien, paar Verzögerungen, hat's g'sagt. Bis des klärt is, muss sie die Kostüme da im Theater lass'n.«

»Wäre das ein Motiv? Ihr Erspartes steckt hier fest, die Anwohner sind kurz davor, das Grätzl wieder für sich zu beanspruchen. Ein Mord, und die Stadtverwaltung verliert das Interesse und überlässt alles den Spekulanten?«

Die gnä' Frau ließ diese Fragen noch ein wenig in der Luft schweben, ehe sie weitersprach. »Es ist ihr Kostümkammerl, es wäre nicht verdächtig gewesen, wenn sie sich dort aufgehalten hätte. Sie war es auch, die die Leiche gefunden hat. Das würde das Mysterium lösen, wie der Mörder nach dem Schuss so schnell verschwinden konnte. Sie ist gar nicht vom Tatort weggegangen. Aber warum jetzt? Warum Annelies?«

»Vielleicht hat's die Gelegenheit günstig g'fundn. Alle ham g'wusst, dass Annelies a Erpresserin is. Die Traudel hat sich vielleicht dacht, dass sie die Annelies leicht mit Geld ins Kammerl lock'n kann. Ohne dass wem davon erzählt, verstehn'S?«

»Und alle hegten einen Groll gegen Annelies, nicht wahr? Nachdem es rausgekommen ist. Vermutlich war sie das perfekte Opfer, weil die Traudel nicht mal ein schlechtes Gewissen hatte. Nur das Mittel zum Zweck.«

Bei der Kreuzung zur Neustiftgasse überquerten sie die Straße. Der Plan war, dass sie ein paar Stationen mit dem 48er-Bus fahren würden, bis zur Gablenzgasse, wo Marie ein Beisl mit einem Hinterzimmer kannte. Angeblich war das so *abg'sandelt*, dass sich gewiss keiner aus dem Theater dorthinverirren würde. Die gnä' Frau freute sich schon auf die Erfahrung. Auch Sherlock Holmes trieb sich mitunter in heruntergekommenen Kaschemmen herum, wenn er einen Fall aufzuklären hatte.

Doch statt wie ausgemacht zur Bushaltestelle abzubiegen, ging die gnä' Frau geradeaus auf den Brunnen zu, auf dem eine steinerne Figur stand. Diese hatte die Beine gekreuzt, hielt einen Dudelsack in der Hand, und auf Schultern und Hut hatten es sich ein paar Tauben bequem gemacht.

»Oh, du lieber Augustin, alles ist hin ...«, sang Frau Ehrenstein leise vor sich hin.

»Gnä' Frau, da kommt der 48er. Wenn ma uns tummeln, könnt ma's no ...«

Das Lied des lieben Augustin kannte jedes Kind. Die Geschichte dahinter war so morbide wie humorvoll, also perfekt dem Wiener Gemüt entsprechend. Der Bänkelsänger war im 17. Jahrhundert volltrunken auf der Straße eingeschlafen, für tot gehalten und in eine Pestgrube geworfen worden. Am nächsten Tag war er zwischen Leichen aufgewacht und hatte sich schimpfend bemerkbar gemacht, woraufhin er hinausgezogen wurde.

Auf dem Sockel stand in Stein eingemeißelt, dass der Augustinbrunnen 1908 von der Gemeinde Wien errichtet worden war. Das ließ die Dame stutzig werden, denn sie glaubte sich zu erinnern, dass er den Krieg nicht überlebt hatte.

»Nein, nur die Statue wurde zerstört«, erinnerte sie sich. »Früher war die Statue aus Blei oder so was Ähnlichem gewesen und sie hatten sie im Krieg eingeschmolzen. Ich muss so zwölf gewesen sein, als sie wieder neu aufgestellt wurde.« Wieder auferstanden, so wie der liebe Augustin. Einfach nicht totzukriegen.

»Gnä' Frau? Der 48er is weg.«

Gedankenverloren blickte die gnä' Frau dem davonbrausenden Bus nach. Die roten Bremslichter leuchteten auf, als er weiter oben an der Kreuzung zur Neubaugasse haltmachte.

»Es tut mir leid, Marie. Ich war nur ...«

Erschöpft. Verzweifelt. Verwirrt. Sie wusste nicht einmal, wie sie den Satz beenden sollte. Sie hatte kaum Schlaf gefunden, und das hatte nicht an dem spannenden Hitchcock-Film gelegen, den sie gestern noch mit Oskar gesehen hatte. Zuerst eine Erpressung, dann ein Mord. Zwei Fälle auf einmal, und die gnä' Frau wusste nicht, ob sie dem gewachsen war.

Die Melodie von »O du lieber Augustin« dudelte unterdessen unbarmherzig in ihrem Kopf weiter.

Gerade einmal vierundzwanzig Stunden waren seit dem Mord vergangen. Ein kunterbuntes Sammelsurium an Verdächtigen begann sich bereits anzuhäufen. Und nach dem, was die gnä' Frau aufgeschnappt hatte, hatte keiner außer Kramer ein glaubhaftes Alibi. Dafür gab es mehrere mögliche Motive, und Frau Ehrenstein befürchtete, dass sich noch weitere finden ließen. Annelies war kein Unschuldslamm gewesen. Konnte es sein, dass die Primadonna nicht das einzige Opfer von Annelies gewesen war? Und waren Traudels Immobilienspekulationen nicht auch ein mögliches Motiv?

Was Frau Ehrenstein jetzt den Rest gegeben hatte, war das eigenartige Verhalten von Felix. Hatte er der Signora nur helfen wollen, als er Annelies' Zimmer durchsucht hatte, oder verfolgte er eigene Interessen?

Die gnä' Frau betrachtete ihre Tasche wie ein Gefäß, das entweder einen Schatz oder einen Nuklearsprengkopf beinhaltete. Sie hatte sich den ganzen Tag rigoros zurückgehalten, hatte kaum gewagt, eine Zigarette oder ihren Lippenstift herauszuholen, aus Angst, Annelies' Unterlagen könnten herausfallen. Oder gesehen werden.

Sie ließ den Blick über den kleinen Platz um den Augustinbrunnen schweifen. Es war unmöglich, sich ihr zu nähern, ohne dass sie es mitkriegen würde.

»Gnä' Frau, was is mit Ihnen? I mach ma langsam Sorg'n.«

»Marie, ich hab nicht mehr die Kraft, das länger hinauszuzögern. Wir schauen uns jetzt alles an. Erst dann wissen wir wirklich, auf was wir uns eingelassen haben.«

»Oba …«

So schnell konnte Marie gar nicht protestieren, da hatte Frau Ehrenstein die Schachtel mit den Staubsaugerbeuteln schon auf den trocken gelegten Brunnen gestellt. Die beiden warfen ein letztes Mal vorsichtige Blicke über ihre Schultern, ehe sie sie öffneten.

Zuoberst lag ein Notizbuch, das die Dame sofort aufschlug, während ihre Gefährtin die restlichen Gegenstände begutachtete. Es war unübersehbar eine Art Kassabuch. In einer Spalte standen unterschiedliche Initialen, in der nächsten Daten, in der letzten Geldbeträge, die von zwanzig bis über tausend Schilling reichten. In Frau Ehrenstein bildete sich ein eisiger Klumpen, als ihr klar wurde, dass Annelies ihr Geschäftsmodell nicht erst in den letzten Monaten bei der Primadonna angewandt hatte – sie tat das schon seit vielen Jahren.

»Meiner Seel, der erste Eintrag ist von 68. Da muss sie so neunzehn oder zwanzig gewesen sein.«

Und das waren nur die Erpressungen, die sie in dem Buch dokumentiert hatte. Vielleicht hatte sie schon viel früher damit begonnen. Die gnä' Frau überflog jede Doppelseite. Manche Initialen wiederholten sich, ehe sie nicht mehr auftauchten und von neuen ersetzt wurden. Es waren Dutzende. Bedeutete das auch, dass all die Personen, die hinter den Buchstabenkombinationen steckten, Tatverdächtige im Mordfall waren?

Sie blätterte zu den letzten Einträgen und konzentrierte sich auf den Zeitraum seit Beginn der Proben. Wenn sie die Daten und Summen richtig in Erinnerung hatte, musste es sich bei *F. S.* um die Signora handeln. Also hatte Annelies ihren Echtnamen verwendet, Franzi Sebezda. Der Name war nur wenigen Personen überhaupt bekannt. Gut möglich, dass Annelies auch die anderen Initialen etwas abgewandelt hatte, damit sie von Fremden nicht gleich mit den eigentlichen Personen in Verbindung gebracht werden konnten.

»*J. P.* kommt nur zweimal vor, mit einem vergleichbar kleinen Betrag. *K. S.* und *H. D. H.* – das klingt ja beinah royal – die hat sie schon öfter bluten lassen. Allerdings musste keiner so viel berappen wie die Signora.«

Lauter Fragen stellten sich Frau Ehrenstein. Eine war sicherlich, was die Assistentin wohl mit dem ganzen Geld angestellt hatte. Es waren zwar auch kleinere Beträge aufgeführt, dreißig oder vierzig Schilling etwa, aber selbst diese läpperten sich mit der Zeit. Das teure Parfum und das hübsche Ballkleid waren der gnä' Frau aufgefallen, aber wofür konnte Annelies ihre Einnahmen sonst ausgegeben haben? War sie vielleicht einer Spielsucht verfallen? Drogen? Oder sparte sie, um eines Tages auszusteigen und ein unabhängiges Leben zu führen? Einfach verschwinden, ohne zurückzublicken. Mit dem erpressten Geld anderer. Aber zunächst …

»Wir müssen herausfinden, wer die anderen sind. Ich glaube nicht, dass ein ausgeklügeltes System wie in *Kobra, übernehmen Sie* dahintersteckt. Sie hat bestimmt einfach Assoziationen verwendet.«

Die gnä' Frau merkte, wie die Benommenheit von ihr wich. Frische Energie durchflutete sie, denn sie hatte ein Rätsel vor sich, dem sie auf den Grund kommen wollte.

»Vielleicht wenn wir uns in sie hineinversetzen können. Wenn wir versuchen, so wie sie zu denken, dann …«

»Gnä' Frau? Ich … ich denk, des wird net nötig sein.«

Marie hatte einen seltsamen Gesichtsausdruck. Würde

Frau Ehrenstein sie nicht besser kennen, hätte sie sie für peinlich berührt gehalten. Die junge Frau war doch immer so geradheraus. Sie genierte sich bei keinem Thema, egal ob es um Bordelle, Abtreibungen oder Drogen ging.

»Was ist, Marie?«

»Es is nur … ich waaß net, wir stierln im Privatesten der Leut herum. Ich fühl mi nur net wohl dabei, wissen'S?«

»Ich versteh Sie, glauben Sie mir. Wir lassen's nicht in falsche Hände geraten.«

Die gnä' Frau legte das Notizbuch beiseite und übernahm die Staubsaugerbeutelbox. Es kugelten einige ausgeschnittene Buchstaben darin herum, doch sie interessierte sich mehr für die Papiere, die darunterlagen. Sie fand Dokumente und Briefe, die einmal weiß gewesen sein mussten, doch nun hatten sie einen Gelbstich. Sie überflog die Zeilen und las oft genug den Namen »Sebezda«, um zu wissen, dass es sich hierbei um den Besitz der Signora handelte.

Darunter fand sie Kontoauszüge.

»Die sind von Konstantin Kramer. Mal sehen, das könnte *K. S.* sein, wie …«

»Vielleicht Konstantin Sebezda? Nach seiner Frau?«, schlug Marie vor.

Anscheinend hatte Kramer sein Konto bereits einige Male überzogen. Zuletzt war er mit nur hundert Schilling im Plus, das war vor nicht einmal zwei Wochen gewesen. Jemand, wahrscheinlich Annelies, hatte ein paar Kontobewegungen eingekreist.

»Schaun'S her, gnä' Frau.« Marie stellte sich näher an Frau Ehrenstein, um auf das Papier zu zeigen. »Da hat der Kramer was vom Konto seiner Frau abbucht, recht vü, wie's sehn. Und recht oft, wie's scheint. Immer wieder hat er was z'ruck überwies'n, schaun'S, oba …«

»… aber nie die ganze Summe, die er bekommen hat. Und nicht jedes Mal. Das hier, das bedeutet, dass es von seinem Konto abgegangen ist, oder? Über zehntausend Schilling. Ans Dorotheum.«

Das Dorotheum war eines der größten Auktionshäuser Europas und seit Jahrhunderten eine Wiener Institution, bekannt für seine exquisiten Kunstwerke.

»Hat an kostspieligen G'schmack, der werte Herr Regisseur. Und da hamma paar Barauszahlungen. Meistens fünfhundert Schilling. Und immer wieder hat er sich bei seiner Frau bedient, sonst hätt er sich's net leisten können, verstehn'S?«

»Um was wollen wir wetten, dass sie davon nichts gewusst hat? Felix hat beim Opernball erzählt, dass Kramer immer damit prahlt, dass er so ein gutes Händchen für Finanzen hätte und das Geld seiner Frau gar nicht bräuchte.«

»Schaut ma eher net so aus.«

»Wenn das rauskäme, wäre ihm das sicher nicht nur vor seiner Frau unangenehm, sondern vor der gesamten Wiener Gesellschaft. Ein Geheimnis, mit dem man ihn hervorragend erpressen könnte.«

»Und schaun'S amal da.«

Marie zeigte auf ein Datum, das im Notizbuch verzeichnet war. Die Erpressung von *K. S.* hatte viel früher begonnen als die von *F. S.*. Annelies musste erst an die Briefe und Dokumente der Signora gekommen sein, als sie die Kontoauszüge schon lange kannte. Es überraschte die gnä' Frau nicht, dass die junge Frau mehrere Personen zur Ader gelassen hatte. Dass sie es aber bei ihren beiden Arbeitgebern, mit denen sie auch zusammenlebte, getan hatte, zeugte von besonderer Kühnheit. Oder Dummheit. Ihr musste eigentlich klar gewesen sein, dass sie Kramer und seine Frau nicht lange gleichzeitig ausnehmen konnte.

Hatte sie ausprobieren wollen, wie viel sie erbeuten konnte, um sich dann aus dem Staub zu machen? Frau Ehrenstein runzelte die Stirn, als ihr bei der Summe neben dem Datum etwas auffiel. Sie überprüfte den Kontoauszug erneut.

»Von *K. S.* hat sie fast immer fünfhundert Schilling erpresst. Hier auf dem Kontoauszug von Kramer sieht man die Barauszahlungen dazu. Fünfhundert Schilling …«

»So wie der Fünfhunderter, den die Annelies in der Hand g'halten hat, meinen'S? Bei ihrem Tod?«

Frau Ehrenstein nickte nachdenklich. Es musste nichts bedeuten, dennoch …

»Lassen Sie uns schauen, was wir da drin noch alles finden. Es wird langsam dunkel. Und kalt.«

Als Nächstes fand sie eine Quittung für ein Pfandhaus. Eine Bronzeskulptur wurde für zweihundert Schilling eingetauscht. Die Initialen: *J. P.* waren auf die Quittung gekritzelt.

»Da werden wir den Pfandhändler aufsuchen müssen, um mehr zu erfahren. Und was haben wir hier … Oh.«

Sie hielt ein kleines zerknittertes Buch in Händen, das schwarz-weiße Nacktbilder offenbarte, als sie es aufschlug. Sie musste an die Schmuddelheftchen in der Schublade eines Döblinger Kommerzialrats denken, die sie bei den Ermittlungen zu seinem Mord entdeckt hatte. Doch das hier war insofern anders, als es sich ausschließlich um nackte Männer handelte. Frau Ehrenstein fand keinen großen Gefallen an männlicher Anatomie, blätterte aber pflichtbewusst durch, um zu sehen, ob eines der Modelle ihr bekannt vorkam. Zwei Rechnungen fielen heraus. Eine stammte aus einem Lokal namens »Cher Pierre« und quittierte Essen und Getränke für zwei Personen. Die zweite war in einer Bar ausgestellt worden, die »Alte Lampe« hieß. Zwei Sektflaschen und ein paar Cognacs standen darauf. Die Etablissements sagten der gnä' Frau nichts. Vielleicht könnte sie sich dort gemeinsam mit Marie einmal umsehen, um die Identität des Erpressten zu lüften. Zu zweit würden sie weniger auffallen.

Als sie weiterblätterte, fiel ein Foto aus der letzten Seite des Büchleins auf den Rand des Augustinbrunnens. Es war verblichen, und die Ecken waren schon abgeknickt. Es zeigte zwei Männer, die sich leidenschaftlich küssten. Nur einen der beiden kannte sie, wenn er jetzt auch deutlich älter war.

Frau Ehrenstein starrte einige Sekunden darauf, ehe sie die Sprache wiederfand.

»Ich denke, jetzt wissen wir, wer *H. D. H.* ist.«

»Des hab ich mir a scho z'sammgreimt. Herr Direktor Hall.«

23
Inmitten von Menschen, dennoch allein

Ein metallisches Scheppern ließ Frau Ehrenstein zusammenzucken und von ihrem Notizbuch aufsehen. Einem jungen Pagen war das Tablett aus der Hand gerutscht, und einige Aschenbecher waren auf den dunkel gemusterten Teppichboden gekullert. Glücklicherweise waren sie leer. Errötend sammelte der Page alle rasch wieder ein, während er verstohlene Blicke zur Rezeption warf. Der Concierge erklärte einem älteren Herrn gerade den Weg zum Schloss Schönbrunn. Seine Stimme war untertänig, sein Lächeln zuckersüß, nur die Falten auf der Stirn und ein irritiertes Flackern in seinen Augen ließen erahnen, dass er den Fauxpas registriert hatte. Vermutlich würde er mit dem Pagen in einem Hinterzimmer keppeln, außer Hörweite der Gäste. Die gnä' Frau musste an den Piccolo denken, der kaum älter war als dieser junge Mann und in einem ähnlichen Beruf arbeitete, sich auf ähnlicher Stufe in der Hierarchie befand. Dennoch lagen Welten zwischen der Weinstube am Spittelberg und dem Parkhotel Schönbrunn in Hietzing.

Das Frühstückstreffen im Café war schon seit einer halben Stunde vorbei. Früher hatte sich die gnä' Frau mehrmals die Woche morgens mit ihren Freundinnen hier verabredet. Damals war sie für die regelmäßige Zerstreuung dankbar gewesen, denn sie hatte ihr Leben als eintönig und langweilig empfunden. Das hatte sich schlagartig geändert, als sie ihr Talent und ihre Vorliebe für das Lösen von Kriminalfällen entdeckt hatte. Jetzt musste sie sich daran erinnern, dass sie wenigstens ein-, zweimal im Monat Zeit für diese Frühstücke fand. Sybille und Anna waren ihre ältesten Freundinnen, und es war immer wieder schön, sich wie ein Schulmädchen zu fühlen und über alte Zeiten zu plaudern.

Die beiden hatten sich verabschiedet, und Frau Ehrenstein war gerade im Begriff gewesen, ihnen hinaus auf die Hietzinger Hauptstraße zu folgen, als sie sich anders besann. Sie wollte nicht nach Hause. Sie wollte nicht ins Theater. Der Winter, den viele schon für beendet erklärt hatten, bäumte sich gerade wieder auf, und sie hatte kein Bedürfnis, im Schönbrunner Schlosspark gegen Wind und Schneegestöber anzukämpfen.

Sie zupfte ihren karierten Rock zurecht und ließ ihre Finger über die dunkelrote Polstergarnitur gleiten. Der Stoff war weich und wärmte ihre Beine durch die Nylonstrümpfe. Über ihr hingen große Kristallleuchter in Tropfenform, neben ihr waren die Fenster zum Hof von dünnen weißen Vorhängen verdeckt. Die Lobby war belebt, aber nicht so überfüllt, dass es störend gewesen wäre. Touristen und Gäste des Cafés schwirrten durch die Halle, manche allein, manche plaudernd in Gesellschaft. Hier war ein guter Ort, um sich über einiges klarzuwerden. Inmitten von Menschen, dennoch allein.

Die gnä' Frau blickte erneut auf ihr Notizbuch. Sie würde sich bald ein neues zulegen müssen, es war fast schon vollgeschrieben. Alle Beweise, alle Verdächtigen, die Zeitenfolge und ihre Gedanken waren notiert. Eigentlich sollte die Lösung darin enthalten sein, doch sie konnte sie nicht ausfindig machen. Als ob das nicht genug Unruhe in ihr auslöste, hatte sich ein kaltes Knäuel in ihrer Brust gebildet. Annelies' Unterlagen konnten viele Menschen in Schwierigkeiten, vielleicht sogar in Gefahr bringen. Sie empfand diese Verantwortung als zu schwerwiegend für sich, dennoch wusste sie nicht so recht, wie sie sich davon entlasten sollte. Wenn sie der Signora die Briefe und Dokumente jetzt zurückgab, könnten auch andere erfahren, dass Frau Ehrenstein im Besitz der Erpressermaterialien war.

Es war auch keine Option, den Inhalt der Staubsaugerbeutelbox Major Raab zu übergeben. Zu unsicher war es, welche Schlüsse er ziehen würde oder in welche Hände die Informationen noch gelangen konnten. Es war so, wie Marie gesagt hatte. Sie hatten im Privatesten gestöbert.

Frau Ehrenstein hatte Annelies' Unterlagen in ihrem Beweismittelschrank versteckt. Nun, früher waren dort ihre Pelze gehangen, doch die hatte sie alle bis auf zwei – zur Tarnung – weggeschafft. Stattdessen hing da jetzt eine Pinnwand, an der sie alles für den Fall Relevante angebracht hatte. Marie hatte ihr versichert, dass das Personal dort nur auf Geheiß saubermachte, und Oskar hatte keinen Grund, sich in ihrem Zimmer aufzuhalten, also schien das ein sicheres Versteck. Fürs Erste.

Eine Gruppe älterer Frauen mit dunklen Hornbrillen und Pelzmützen gingen schleppend die breite, mit Teppich besetzte Stiege neben Frau Ehrenstein in die Lobby hinunter und beschwerten sich dabei auf Französisch über die unfreundlichen Wiener. Der Concierge wünschte ihnen einen »Bonne journée!«, als sie ihn passierten, doch sie ignorierten ihn.

Sie betrachtete die Initialen in ihrem Notizbuch.

K. S. – Kramer war nicht nur derb und beleidigend, auch nach allem, was sie von seinem Charakter erlebt hatte, war ihm so eine kaltschnäuzige Tat zuzutrauen. Insbesondere nachdem er herausgefunden hatte, dass es Annelies war, die ihn regelmäßig erpresst hatte. Die Reste eines Fünfhundert-Schilling-Scheins in ihrer Hand waren ein weiterer Hinweis. Nur hatte er ein perfektes Alibi.

F. S. – das Alibi der Signora dagegen war dürftig. Sie hatte angeblich in ihrer Garderobe geschlafen, nachdem sie Annelies zu Botengängen losgeschickt hatte. Zwar war sie eine alte Dame, aber in Anbetracht ihres Temperaments war es sicherlich möglich, dass die Wut und die Angst vor der Aufdeckung ihres Geheimnisses ihr die erforderliche Kraft zu der Tat verliehen hatten.

Die gnä' Frau musste noch herausfinden, um wen es sich bei *J. P.* handelte. Zwar war die- oder derjenige in Annelies' Buch nur zweimal vorgekommen und das mit einem verhältnismäßig kleinen Betrag, allerdings konnte das als Motiv gereicht haben. Frau Ehrenstein ging davon aus, dass Annelies ihre Erpressersummen den Spielräumen ihrer Opfer angepasst hatte. Da konnte auch wenig Schweigegeld ins Gewicht fallen.

H. D. H. – Die gnä' Frau seufzte. Auch er hatte einiges zu verlieren, wenn sein Geheimnis an die Öffentlichkeit käme. Sein Theater war von großzügigen Geldgebern, die aus traditionsbewusstem Umfeld stammten, abhängig. Felix bewegte sich in gehobenen Kreisen, um finanzielle Mittel einzuwerben. Sie versuchte sich vorzustellen, wie ihr Mann reagieren würde, wenn er herausfände, dass sein alter Jugendfreund homosexuell war. Oskar, der so viel auf Traditionen, einen guten Ruf und Ansehen gab. Der gegen die Hippies und ihren Lebenswandel polterte und darauf bestand, dass in der Villa noch die Etikette von vor hundert Jahren befolgt wurde. Auch wenn sie sich inzwischen besser verstanden und sie merkte, wie sehr er sich bemühte, sich zu öffnen, zweifelte sie nicht daran, dass es ihm nicht gefallen würde. Er konnte nun mal nicht aus seiner Haut heraus. Ein Satz, den er ihr gegenüber schon öfter geäußert hatte.

Die gnä' Frau hatte sich zuerst gefragt, warum Annelies sie mit einer angeblichen Affäre erpressen wollte, wenn sie doch gewusst hatte, dass Felix schwul war. Doch Marie hatte der Dame erklärt, dass es erstens ausgereicht habe, Angst zu schüren, das hieß, Frau Ehrenstein hätte zahlen sollen, um einen Skandal zu vermeiden, und dass es zweitens auch Menschen gebe, die mehr als nur einem Geschlecht zugeneigt waren.

Felix' Alibi war jedenfalls nicht hieb- und stichfest. Zum Tatzeitpunkt war er allein in seinem Büro gewesen. Es wäre ein Leichtes gewesen, ungesehen aus dem Vordereingang des Theaters um die Ecke in den Hof zu gelangen, wo sich das Kostümkammerl befand. Darüber hinaus war er um einiges jünger und agiler als etwa die Signora.

»Darf ich mich dazusetzen?«

Als die gnä' Frau aufsah, zuckte sie dermaßen zusammen, dass ihr das Notizbuch vom Schoß rutschte. Felix wollte sich gerade bücken, um es aufzuheben, doch sie kam ihm zuvor. Sie legte es neben sich auf den weichen Stoff der Bank und hielt schützend die Hand darauf.

»Äh, ja, ja natürlich. Verzeih, ich bin nur etwas überrascht, dich hier zu sehen.«

Er setzte sich auf einen Polstersessel neben Frau Ehrenstein und schlug die Beine übereinander. Sein Lächeln war undurchdringlich.

Der Puls der gnä' Frau war hochgeschnellt, doch sie bemühte sich, es sich nicht ansehen zu lassen. Er saß da, ohne etwas zu sagen. Ohne zu erklären, was er hier machte, oder vorzugaukeln, was für ein Zufall es sei, sie hier zu treffen. Ohne auch nur eine Bemerkung zum Wetter, zum Interieur oder zu ihrer Garderobe zu tätigen, was mögliche Gesprächseinstiege gewesen wären. Er saß nur da und lächelte.

Nach einigen Momenten hatte sie sich so weit wieder unter Kontrolle, dass sie ihre Zigaretten aus der Tasche ziehen konnte, ohne dabei mit den Händen zu zittern.

»Darf ich?«

Felix zog ein Feuerzeug aus der Anzugtasche und zündete ihre Zigarette an. Er tat es immer noch mit demselben merkwürdigen Lächeln, seine babyblauen Robert-Redford-Augen hielt er fest auf sie geheftet. Wie auf ein Zeichen erschien der junge Page und stellte mit einer Verbeugung einen metallenen Aschenbecher auf das niedrige Tischchen vor ihnen. Frau Ehrenstein stieß den Rauch mit einem langen Atemzug aus und beschloss, der Sache auf den Grund zu gehen.

»Also, was machst du hier? Oder willst du mir erzählen, dass du hier zufällig vorbeigekommen bist? Hietzing liegt nicht gerade ums Eck vom Spittelberg.«

Ihr Ton war nicht feindselig, doch bestimmt. Sie wollte ihm klarmachen, dass er mit Charme und gutem Aussehen bei ihr nicht weiterkam.

»Du hast im Theater Bescheid gegeben, dass du heute nicht zur Probe kommst, weil du einen Termin im Parkhotel Schönbrunn hast.«

»Das erklärt noch nicht, warum du hier bist.«

»Nun, die Premiere ist in ein paar Tagen, und ich dachte, dich würde interessieren, wie es gelaufen ist. Seit du dazugestoßen bist, warst du ja sehr involviert in die Produktion.«

»Das ist sehr zuvorkommend von dir. Ein Telefonat hätte es allerdings auch getan.«

Sein Lächeln wurde breiter, und er kratzte sich hinter dem Ohr. Ihr kam es wie eine einstudierte Geste vor.

»Ich wollte vielleicht einfach nur sehen, wie es dir geht. Ich bin so gewohnt, dich regelmäßig zu sehen, und plötzlich warst du nicht da. Die letzten Tage waren … schrecklich. Alles, was geschehen ist. Einfach erschreckend. Ist bei dir alles in Ordnung?«

Sie nickte. Seine Ausrede war fadenscheinig, das musste ihm klar sein. Er war aus einem bestimmten Grund hier, und sie hatte so eine Ahnung, aus welchem.

Als sie nichts sagte, sprach er weiter: »Die Probe lief großartig. Ich hab die Signora schon lange nicht mehr so gut gesehen, so konzentriert und mit Begeisterung bei der Sache. Es ist fast, als wäre … wie soll ich sagen, eine Last von ihr abgefallen.«

Die gnä' Frau hob die Augenbrauen. Die Last, die von ihr abgefallen war, musste dann wohl Annelies sein.

»Es war sehr freundlich von dir, dass du sie zu Hause aufgesucht hast, um ihr beizustehen«, erklärte Felix weiter. »Kramer hat erzählt, dass du sogar angeboten hast, ihr im Haushalt zu helfen. Du warst dafür eine Zeit lang im Besenkammerl verschwunden. Hat er erzählt.«

Frau Ehrenstein wollte einen weiteren Zug von der Zigarette nehmen, als sie bemerkte, dass sie schon abgebrannt war. Sie drückte die Tschick in den Aschenbecher und fragte sich, wie sie das Gespräch weiterführen wollte. Er hatte es auf Annelies' Unterlagen abgesehen. Er konnte nicht sicher sein, dass sie sie tatsächlich gefunden hatte, vermutete es aber. Sie hatte nicht vor, seinen Verdacht zu bestätigen. Außer Marie durfte keiner wissen, dass sie die Dokumente hatte.

Erst als sein Feuerzeug klickte, wurde ihr bewusst, dass sie sich eine neue Zigarette genommen hatte.

Wieder schwiegen beide. Ihr fiel auf, dass sein Lächeln schwächer geworden war. Er betrachtete sie lange. Dann wandte er sich plötzlich ab und richtete seine azurblaue Krawatte. Sie harmonierte perfekt mit seinem marineblauen Jackett.

»Du schaust dir doch so gerne Krimis an, nicht wahr? Interessierst du dich auch für wahre Kriminalfälle?«

Er sprach weiterhin im Plauderton, doch in seiner Stimme lag jetzt noch etwas anderes, das sie nicht genau benennen konnte. Etwas Hartes, Scharfkantiges.

Sie bejahte vorsichtig, und er fuhr fort.

»Hast du von dem Fall Ernst Karl gehört? Nein? Es ist noch nicht allzu lange her. Vier, nein mittlerweile wohl schon fünf Jahre. Wie die Zeit vergeht. Er ist … war Polizist. Er hat zwei Männer in einem Parkhaus erschossen, ich glaube, in Meidling war das. Er gab zu Protokoll, dass es Notwehr gewesen sei. Die Männer hätten einbrechen wollen, er habe sie gestellt und sich wehren müssen, als sie ihn angriffen. Seine Geschichte wies von Anfang an einige Ungereimtheiten auf. Irgendwann ist dann die Wahrheit herausgekommen.«

Er machte eine Pause. Frau Ehrenstein hätte nicht sagen können, ob er nach Worten suchte oder ob er einen Effekt damit erzielen wollte. Sie neigte sich gebannt nach vorn.

»Die beiden Männer hatten ihn erpresst. Bereits über längere Zeit. Sie forderten Summen, die sich ein einfacher Polizist auf Dauer nicht leisten konnte, doch sie bekamen nicht genug. Er hatte ihnen geraten, ein Auto in diesem Parkhaus aufzubrechen, da sich angeblich ein größerer Geldbetrag darin verbarg. Damit wollte er sie ein für alle Mal loswerden und als Held gefeiert werden. Doch es ging schief. Kennst du die Geschichte?«

Frau Ehrenstein schüttelte den Kopf. Eigentlich hätte sie von so einem aufsehenerregenden Fall etwas mitbekommen müssen. Allerdings war sie damals noch keine

Hobbydetektivin gewesen und hatte sich mehr für fiktive Fälle von Edgar Wallace oder Agatha Christie interessiert.

»Möchtest du wissen, womit sie ihn erpresst haben? Ja? Einer der beiden Erpresser hatte den Polizisten bei einer Verkehrsüberprüfung wiedererkannt – aus einem Schwulenlokal. Dazu musst du wissen, dass Homosexualität vor fünf Jahren noch strafbar gewesen ist. Ich rede hier nicht davon, dass man schief angeschaut wurde. Ich rede von Strafen bis hin zu Gefängnis oder Psychiatrie. Den Verlust der gesamten Existenz. Kannst du dir das vorstellen?«

»Nein«, antwortete sie heiser. Ihr Mund war vollkommen trocken geworden.

»Nein, wie solltest du auch? Das ist etwas, das in deiner Welt nicht vorkommt. Menschen wurden kriminalisiert, weil sie die falsche Person liebten. Weil sie nicht der Norm entsprachen und in den von der Kirche und Gesellschaft vorgeschriebenen Beziehungen lebten.«

»Aber dieses Gesetz gibt es jetzt nicht mehr, oder?«

Frau Ehrenstein verteidigte sich, und sie wusste nicht recht, wieso. Vielleicht lag es daran, dass sie noch nie davon gehört hatte. Nicht nur von diesem Fall nicht, auch nicht von der Kriminalisierung von Homosexuellen generell. Es hatte sie einfach nicht betroffen. Sie fühlte sich ignorant und deswegen ein wenig mitschuldig.

»Ja, stell dir vor, 1971 haben sie's schließlich legalisiert.«

Sie merkte, dass er versuchte, ruhig und amüsiert zu wirken. Doch die Härte in seinen Augen und das krampfhafte Lächeln verrieten, dass er das nur vortäuschte.

»Seit knapp zwei Jahren also. Schön wär es natürlich, wenn das auch bei der Bevölkerung schon angekommen wäre. Bei Verwandten, Arbeitgebern, Vermietern oder Geldgebern …«

Er sah sie direkt an. Doch ehe sie etwas erwidern konnte, wandte er den Blick ab und sprach schnell weiter.

»Es heißt, dass selbst viele Polizisten noch nicht von der Aufhebung des Gesetzes unterrichtet seien. Und selbst wenn, finden die Behörden einfach einen anderen Grund. Heißt es. Ich frag mich, wie es wohl damals für Ernst Karl war, als er Polizist war. So lange der Furcht vor Vorgesetzten und Kollegen ausgesetzt zu sein. Doch dann hat er sich gewehrt.«

»Dann hältst du es für gerechtfertigt, wenn er – oder jemand anderer in seiner Situation – einen Mord begeht?«

Felix schüttelte den Kopf. Ruckartig. Es war nicht klar, ob er ihre Frage verneinte oder ob er einfach keine Antwort darauf hatte. Frau Ehrenstein hatte angenommen, dass eine öffentliche Bloßstellung als Homosexueller nicht viel mehr zur Folge hatte, als dass man in den feineren Wiener Zirkeln die Nasen rümpfte. Ihr Horizont war zu eng gewesen, um sich die tatsächlichen Folgen auszumalen. Sie musste an das verblichene Foto von Felix denken, auf dem er einen anderen Mann küsste. Dafür hätte er zum Zeitpunkt der Aufnahme ins Gefängnis wandern können. Der Gedanke verursachte ihr Übelkeit. Sie drückte ihre halb gerauchte Zigarette im Aschenbecher aus.

»Das ist schrecklich traurig. Also, ich meine natürlich diese Geschichte von Ernst Karl. Es tut mir leid, Felix.«

»Vielleicht geht es nicht um Mitleid, sondern um Verständnis, Helene.«

»Ich kann kein Verständnis für Mord haben.«

»Jaja, das ist mir klar«, murmelte Felix, während er gedankenverloren seine Hände betrachtete. Frau Ehrenstein fiel auf, dass er heute gar nicht mit seiner Taschenuhr spielte, wie sonst, wenn er angespannt gewesen war.

»Warum erzählst du mir das alles, Felix?«

Eigentlich war ihr klar, warum, aber sie wollte wissen, ob er es ihr offen sagen würde. Und was er sich von ihr erhoffte.

Er schlug die Hände zusammen, wie um einen Schlussstrich zu ziehen. »Wir plaudern doch nur. Das muss keinen besonderen Grund haben, nicht wahr?« Er hatte wieder das charmante Lächeln vom Anfang ihres Gesprächs aufgelegt. So als hätten die letzten Minuten gar nicht stattgefunden.

»Außerdem wollte ich dir mitteilen, dass wir heute Abend noch einen Durchlauf in Kostüm und Maske machen. Das heißt, wir spielen das Stück ohne Unterbrechung durch. Dabei werden Fotos gemacht, für die Presse und die Auslage. Bist du dabei?«

»Ja. Ja, gerne.«

Er stand beschwingt auf. »Großartig, dann sehen wir uns später. Ich muss los, es gibt noch so viel zu tun vor der Premiere. Mach's gut, Helene!«

Er machte eine knappe Verbeugung und war im Begriff zu gehen, aber Frau Ehrenstein rief ihn noch einmal zurück.

»Felix, ich wollte dir nur sagen: Mir ist klar, welche Folgen so etwas haben kann. Die Aufdeckung eines so intimen Geheimnisses. Ich … würde ich über solche Informationen verfügen, würde ich sie nicht missbrauchen.«

Felix sah sie lange an, seine Miene war undurchdringlich. Dann blickte er auf ihre linke Hand, die wieder schützend auf dem Notizbuch lag.

Ohne ein weiteres Wort wandte er sich um und verschwand.

24
Mit Ablaufdatum

Die roten Backen vom Koch Zodl glühten vor Stolz, als die Hausherrin seine geröstete Kalbsleber mit Salzkartoffeln lobte und Nachschlag verlangte. Seit Frau Ehrenstein ihre Liebe für alles Kulinarische entdeckt hatte, hatte er es sich zur Aufgabe gemacht, sie mit seinen Künsten zu verwöhnen. Das zarte Fleisch war süßlich mit einer herben Note, die Sauce mit den angebratenen Zwiebeln mit einem Hauch von Majoran versetzt. Sie ließ sich bereits die zweite Portion schmecken, froh, dass Oskar bei der Arbeit und ihr Sohn Willi in der Schule war. So musste sie keine Konversation machen und konnte ihre Gedanken ordnen.

Das Gespräch mit Felix ging ihr nach. Sie zweifelte keinen Augenblick an seiner Not, nur fragte sie sich mittlerweile, ob er sie damit manipulieren wollte. Vielleicht hatte das ganze Gespräch nur den Zweck verfolgt, an die Unterlagen zu kommen oder den Mord an Annelies zu rechtfertigen. Würde er so weit gehen, Gewalt anzuwenden, um die verräterischen Dokumente aus der Staubsaugerbeutelbox an sich zu bringen?

Sie hatte sich ein Taxi vom Parkhotel Schönbrunn zurück zur Villa Ehrenstein genommen und war gerade noch rechtzeitig gekommen, um einen Anruf Maries entgegenzunehmen. Das Dienstmädchen hatte die Stimme verstellt, um nicht erkannt zu werden, und sich als Sekretärin von Frau Ehrensteins Whiskyimporteur ausgegeben, bevor sie an die Dame des Hauses weitergereicht worden war. Die Probe sei tatsächlich äußerst gut gelaufen, und Marie habe noch ein wenig Zeit, bevor sie am späten Nachmittag nochmals ins Theater musste, hatte sie erzählt. In der Zwischenzeit wolle sie sich bei dem Pfandleiher und in der Nachbarschaft der Signora umschauen. Die gnä' Frau hatte sie ermahnt, vorsichtig zu sein, und angekündigt, dass sie später zur Fotoprobe ins Theater komme.

Frau Ehrenstein balancierte die weiße Untertasse mit den gemalten Rosenknospen auf ihrem Knie, während sie im Fernsehzimmer ihren Verlängerten trank.

Sie hatte gerade noch die Nachrichten auf FS2 erwischt, und ihre Hoffnungen wurden nicht enttäuscht. Es wurde vom Mord an Annelies berichtet. Die Polizei habe Annelies' leere Handtasche in einem nahegelegenen Mistkübel gefunden, woraufhin man in der Umgebung intensiv Zeugen befragt habe. Frau Ehrenstein verstand das so, dass wieder mal die Anrainer – Gastarbeiter und Hippies – schikaniert wurden. Es fiel kein Wort über Erpressungen, und Frau Ehrenstein war erleichtert, dass davon noch nichts nach außen gedrungen war. Das Theater und das Stück wurden ebenfalls erwähnt, mit beinahe werbewirksamen Hinweisen auf die Premiere in ein paar Tagen. Die Signora wurde als berühmte Wiener Kammersängerin hervorgehoben, danach folgte ein Interview mit dem *renommierten* Regisseur Konstantin Kramer. Er sprach über die Bestürzung des ganzen Ensembles, ließ selbstverständlich die Worte »The Show must go on« fallen und erwähnte ganz nebenbei die Telefonnummer des Theaters, bei der man Karten reservieren konnte. Daraufhin wurden die Filmaufnahmen gezeigt, die kurz vor dem Mord gemacht worden waren. Diese waren schon häufiger ausgestrahlt worden – es geschah immerhin nicht alle Tage, dass ein

Kamerateam live bei einem Gewaltverbrechen anwesend war –, aber Frau Ehrenstein lehnte sich dennoch gespannt nach vorne. Jedes Mal hoffte sie, etwas Neues zu entdecken, irgendeinen Hinweis in den Bildern zu finden. Die ihr wohlbekannte Häuserwand am Spittelberg erschien auf dem Fernseher, ehe die Kamera auf Kramer schwenkte. Bei seinem Anblick verzog Frau Ehrenstein den Mund. Nicht nur, weil sich ihr Magen grundsätzlich umdrehte, wenn sie ihn sah, sondern auch, weil es ihr missfiel, wie unordentlich er vor der Kamera auftrat. Dabei hatte er noch groß verkündet, sich für sein wichtiges Interview zurechtzumachen. Seine Haare standen ab, sein Gesicht glänzte fettig. Auch seine Kleidung war ungeordnet. Die Taschen seiner Haremshosen waren ausgebeult, und über sein giftgrünes Hemd hatte er ein Jackett gezogen, auf dem deutlich Flecken zu erkennen waren.

Er erklärte gerade die Idee, die Operette *Die Fledermaus* in der Gegenwart der siebziger Jahre spielen zu lassen, als ein scharfer Knall ihn zusammenzucken ließ. Kramer blickte über die Schulter und warf sich kurz darauf mit ausgebreiteten Armen auf die Kamera, während er »Runter!« brüllte. Das Bild wurde unscharf, und es war nur mehr undeutliches Stimmengewirr zu hören, ehe die Aufnahme abbrach. Daraufhin erschien wieder der Moderator Peter Fichna im Nachrichtenstudio und erklärte mit ernster Miene, dass Hinweise zur Tat unverzüglich der Polizei zu melden seien.

Frau Ehrenstein stellte ihre Tasse Kaffee auf das gläserne Couchtischchen, drehte den Fernseher ab und seufzte. Ihr war nichts Neues aufgefallen. Kramer wirkte tatsächlich äußerst heroisch, wie er sich auf das Fernsehteam warf. Nur leider hatte das zur Folge, dass man den angeblich davonrennenden Verdächtigen nicht erkennen konnte. Den

Zuschauern gefiel das sicher. Eine Theaterproduktion, die sich neben einem Tatort abspielte. Ein Krimi im Theater sozusagen. Viele würden Karten kaufen, von dem morbiden Wunsch erfüllt, in der Nähe einer solchen Gräueltat zu sein. Die Signora würde gefeiert werden, und Felix würde sich erst mal keine Sorgen um den Weiterbestand seines Theaters zu machen brauchen. Alle profitierten.

Bis auf Annelies und die Einwohner Spittelbergs.

Frau Ehrenstein seufzte erneut, als sie aufstand und in die Eingangshalle trat.

»Es wird alles abg'staubt, Liesl. Net nur vorn, wo ma's aufm ersten Blick erkennt. Ich werd des no überprüfn. Ah, gnä' Frau!«

Die Haushälterin Frau Berkovics hielt inne, als sie Frau Ehrenstein entdeckte.

»Gnä' Frau, ich wollt Ihnen nur Bescheid geben, dass wir die Flecken aus Ihrem Hosenanzug nicht ganz aussebracht ham. Ich bin untröstlich. Wir bringen ihn morgen in die Putzerei, er hängt solang bei Ihnen am Schrank. Falls Sie sich vom Ausmaß des Malheurs überzeugen woll'n. Marie kommt nächste Woch'n wieder. Dann wird des Tohuwabohu hier a End haben.« Die Haushälterin warf einen stechenden Seitenblick auf das Dienstmädchen, das daraufhin einen Lampenschirm frenetisch mit dem Staubwedel bearbeitete. Frau Ehrenstein verkniff sich ein Schmunzeln.

»Danke, Frau Berkovics, das freut mich. Auch wenn ich sagen muss, dass mir keinerlei Chaos hier aufg'fallen wär. Das Haus ist unter Ihrer Aufsicht in bestem Zustand.«

Die Haushälterin überraschte das Kompliment sichtlich. Sie selbst hatte nie einen Hehl daraus gemacht, dass sie von Frau Ehrenstein als Hausherrin nicht viel hielt. Sie petzte gern bei Oskar, den sie seit seiner Kindheit kannte, was ihr nicht passte, und war grundsätzlich eine ausgesprochene

I-tipfelreiterin. Doch sie verrichtete hier gute Arbeit, und die gnä' Frau war dankbar, dass sie die Villa samt Dienerschaft am Laufen hielt. Ihr fiel kein Zacken aus der Krone, wenn sie das kundtat.

»Bitte sagen Sie dem Herrn Zodl Bescheid, dass ich heut nicht zum Abendessen da sein werde. Ach ja, und meinem Mann auch. Ich muss noch einmal ins Theater.«

Frau Berkovics nickte nur knapp und widmete sich wieder dem staubwedelnden Dienstmädchen.

Frau Ehrenstein genoss es, den glatten, kühlen hölzernen Handlauf in ihrer Hand zu spüren, als sie die Treppen zu ihrem Zimmer hinaufschritt. Sie mochte auch den Geruch der Holzpolitur, der sie umwehte. Er duftete nach Öl und Bienenwachs und noch einigen Noten, die sie nicht zuordnen konnte. Die Dienerschaft kümmerte sich regelmäßig um die Pflege des alten, kunstvoll geschnitzten Geländers und hatte das auch erledigt, als Marie nicht hier war.

Es kam der gnä' Frau wie eine Ewigkeit vor. Marie fehlte im Haus. Ihre Emsigkeit und Genauigkeit, vor allem ihr freundliches Lächeln und verschwörerisches Augenzwinkern, wenn sie sich im Flur begegneten. Das Schlimmste war nicht, dass sie die junge Frau vermisste, immerhin trafen sie sich regelmäßig im Theater. Vielmehr ging es darum, dass Frau Ehrenstein sich in der großen Villa einsam fühlte, wenn ihre heimliche Gefährtin nicht bei ihr war.

Außerdem wurde ihr etwas anderes schlagartig bewusst. Marie würde nach der Premiere ihre Stelle als Kostümassistentin aufgeben. Frau Ehrenstein würde keinen Grund mehr haben, täglich dort aufzutauchen, um den Proben beizuwohnen. Sie hätten beide keine Möglichkeit mehr, unauffällig vor Ort weiter nachzuforschen.

Ihre Ermittlungen hatten ein Ablaufdatum.

Die gnä' Frau ließ ihre Zimmertür ins Schloss fallen und

öffnete den Schrank, in dem sie ihre Beweise aufbewahrte. Es musste doch etwas geben, was sie übersehen hatte. Ein Detail, das Hercule Poirot oder Lord Peter Wimsey normalerweise im letzten Moment auf die richtige Spur führte.

Sie betrachtete ihre Pinnwand. Dort hingen die Namen der Verdächtigen samt ihren Aufenthaltsorten zum Tatzeitpunkt und ihren Motiven. Außerdem die Fotos, die Marie vom Tatort gemacht hatte. Frau Ehrenstein hatte ihr gesamtes schauspielerisches Talent aufbringen müssen, um dem Mitarbeiter des Fotogeschäfts glaubhaft zu machen, dass es sich um gestellte Fotos für ein Theaterstück handelte. Ein Glück, dass einer feinen Dame aus Hietzing so schnell niemand kriminelle Handlungen zutraute.

Sie starrte für einige Minuten in den Schrank, ohne aber auf eine zündende Idee zu kommen. Dann kniete sie sich hin, leerte die Staubsaugerbeutelbox und ließ die Finger über die Papiere gleiten. Fast hoffte sie, mit den Fingerkuppen einen Hinweis zu erspüren. Etwas, das sie mit den Augen übersehen hatte. Doch es war zwecklos. Sie kannte alles auswendig.

Sie ließ sich auf ihr Bett fallen und betrachtete müde ihren Hosenanzug am Kleiderbügel. Sie empfand es als auf deprimierende Weise passend, dass sich die Flecken nicht vollständig herauswaschen ließen. Sich einfach weigerten zu verblassen.

Frau Ehrenstein fürchtete, dass es ihr mit diesem Fall ähnlich ergehen würde.

25

Nähmaschinenindizien

Als Willi nach Hause kam, konnte sie mit ihrem Sohn noch eine amüsante Partie Malefiz spielen, ehe Frau Ehrenstein sich auf den Weg machen musste. Das Brettspiel hatte sie von ihrer Anspannung ablenken können, doch jeder Schritt durch die Spittelberggasse, der sie näher zum Theater brachte, verknotete ihr den Magen.

Ihr fiel eine gewisse Zurückhaltung auf, als die anderen sie begrüßten. Es lag nichts offen Feindseliges in ihren Stimmen, alle sprachen freundlich mit ihr, doch sie hatte das Gefühl, dass keiner sich länger bei ihr aufhielt als nötig. Selbst der ewig aufgedrehte Piccolo reichte ihr den frisch gebrühten Kaffee, ohne in seine gewohnte Plauderei zu verfallen. Vielleicht waren alle aber auch nur zu sehr auf sich konzentriert, weil die Premiere so kurz bevorstand. Vielleicht war sie auch nur paranoid.

»So, meine Herrschaften, gemma, gemma! Des wird jetzt ein Durchlauf, oiso keine Unterbrechungen. Wenn wer den Text vergisst, den Einsatz, den Auftritt, wird beinhart weiterg'macht, verstanden? Wir zieh'n des durch wie bei einer richtigen Vorstellung. Und net ablenk'n lass'n, wir mach'n Fotos währenddessen. Oiso ab geht's!«

Kramer klatschte zweimal in die Hände, und alle huschten auf ihre Plätze. Die Schauspielerin kam in einem bunten Blumenkleid und mit offenen Haaren auf die Bühne, neben ihr ging der ältere Schauspieler in einer G. I.-Uniform, und sie diskutierten über die Ermordung John F. Kennedys.

Kramer saß in der Mitte der ersten Reihe und zischte dem Piccolo immer wieder etwas zu, woraufhin dieser auf einen Block Papier kritzelte. Traudel und Marie saßen in der fünften Reihe, ab und zu steckten sie die Köpfe zusammen und tuschelten. Vermutlich ging es um letzte Änderungen an den Kostümen. Zwei Reihen hinter Frau Ehrenstein saß Felix Hall. Sie sah sich nach ihm um, doch er würdigte sie keines Blickes, sondern starrte konzentriert auf die Bühne.

Die Probe verlief reibungslos. Obwohl der Fotograf hektisch vor der Bühne herumhopste, um aus allen Winkeln Aufnahmen zu machen, und auch das Klicken des Fotoapparats und die Blitze, die Schauspieler leicht hätten ablenken können, blieben alle in ihren Rollen. Der Gesang der Signora war berührend und klar.

Frau Ehrenstein erkannte jetzt das Potenzial des Stückes, das Felix von Anfang an darin gesehen haben musste. Es hätte verdient, ein Erfolg zu werden. Den Vorverkäufen nach zu urteilen würde es das auch werden, allerdings nicht aus künstlerischen Gründen, sondern weil die reißerische Berichterstattung über einen Mord die morbide Neugier der Wiener geweckt hatte. Was die zu erwartenden Einnahmen anging, machte das keinen Unterschied. Dennoch hinterließ der Gedanke bei Frau Ehrenstein einen schalen Beigeschmack.

Als der Durchlauf vorbei war und die Darsteller sich umgezogen hatten, versammelte Kramer alle um sich herum, um seine Kritik mitzuteilen. Felix war da bereits verschwunden, vermutlich in sein Büro. Er hatte Frau Ehrenstein nicht einmal zugenickt, als er gegangen war.

Endlich stoben alle auseinander und verabschiedeten sich müde. Traudel trug Marie noch auf, Änderungen an einigen Kostümen vorzunehmen, und Frau Ehrenstein wollte sich verärgert einmischen. Immerhin hätte das Dienstmädchen auch jedes Recht, Feierabend zu machen. Doch Marie, die die Gesichtsausdrücke ihrer Vertrauten schon in- und auswendig kannte, beschwichtigte sie mit einem Kopfschütteln und einem sanften Lächeln. Darüber hinaus versprach sie dem Piccolo, sich darum zu kümmern, dass alle Lichter ausgeschaltet und alles abgesperrt würden, damit er noch rechtzeitig zu seinem Spätdienst in die Weinstube kam.

Marie wartete mit ihrer Erklärung, bis alle anderen weg waren und sie mit der gnä' Frau von der Bühne zum Künstlereingang ging.

»Glauben'S ma, es is besser so. Wir ham so die Ruhe und a die Zeit, um zu red'n. Und ich mag die Hack'n. Nähen entspannt mich. Sie sollten's a mal versuch'n! Geh, lachen'S net, mit a bissl Übung könnten selbst Sie des schaffen!«

Sie öffnete die Tür zum Hof, und die eiskalte Winterluft schlug ihnen entgegen. Frau Ehrenstein war noch nie am Abend hier gewesen. Die Dunkelheit, die sie umhüllte, wirkte unheimlich. Nur aus ein paar erleuchteten Fenstern einige Stockwerke über ihnen drang ein wenig Licht in den Hof, doch es war nicht genug, um den Boden zu erhellen. Frau Ehrenstein stolperte und tastete automatisch nach Marie, die sie mit sicherem Schritt bis zum Kostümkammerl führte.

Dort angekommen atmete die gnä' Frau auf, als die Tür ins Schloss fiel und das Licht anging.

»Oisdann, gnä' Frau, ich fang amal mit der zu lang geratenen Bluse an, und Sie erzähl'n ma derweil, was heut mim Herrn Direktor war.«

Frau Ehrenstein rekapitulierte den Vormittag und bemühte sich, kein Detail auszulassen. Wenn sie gedacht hatte, Marie damit zu überraschen oder sogar zu schockieren, hatte sie sich getäuscht. Die junge Frau hielt den Blick starr auf die tuckernde Nähnadel gerichtet und nickte nur ab und zu. Sie wirkte vollkommen abgeklärt.

»Gnä' Frau, ich waaß eh, Sie mögen ihn. Und des is in Ordnung. Denken'S nur dran, dass er verzweifelt is. Und einiges zu verlier'n hat. Sosehr wir ihn a versteh'n könnan, müss ma vorsichtig sein. Er kann net sicher sein, dass Sie des net gegen ihn verwenden werd'n.«

»Ich wünschte, er würde es wissen. Ich wünschte, es wäre ihm klar, dass ich so etwas Abscheuliches niemals tun würde.«

Marie hob die Bluse ins Licht, warf einen prüfenden Blick darauf und hängte sie, anscheinend zufrieden mit ihrer Arbeit, an einen Haken zu den anderen Kostümen.

»Gnä' Frau, was soll ich sag'n? Vielleicht wird er's amal wiss'n. Vielleicht wird er amal rausfind'n, wie anständig Sie san und freundlich und manchmal vü zu gut für diese Welt. Wie Sie sich für andre einsetz'n, a wenn's Ihnen nur Umständ macht und Sie oft genug in die Bredouille bringt. Wie Sie sich bemüh'n, immer z'lernen. Wie Sie zuhör'n, a wenn'S net müsst'n. Vielleicht wird er Sie amal seh'n, wie ich Sie seh.«

Am Ende hatte sie sehr schnell gesprochen und war leiser geworden. Jetzt konnte die gnä' Frau ihre geröteten Wangen erkennen, trotz des matten Lichts im Kostümkammerl. Die Dame spürte ihr Herz vor Rührung und Zuneigung übergehen. Doch ehe sie die geeigneten Worte fand, um Marie zu antworten, setzte diese sich wieder an die Nähmaschine und redete in ihrem normalen Ton weiter, als wären die letzten Sätze gar nicht gefallen.

»Guat, jetzt muss ich den Saum von der Hos'n reparieren. Wolln'S wissen, was ich heut rausgfund'n hab? Ich fürcht nur fast, dass es mehr Fragen ois sonst was aufwirft.«

Marie erzählte, dass sie in das Wirtshaus Zeilinger gegangen war, das sich in der Nähe der Wohnung Kramers und der Primadonna befand. Sie hatte sich erinnert, dass der Regisseur am Abend nach dem Mord dort war, während Felix und die Signora Annelies' Zimmer nach den Erpressermaterialien durchsucht hatten.

Bei einem köstlichen Beuschl und einem weißen Spritzer war Marie schnell mit einer älteren Kellnerin ins Gespräch gekommen. Die Frau kannte Kramer, der fast jeden Tag hier vorbeikam und sich oft genug gratis Bier erschnorrte. Es gereichte ihm zum Vorteil, dass der Wirt ein Verehrer der schönen Künste war und den Regisseur anhimmelte. Der alten Kellnerin gefiel das gar nicht. Einerseits weil sie dadurch nie Trinkgeld von ihm bekam, andererseits weil sich Kramer hier deswegen aufspielte, als gehöre ihm das Gasthaus. Und einige der Kellnerinnen.

»Na, wie ich des g'hört hab, hab ich ihr gleich was von meinen Erlebnissen mit ihm dazählt. Wie soll ich sag'n, des hat ihr taugt.«

Als die Kellnerin in Marie eine Verbündete erkannte, beantwortete sie freiheraus jede noch so eigenartige Frage zu Kramer. Zum Beispiel danach, wie er sich an jenem Abend verhalten und was er gesagt habe. Und ob irgendetwas anders gewesen sei als sonst.

»Abgsandelt hat er ausg'schaut und als wär er bei bester Laune. Oba wolln'S wissen, was sie komplett aus der Fasson bracht hat? Er hat für die Getränke, die er g'holt hat, bezahlt.«

Das gleichmäßige Tuckern der Nähmaschine stoppte, als Marie aufsah. In ihrem Blick lag etwas, das Frau Ehrenstein den Atem anhalten ließ. Sie nickte knapp, um anzudeuten, dass sie fortfahren solle.

»Sie hat sich no so guat dran erinnert, net nur, weil er

bezahlt hat. Sondern weil er mit so an großen Schein zahlt hat, dass sie sich extra hat Wechselgeld hol'n müss'n.«

»Einem Fünfhunderter?«

»Ganz genau. Und no was. Er war am Eck abgr'issn, der Schein. Des macht ihn net weniger wert, aber es is der Kellnerin halt aufg'falln.«

»Sie hat den abgerissenen Fünfhunderter nicht zufällig noch?«

»Na, der is scho längst weg. Wir ham nix Handfestes, was des betrifft. Nur des Wort der Kellnerin.«

Frau Ehrenstein hielt es nicht mehr auf ihrem Sitz. Sie stand auf und lief in dem engen Kämmerchen auf und ab.

»Selbst wenn wir den vermaledeiten Schein hätten, wär er nicht mehr als ein Indiz. Dazu steht in krassem Gegensatz das wasserdichte Alibi, das ganz Österreich im Fernsehen gesehen hat. Herrgott, mach, dass das Ganze einen Sinn ergibt!«

Sie trommelte sich mit den Fingerknöcheln gegen die Stirn und stieß einen frustrierten Schrei aus.

»Gnä' Frau, jetzt kommen'S amal wieder runter. Ich würd Ihnen ja gern an Tee zur Beruhigung mach'n, oba die Traudel lasst mich nimmer an die Kochplatt'n ran, seit's glaubt, dass ich die Töpf ruiniert hab.«

»Schon gut, schon gut. Ich reiß mich ja zusammen. Ein Tee würd mir ohnehin nix bringen. Das da schon eher.«

Die gnä' Frau zog einen silber glänzenden Flachmann aus ihrer Handtasche und nahm einen kräftigen Schluck. Sie beglückwünschte sich, den Rest ihres White Horse hineingefüllt zu haben, ein schottischer Whisky, der aus verschiedenen Whiskys zusammengemischt wurde. Wenn sie sich besonders konzentrierte, konnte sie sogar die einzelnen Bestandteile herausschmecken, wie ihre Lieblingsmarke Lagavulin.

»Hier Marie, er wird Ihnen guttun. Ich bin sicher, ein Schluck wird Ihre Fähigkeit zu nähen nicht beeinträchtigen.«

Sie reichte Marie den Flachmann und ging dann weiter hin und her, wirkte aber nicht mehr so gehetzt wie zuvor.

»Er könnte einen Komplizen haben. Das wäre das Naheliegendste. Allerdings kann ich mir das nicht so recht vorstellen …«

»Weil er a egoistisches Oaschloch is, des sicher niemandem vertraut. Außer vielleicht seiner Frau …«

»Ja, nur dass die alte Signora den Tatort nicht so schnell hätte verlassen können. Jemand Jüngerer vielleicht schon. Zum Beispiel Felix oder der Piccolo?«

»Ja, oba würden seine Schwierigkeiten dann net von vorn anfang'n? Wieder wer, der ihn erpress'n könnt, mein ich? So blöd is er ja net, oder?«

»Er ist kein Teamplayer, das ist sicher. Er hätte sich jemand anderem ausgeliefert, wenn er mit ihm einen Mord planen würd. Oder sein Plan wäre, nun selbst zum Erpresser …«

Ein Geräusch von draußen ließ sie ihren Gedanken abbrechen. Der starke Wind spielte mit dem Unrat im Hof und den lockeren Fensterläden der Nachbarschaft. Sie dachte an das Licht aus den Wohnungen ein paar Stockwerke über ihnen.

»Wir sollten auf jeden Fall noch die Nachbarn befragen. Ich geh davon aus, dass die Polizei ihnen ziemlich zugesetzt hat, aber uns werden sie sich vielleicht doch anvertrauen. Jemand könnte etwas gesehen haben.«

»Zum Pfandleiher muss ich a no, mit der Quittung aus Annelies' Schachtel. Mit a bissl an Masel find ich raus, wer was eing'löst hat.«

»No, ich fürcht, wir werden mehr als nur ein bissl Glück brauchen. Uns rennt die Zeit davon.«

Die gnä' Frau nahm noch einen großen Schluck, ehe ihr Blick auf das Tischchen mit Traudels Kochplatte fiel. Topf und Teekanne waren neu. Dem vorherigen Kochgeschirr hatte man sein Alter ansehen können, dieses hier war ohne Flecken oder Schrammen.

»Was haben'S vorher gesagt? Die Traudel lasst Sie nimmer an die Kochplatte? Warum?«, fragte Frau Ehrenstein stirnrunzelnd.

»Irgendein Schmafu, von wegen, ich hätt was am Herd vergess'n. Und die Platt'n ang'lassn. Das hätt a Feuer geben können, hat's g'sagt. Ich hab ihr g'sagt, dass ich des net war, oba ich glaub net, dass sie mir g'laubt hat.«

Marie schnitt mit einer Schere die Fäden ab und strich ein paarmal über den Saum der Hosen. Sie war es offensichtlich vollkommen gewöhnt, mit den eigentümlichen Launen und Beschuldigungen ihrer Arbeitgeber zurechtzukommen. Doch Frau Ehrenstein begutachtete die Kochplatte vor ihr, so als hätte sie noch nie zuvor eine gesehen. Sie beäugte sie von allen Seiten. Vor allem eine Stelle, an der sich die Knöpfe befanden, schien sie zu interessieren.

»Wo ist der alte Topf? Und die Teekanne? Hat sie sie weggeworfen?«, fragte sie wie in Trance.

»Na, sie hat's nur wegpackt. Die san da drüben im Eck. In der Kiste, sehn'S? Ois in Ordnung, gnä' Frau?«

Frau Ehrenstein stürzte zu der besagten Kiste und zog den Topf heraus, als wäre es der Heilige Gral.

»Marandjosef … Marie, wann war das? Vor oder nach dem Mord?«

»Nachher. Ich bin ma ganz sicher. Vorher hat er no net diese Beulen g'habt und die Farb da wie von an Lavendeltee. Ich hab no dacht, die Traudel is wegen dem Tod von der Annelies so durcheinand, dass sie den Topf vergess'n hat.«

Frau Ehrensteins Gesicht leuchtete vor Aufregung, als sie den Topf wieder in die Kiste legte.

»Gnä' Frau, glauben'S etwa …?«

»Dass das was mit dem Mord an Annelies zu tun hat? Ich glaub's tatsächlich, nur kann ich's noch nicht ganz zusammenfügen. Wenn sie was damit zu tun hätte, hätte sie Sie schließlich nicht drauf hingewiesen.«

»Wer?«

»Traudel. Sie hätte das Geschirr einfach ohne Erklärung ausgetauscht. Das Ganze erinnert mich an etwas …«

In dem Moment ging das Licht aus.

26
Geister

Die beiden Frauen schrien auf.

»Der Sturm hat die Sicherungen ausseg'haut, glaub ich«, sagte Marie in die Dunkelheit hinein. Sie war aufgesprungen und musste jetzt eng neben Frau Ehrenstein stehen, denn die gnä' Frau spürte die Wärme ihrer Nähe, roch das blumige Shampoo auf ihrem Haar. Es beruhigte ihr vor Schreck bumperndes Herz.

»Wissen Sie, wo der Sicherungskasten ist?«

»Im Theater. Hinter der Bühne.«

Die gnä' Frau tastete vorsichtig nach ihrer Handtasche. Ihre Augen gewöhnten sich langsam an die Dunkelheit, sodass sie Umrisse erkannte. Mit einem Klicken erschien die bläulich gelbe Flamme und tauchte die Umgebung in ein mattes, gespenstisches Licht. Selbst Maries hübsches Gesicht wirkte grotesk verzerrt.

»Lassen Sie uns die Sicherung wieder einschalten, und dann verschwinden wir von hier. Der Tag war lang genug.«

Frau Ehrenstein hatte es geflüstert, auch wenn sie selbst nicht genau wusste, warum. Die Erinnerung an Annelies' Leiche war wohl noch zu frisch. Genau hier hatte sie gelegen, auf dem kalten Betonboden unter ihren Füßen. Mit aufgerissenen Augen und Blutstropfen auf ihrer weißen Haut. Wenn es Geister gab, dann wäre dies der richtige Ort für eine Heimsuchung. Vielleicht war Annelies zurückgekehrt, um sich für die Gewalt, die ihr angetan worden war, zu rächen. Und daran zu erinnern, dass ihr Mord ungesühnt war.

»Gnä' Frau, Sie zerquetsch'n meine Hand.«

Auch Marie flüsterte, während sie sich die Stufen hinauftasteten. Die Flamme des Feuerzeugs flackerte unruhig, weil der starke Wind durch die Ritzen der Tür drängte.

»Ich glaub, da bewegt sich was.«

Maries Stimme war nicht mehr als ein Hauchen, und sie drückte ihren zierlichen Körper so fest an Frau Ehrenstein, als wollte sie mit ihr verschmelzen. Die Dame war nicht sicher, ob ihre Augen ihr einen Streich spielten. Dort hinten, wo die vielen Kostüme Traudels hingen, wo sie nach dem Mord das Versteck des Täters vermutet hatten ... war da jemand? Oder ließ nur das Flackern des Feuerzeugs die Schatten tanzen?

Es machte keinen Unterschied. Sie mussten hier heraus, ob die Gefahr übernatürlich, menschlich oder nur eingebildet war. Frau Ehrenstein zog Marie zitternd die letzten Stufen hinauf und musste widerstrebend ihre Hand loslassen, als sie die Tür öffnete. Die kalte Luft, die ihr jetzt entgegenschlug, war nicht unangenehm, im Gegenteil. Es fühlte sich an, als ob sie das erste Mal seit einer Ewigkeit wieder richtig durchatmen konnte. Die beiden schlugen die Tür zu und entfernten sich ein paar Schritte, ehe sie sich umdrehten. Keiner versuchte ihnen nachzukommen.

»Herrschaftszeiten, manchmal bin ich aber auch zu närrisch. Vielleicht sollt ich wirklich nicht so viele Krimis schauen.«

Die gnä' Frau hatte das Gefühl, das Adrenalin durch ihre Adern rauschen zu hören. Der Druck war von ihr abgefallen, aber ihr Körper schien immer noch in Alarmbereitschaft zu sein.

»Gnä' Frau, wann Sie närrisch san, bin ich's a.« Marie löste sich von Frau Ehrensteins Körper, als ob ihr erst jetzt die Nähe bewusst geworden war. »Was sagn'S, bevor ma heimfahrn, gönn ma uns no an Rostbraten oder an Tafelspitz in an Gasthaus. Ich glaub, des hamma uns verdient. Was meinen'S?«

Trotz der angespannten Situation musste Frau Ehrenstein schmunzeln.

»Ich meine, dass Sie mich einfach zu gut kennen. Nichts lieber als das!«

Sie wandte sich zum Eingang des Theaters um, als eine Gestalt vor ihr auftauchte. Sie konnte nur einen erhobenen Arm erkennen, der mit atemberaubender Geschwindigkeit auf sie niederfuhr. Dann spürte sie die kalte Feuchtigkeit der Pflastersteine an ihrer Wange. Etwas zerrte an ihr. Sie blinzelte. Alles wirkte unscharf. Die Geräusche um sie waren dumpf. Wie früher, als sie im Ossiachersee getaucht war und das Lachen und Schreien der anderen Kinder durch das Wasser nur mehr gedämpft zu ihr drangen.

Jetzt konnte sie Stimmen identifizieren. Nein, nur eine Stimme. Eine, die sie gut kannte.

Marie presste eine Flut an Verwünschungen und Beleidigungen hervor. Frau Ehrenstein verstand nur einzelne Worte, während sie sich mühsam hochdrückte.

»Gschissener, Wappler, Beidl!«

Jetzt erkannte sie ihre Gefährtin, wie sie mit einer vermummten Gestalt um Frau Ehrensteins Handtasche kämpfte. Mittendrin versuchte die dunkel gekleidete Person einen Tritt zu landen, bekam das Bein aber nicht sonderlich hoch und wirkte eher wie eine wackelige Gottesanbeterin.

Der Kopf der gnä' Frau hämmerte gnadenlos. Sie kam wacklig auf die Beine und attackierte den Angreifer mit ihren Fäusten. Überrascht ließ er die Tasche los und wankte zurück. Die beiden Frauen, schwer atmend und noch nicht bereit, diesen Kampf für beendet zu erklären, wollten sich gerade auf ihn stürzen, als etwas in seiner Hand erschien. Es glänzte im schwachen Licht der erhellten Fenster.

»Marie! Er hat eine Pistole!«

Die gnä' Frau und ihr Dienstmädchen rannten zum Künstlereingang. Frau Ehrenstein erwartete, jeden Moment von einem Schuss getroffen zu werden. Doch sie schafften es ins Haus, ohne verletzt zu werden. Sie verriegelten die Tür und lauschten. Es war nichts mehr zu hören. Nicht der Knall einer Pistole. Kein Nesteln am Schloss, weil jemand versuchte, es aufzubrechen.

Die Dame merkte, wie ihr die Knie weich wurden, und sie hätte sich am liebsten ausgeruht. Hier am Boden, nur für einen Moment. Doch Marie nahm ihr Gesicht in die Hände und schüttelte es.

»Der Vordereingang. Er kann vorn rein, wenn ma net absperren!«

Die junge Frau hastete los, und Frau Ehrenstein folgte ihr wackelig. Im Foyer des Theaters brannte noch Licht. Es hatte etwas seltsam Tröstliches nach der Dunkelheit im Hof. Marie drehte hektisch den Schlüssel im Schloss und starrte angestrengt durch das Schaufenster auf die menschenleere Spittelberggasse.

Die gnä' Frau schlug mit der flachen Hand auf den Lichtschalter.

»Gnä' Frau, was …?«

»Im erleuchteten Fenster sind wir wie auf dem Präsentierteller. Das hab ich bei Hitchcock gelernt, in den *40 Stufen*. Nein, 39 waren es.«

Die gnä' Frau fühlte sich schwindlig. Auf ihrem Kopf ertastete sie eine schmerzempfindliche Stelle, die aber glücklicherweise nicht blutete. Sie torkelte zu ihrer Gefährtin, die sie sofort stützte. Draußen nahmen sie eine Bewegung wahr. Jemand war auf der anderen Straßenseite, aber es war nicht zu erkennen, ob es sich um ihren vermummten Angreifer handelte.

»Ins Büro. In Felix' Büro, die Polizei …«

Frau Ehrenstein musste nicht weiterreden, Marie verstand auch so, was sie meinte.

Sie verbarrikadierten sich im Büro des Direktors, umgeben von den schönen Postern des Herrn Leydecker, und warteten, bis die Sirenen der Polizei zu hören waren.

27

Denn sie wissen, was sie tun

Herr Major, ich schätze Sie sehr, aber ich bitt Sie: Führen Sie sich nicht wie ein Fetzenschädel auf!«

Major Raabs Nasenflügel bebten. Frau Ehrenstein fand das nicht sonderlich einschüchternd, eher entzückend. Doch an den Reaktionen der anderen Polizeibeamten im Raum konnte sie erahnen, dass sie diese Miene mit Gefahr verknüpften. Sie zogen sich aus seinem Sichtfeld zurück und vermieden jeglichen Blickkontakt.

»Alle raus!«, knurrte der Major.

Die gnä' Frau nahm nicht an, dass sie auch gemeint war.

»Sie nicht, Fräulein.«

Raab sah Marie nicht an, doch sie war das einzige Fräulein hier in Felix' Büro, also ging sie an ihren Platz zurück und reckte tapfer das Kinn nach vorne.

Frau Ehrenstein, die Marie gut kannte, sah sofort, dass die junge Frau Angst hatte. Doch Marie ließ sich so etwas nicht gerne anmerken. Schon gar nicht von einem Mann, der versuchte, sie einzuschüchtern.

Frau Ehrenstein war ebenfalls müde, und die Angst steckte ihr in den Knochen, aber hauptsächlich war sie enerviert. Nachdem sie Major Raab angerufen hatte und er samt Verstärkung in kürzester Zeit hier aufgetaucht war, hatte sie ihm bereits mehrmals alles erklärt. Nur weigerte er sich stur, ihr zu glauben. Nein, schlimmer noch, sie ernst zu nehmen. Nicht, dass er daran zweifelte, dass die beiden Frauen überfallen worden waren. Er stritt auch nicht ab, dass es sich dabei höchstwahrscheinlich um den Mörder von Annelies handelte.

Was Frau Ehrenstein störte, war, dass er fälschlicherweise immer noch annahm, dass der Mord an Annelies schnöder Raubmord gewesen und der Täter im Spittelbergviertel zu suchen war. Immerhin hatte er versucht, gewaltsam an Frau Ehrensteins Tasche zu kommen.

»Wenn ich es Ihnen doch sage, er wollte nur die Informationen aus meinem Notizbuch. Und vermutlich meinte er, ich hätte die Unterlagen der Erpresserin bei mir.«

»Genug, Frau Ehrenstein.«

Raab donnerte nicht, im Gegenteil. Er flüsterte. Er saß hinter Felix' Schreibtisch, zurückgelehnt in dessen Bürosessel, und presste die Fingerkuppen aneinander. Die gnä' Frau war sich sicher, dass sie diese Geste schon einmal in einem ihrer Krimis gesehen hatte. War es bei Heinz Rühmann als Maigret in *Sein größter Fall* gewesen? Nein, vermutlich doch Basil Rathbone als Sherlock Holmes. Beim Meisterdetektiv hatte es aber professioneller ausgesehen als bei dem jungen Mann in Rollkragenpulli und Jeans.

»Ich will nicht, dass Sie umgebracht werden«, sagte er schließlich.

»Das ist sehr tröstlich.«

Sie wusste, dass er die Geduld mit ihr verlor. Dass sie im Begriff war, seinen letzten Hauch Wohlwollen zu verspielen. Doch sie konnte keine Rücksicht darauf nehmen. Es ging darum, einen gefährlichen Mörder dingfest zu machen.

»Ich denke, dass es Kramer war«, sagte sie schließlich. Sie hatte diese Anschuldigung nicht aussprechen wollen, während die anderen Polizisten noch im Raum waren. Doch es war wichtig, Raab reinen Wein einzuschenken, damit er endlich verstand.

Er schien wenig beeindruckt.

»Sie haben gesagt, Sie hätten den Angreifer nicht erkannt.«

»Das stimmt, aber …«

»Sie haben gesagt, und ich zitiere: ›Er war vermummt. Trug eine Skimaske oder einen Strumpf über dem Kopf. Und Handschuhe. In der Dunkelheit konnte ich kaum Genaueres erkennen.‹«

»Das habe ich gesagt, trotzdem …«

»Außerdem meinten Sie, dass er nicht gesprochen hat und deswegen nicht an der Stimme zu erkennen war.«

»Würden Sie's jetzt amal ausred'n lass'n, Kruzifix noch amal?!«

Maries laute Stimme hallte durch den Raum, und Raab zog die Augenbrauen zusammen. War er überrascht oder wütend? Vermutlich beides.

»Vielleicht bin ich es leid, immer wieder dieselben Dinge mit Frau Ehrenstein durchzukauen.« Seine Stimme bebte, aber äußerlich blieb er ruhig. Marie machte sich nicht mehr die Mühe, sich zurückzuhalten.

»Na, und vielleicht ist die gnä' Frau es a leid, Ihnen immer wieder dasselbe erklär'n zu müss'n. Sie kommen daher mit an fixen Bild im Kopf. Wie der Mörder auszuseh'n hat und woher er zu kommen hat. Und Sie versuchen net amal, offen zu bleib'n für andre Möglichkeiten. Sie schaun sich nur so lang um, bis wen sehn, der auf Ihr Bild passt, und sackeln ihn ein.«

Maries Wut über Major Raabs Festnahme ihres Jugendfreunds, der sich nichts hatte zuschulden kommen lassen, schien immer noch tief zu sitzen. Dass der Polizist jetzt auch noch ihre gnä' Frau so unwürdig behandelte, brachte das Fass zum Überlaufen. Einen Moment lang wollte Frau Ehrenstein ihre Gefährtin beschwichtigen, ihr klarmachen, dass dies nicht der richtige Zeitpunkt und Ort für eine solche Standpauke war. Doch dann fand sie, dass sie kein Recht hatte, Marie zu zensieren.

Raab setzte sich ruckartig auf und ballte die Fäuste. Es war bezeichnend, dass er einer feinen Dame gegenüber versuchte, die Contenance zu wahren, einem Dienstmädchen gegenüber aber nicht.

»Ich dulde derartige Anschuldigungen nicht«, brüllte er.

»Mag sein, dass es net dulden. Oba ertragen werden'S es müss'n!«, schrie Marie zurück.

Frau Ehrenstein erwartete, dass nun ein Kampf ausbrechen würde wie zwischen James Dean und Corey Allen in *Denn sie wissen nicht, was sie tun*, und sie überlegte, wer wohl siegreich daraus hervorgehen würde. Raab war zwar zwei Köpfe größer, aber Marie hatte genug Willen und Wut in ihrem Bauch, dass sie jeden besiegen konnte, wenn sie's drauf anlegte. Da fiel der gnä' Frau ein, wie sie der Stänkerei ein Ende setzen konnte.

»Der Angreifer hatte die Statur von Kramer.«

Sowohl Marie als auch Major Raab sahen die gnä' Frau überrascht an.

»Außerdem hat er einen Bruce Lee versucht. Und das hab ich bei ihm schon einmal gesehen, am Philharmonikerball.«

Sie nickte triumphierend. Der Polizist sah sie an, als hätte sie nun vollends den Verstand verloren.

»Bruce Lee?«

»Ja. Ein Kampfkünstler und Schauspieler. Tolle Filme. Er beherrscht so eine Art Tritt, so ungefähr …«

Sie machte die Bewegung andeutungsweise. Weil sie saß, war sie nicht sehr eindrucksvoll. Aber sicherlich anschaulich.

Raab seufzte tief und wandte den Blick ab.

»Sein Alibi ist unanfechtbar. Außerdem hat ein Regisseur von seinem Renommee und Vermögen es doch nicht nötig, eine Handtasche zu stehlen.«

»Jo eh klar, weil immer nur die Armen, die eh nix ham, fähig san, a Verbrechen zu begehen. Die Hautevolee ist ja immer unschuldig.«

»Der Punkt ist«, Frau Ehrenstein war lauter geworden, damit sich das Karussell der beiden Streithanseln nicht erneut zu drehen begann. »Der Punkt ist, wie ich schon mehrfach erwähnt habe, dass es nicht um meine Handtasche oder einen zerrissenen Fünfhunderterschein geht, den Kramer übrigens in seinem Stammbeisl ausgegeben hat. Es geht um Erpressung und deren Vertuschung.«

»Moment!« Raab schüttelte verwirrt den Kopf und fuhr sich über die Stirn. »Der Fünfhunderter, der aus der Hand der Toten, ist bei Kramer aufgetaucht? Wollen Sie damit sagen, Sie haben ein Beweismittel in einem Mordfall an sich genommen?«

»Leider nein. Wir haben nur die Aussage einer Kellnerin.«

»Wir?«

»Nun ja, Marie hat das in einem Gasthaus herausgefunden. Am Abend nach dem Mord hat er dort noch ein paar Bier geholt und mit dem besagten Fünfhunderter bezahlt. Den Schein gibt es nicht mehr, aber die Kellnerin kann sich gut daran erinnern. Dass der Kramer, der sonst immer geschnorrt hat, diesmal mit so einem großen, noch dazu beschädigten Schein bezahlte. Am selben Tag, an dem in der Hand eines Mordopfers einer gefunden wurde. An einen so großen Zufall kann ich nicht glauben.«

»Aha. Marie also …«

Frau Ehrenstein seufzte. Anstatt sich auf das Wesentliche zu konzentrieren, interessierte er sich wieder für Marie. Es war zum Haareraufen.

»Es ist schon interessant, Fräulein.« In seinem Ton lag etwas unangenehm Selbstzufriedenes. »Als Ihre Aussage nach dem Mord aufgenommen wurde, habe ich Sie überprüft. Wie alle anderen auch, bevor Sie sich wieder aufregen. Interessant fand ich dabei, dass Sie gar keine Kostümassistentin sind. Vielmehr haben Sie eine Anstellung als Dienstmädchen im Hause Ehrenstein. Noch interessanter ist, dass keiner Ihrer Kollegen hier davon zu wissen scheint. Wieso haben Sie uns das verschwiegen, Fräulein?«

Marie funkelte den Polizisten trotzig an, doch dabei rutschte sie nervös auf ihrem Sessel herum. Da sie ihm nicht Paroli bot, nahm Frau Ehrenstein an, dass sie nicht wusste, wie sie reagieren sollte. War es strafbar, bei einer Aussage solche Details über die eigene Person auszulassen? Nun, wenn es so sein sollte, war es ganz allein Frau Ehrensteins Schuld.

»Verzeihen Sie, Marie, ich hoffe, es ist in Ordnung, wenn ich für Sie antworte. Ja, Major Raab, sie ist mein Dienstmädchen in Hietzing, und ich habe sie gebeten, mich bei den Ermittlungen zu unterstützen. Gemeinsam haben wir auch schon einiges …«

»Meine Güte, reicht es Ihnen denn nicht, sich selbst in Lebensgefahr zu bringen? Müssen Sie noch andere in dieses Hirngespinst mit hineinziehen?«

Er sagte es in einem unverhohlen anklagenden Ton.

»Wenn Sie mir nur einmal richtig zuhören würden, vermaledeit noch mal!« Frau Ehrenstein schlug mit der Faust so fest auf die Stuhllehne, dass es wehtat. Es kam ihr vor, als redete sie gegen eine Wand. Sie musste an das letzte Mal denken, als sie mit dem jungen Polizisten in diesem Büro gesessen hatte. Sie hatten sich über den Fall unterhalten, sie hatte ihm sogar ihren Schokoriegel überlassen. Da hatte er sich zwar auch echauffiert und sie vom Herumschnüffeln abhalten wollen, dennoch war es ein Gespräch auf Augenhöhe gewesen. Letztlich hatte er sogar akzeptiert, dass sie Ermittlungen anstellen würde. Das war nicht einmal eine Woche her. Doch nun schien ein unüberwindbarer Graben zwischen ihnen zu klaffen.

»Nein, es reicht! Ein für alle Mal. Ich war zu nachgiebig mit Ihnen. Wissen Sie noch, was ich Ihnen zum Abschied gesagt habe, als wir das letzte Mal hier waren?«

»Ich soll auf mich aufpassen?«

»Sie sollen auf sich aufpassen, ganz genau. Und das haben Sie nicht getan.«

Zu dem Vorwurf, der in seiner Stimme mitschwang, war noch etwas anderes hinzugekommen. Schmerz? Trauer? Angst? Jedenfalls hielt es sie davon ab, ihm schnippisch zu antworten, dass sie offensichtlich hervorragend auf sich aufgepasst hatte, sonst wäre sie schließlich nicht mehr am Leben.

»Ich sag Ihnen, was jetzt als Nächstes passiert, *gnädige Frau*. Meine Männer werden die Anwohner im Grätzl befragen und wenn nötig die Wohnungen durchsuchen. Irgendwo werden wir schon die Pistole finden. Sie beide«, Raab nahm sich die Zeit, um jeder der beiden Frauen für einige Sekunden in die Augen zu schauen, »packen Ihre Sachen und verschwinden aus dem Theater. Für immer. Sie können dem Herrn Direktor und der Kostümbildnerin irgendeine G'schicht auftischen. Dafür haben Sie ja ein Talent. Sie arbeiten hier nicht mehr, Sie sind nicht mehr bei Proben anwesend, Sie haben hier nichts mehr zu suchen. Und glauben Sie mir, ich finde heraus, wenn Sie hier herumschnüffeln.«

»Und wenn ich nicht verschwinde?« Frau Ehrensteins Stimme war kalt wie ein Eiszapfen.

»Wenn nicht, dann könnt ich Sie wegen Behinderung

einer Ermittlung anzeigen. Erinnern Sie sich, das hab ich Ihnen schon das letzte Mal in Aussicht gestellt. Vielleicht sogar in Gewahrsam nehmen, wenn Sie gar zu renitent sind. So oder so müsste ich dann Herrn Ehrenstein Bescheid geben und ihm erzählen, was seine Frau und sein Dienstmädchen in den vergangenen Wochen so getrieben haben.«

Er sagte es nicht in einem bedrohlichen oder überheblichen Ton, sondern vollkommen ruhig. Das machte die gnä' Frau nur noch fassungsloser.

»Sie … sie wollen mich bei meinem Ehemann verpetzen?«

»Ich will nur, dass Sie am Leben bleiben, Frau Ehrenstein. Was es auch koste.«

28

Blausäure-Hortensien

Frau Ehrenstein schob die Krautfleckerl mit ihrem Löffel erneut auf die andere Seite ihres Tellers. Dann formte sie damit einen Gupf, nur um ihn gleich darauf wieder plattzudrücken. Wenn Willi so mit seinem Mittagessen spielte, würde sie ihn schelten. Nun, glücklicherweise war er gerade nicht hier, also konnte er sie sich auch nicht zum Vorbild nehmen.

Aus dem Augenwinkel bemerkte sie eine Bewegung bei der Tür zur Küche. Im Viertelstundentakt streckte der Koch Zodl den Kopf herein, um zu schauen, wie es der gnä' Frau schmeckte. Er versuchte, es heimlich zu machen, nur war der große massige Mann mit dem paradeiserroten Gesicht alles andere als unauffällig.

Das karamellisierte Weißkraut mit den kleinen Nudelfleckerln war köstlich. Es war gleichzeitig süß und salzig, dank einer ordentlichen Prise Pfeffer auch scharf. Nur fehlte es Frau Ehrenstein an Appetit.

Sie erlöste ihren unglücklichen Koch, indem sie zu ihm in die Küche ging – wo er wenig überzeugend so tat, als würde er in einem leeren Topf herumrühren – und ihm versicherte, dass es an ihrer Laune lag und nicht an seinem Geschick.

Sie überlegte, was sie mit dem Rest des Tages anfangen sollte.

In der Früh hatte sie im Theater angerufen und sich entschuldigt. Das Stück war auf Schiene, die Premiere stand unmittelbar bevor, und ihre Anwesenheit als Produzentin war nicht mehr vonnöten. Nicht Felix war ans Telefon gegangen, sondern der Piccolo. Sie war darüber erleichtert. Der junge Mann wirkte aufrichtig erschüttert darüber, dass sie nicht kommen würde, und versuchte sogar sie umzustimmen. Ob sie schon gehört habe, dass es am Vortag wieder einen Überfall gegeben habe? Fräulein Marie sei glücklicherweise mit dem Schreck davongekommen, aber jetzt fühle sie sich nicht mehr in der Lage, zur Arbeit ins Theater zu kommen. Die Polizei patrouilliere nun ständig im Grätzl und kontrolliere die Passanten und …

Frau Ehrenstein unterbrach ihn brüsk. Sein betretenes Schweigen versetzte ihr einen Stich. Sie sah sein jugendliches Gesicht vor sich, enttäuscht, verletzt. Wie sollte sie ihm erklären, dass ihr das alles zu nah ging, dass sie gar nichts mehr davon hören wollte, vom Theater, vom Mord, von der unsäglichen Polizei?

Sie hatte eine Entschuldigung gestammelt und sich rasch verabschiedet.

Nun stand sie hier und wusste nichts mit sich anzufangen. Das Wohnzimmer mit dem Plattenspieler, dem Kamin und der Bar mit dem guten Whisky erinnerte sie daran, dass Marie nicht da war. Im Fernsehzimmer würden nur die Nachrichten mit Bildern aus dem Theater auf sie lauern. In ihrem eigenen Zimmer verhöhnte sie der Beweismittelschrank, der voller Indizien war, mit denen sie nichts anfangen konnte. Ihre Freundinnen trafen sich heute nicht. Vielleicht könnte sie ihre Mutter überraschen und für einen Kaffee vorbeischauen. Ihr schauderte.

»No, so verzweifelt bin ich noch nicht«, murmelte sie.

»Verzeihen'S, gnä' Frau, wie war das?«

Frau Berkovics war lautlos hinter ihr aufgetaucht.

»Nichts, nichts, ich hab nur laut gedacht.«

»Wie Sie meinen, gnä' Frau. Ich wollt Ihnen nur sagen, dass die Marie sich g'meldet hat. Sie kommt jetzt doch ein paar Tage früher zurück. Alles in Ordnung?«

»Ja, Frau Berkovics«, sagte Frau Ehrenstein zwischen zusammengepressten Zähnen. Sie hatte Marie ausdrücklich aufgetragen, dass sie sich die restlichen Tage frei nehmen und nicht gleich wieder in ihre alte Stellung zurückkehren sollte. Immerhin hatte sie sich die Erholung verdient nach der Aufregung der letzten Wochen. Die Dame hätte sich denken können, dass ihre Gefährtin wieder ihren Kopf durchsetzte. Aber es passte zu ihrer Stimmung, dass nichts so lief, wie sie wollte.

»Und der Gärtner ist jetzt endlich da, um den Garten für'n Frühling herzurichten. Jetzt schaut's ja endlich amal so aus, als würd ma doch noch einen kriegen.«

»No, dann werd ich ihm Gesellschaft leisten.«

»Gnä' Frau?«

»Danke, Frau Berkovics!«

Frau Ehrenstein wickelte sich in ihren Wintermantel und begab sich auf die Terrasse. Der Metallstuhl mit den kunstvollen Verstrebungen war staubig, doch sie scherte sich nicht drum und setzte sich. Mit ihrer behandschuhten Hand winkte sie dem Gärtner zu, der seine Schirmmütze zum Gruß hob und dann weiter mit einer Gartenschere die Fliederbüsche bearbeitete. Es entspannte sie, ihm zuzusehen. Seine gemächlichen, routinierten Bewegungen hatten etwas Beruhigendes. Ab und zu hielt er inne, um einen Ast genauer zu begutachten. Er schien keine Eile zu haben, es gab nichts, was ihn hetzte und so die Qualität seiner Arbeit schmälern konnte.

Die gnä' Frau schnaufte. Hätte sie nur mehr Zeit gehabt. Hätte man sie nur weitermachen lassen. Der Angriff des vermummten Mörders in der vergangenen Nacht war für sie nicht weniger traumatisch gewesen als das Messer, das ihr Major Raab in den Rücken gerammt hatte. Sie redete sich ein, dass es egal war. Sollte die Polizei doch allein zurechtkommen und weiter im Dunkeln tappen. Im besten Fall würde dies eben ein weiterer ungelöster Mordfall bleiben. Im schlechtesten Fall würden sie es einem Unschuldigen in die Schuhe schieben.

Frau Ehrenstein schüttelte den Kopf, um den Gedanken zu vertreiben. Es war nicht mehr ihre Angelegenheit. Sie konnte nichts ausrichten, also wäre es am klügsten, sich damit abzufinden.

Als Marie ihre Habseligkeiten aus dem Kostümkammerl hatte holen wollen, war ihr aufgefallen, dass die Schachtel mit dem alten Kochgeschirr fehlte. Ihr Angreifer musste sie an sich genommen haben, als die Frauen sich im Theater versteckt hatten. Die Polizisten hatte es nicht interessiert, und Traudel würde es auch egal sein, immerhin sollten der Topf und die Teekanne ohnehin weggeschmissen werden. Niemand kümmerte es, warum also sollte Frau Ehrenstein sich damit befassen?

Sie schob ihre Hände tiefer in die wärmenden Taschen ihres Mantels. Ihre Nasenspitze kitzelte vor Kälte. Der Gärtner beschäftigte sich mittlerweile mit den Hortensien. Jetzt sahen sie noch etwas mitleiderregend aus, ganz kahl und braun. Doch bald wären die blauen und violetten Blüten wieder da, um mit ihrem süßlichen Duft die Bienen anzulocken. Sie rochen nicht so penetrant wie der Flieder, sondern ganz zart, so, dass man schon nah hingehen musste, um ihn wahrzunehmen. Irgendwo hatte sie mal gehört, dass man die getrockneten Blüten rauchen konnte, woraufhin man in einen Rauschzustand verfiel. Wenn man dabei nicht unglücklicherweise an einer Blausäurevergiftung verstarb. Wo war das gewesen? In der Hippiekommune, in der sie zum Würger von Hietzing ermittelte, oder in der Diskothek Voom Voom, wo sie auf der Jagd nach dem Mörder des Döblinger Grafen war? Vielleicht hatte sie es auch gelesen.

Wie auch immer, Hortensien gab es keine im Theater, und Annelies war nicht vergiftet worden. Abgesehen davon, dass sie sich ohnehin nicht mehr mit dem Fall beschäftigen wollte. Vielmehr konnte.

Wenn sie sich noch damit beschäftigen würde, kämen ihr bei dem Gedanken an die violetten Hortensien wohl sofort die Flecken in dem verbeulten Topf in den Sinn. Die, die vor dem Mord noch nicht da gewesen waren und danach plötzlich schon. Das konnte kein Zufall sein. Es grenzte an einen Zaubertrick. Sie wusste, dass es etwas mit Annelies' Tod zu tun haben musste. Dass es höchstwahrscheinlich das fehlende Puzzleteil war. Aber sie konnte nichts damit anfangen.

Die Flecken waren nämlich nicht nur in dem Topf gewesen. Sie hatte noch einige Partikel an dem Einschaltknopf der Kochplatte entdeckt. Und als sie sich in der Nacht erschöpft und mit pochenden Schläfen in ihr Zimmer geschleppt hatte, war ihr Blick auf den Hosenanzug gefallen. Es waren nicht die einzigen Flecken, und sie waren schon leicht verblasst, dennoch hatten sie unverkennbar den gleichen violetten Ton wie der Topf. Sie erinnerte sich, dass sie nach dem Mord mit der Hüfte den Tisch mit der Kochplatte gestreift hatte. Und dass da etwas Pudriges am Boden gewesen war, als sie sich hingekniet hatte. Ein Puder oder ein Pulver? Und was hatte das in einem Topf zu suchen? Traudel hatte Marie beschuldigt, etwas in dem Topf vergessen zu haben, und auch, die Herdplatte angelassen zu haben. Irgendjemand, wahrscheinlich der Mörder, hatte dort ein violettes Pulver erwärmt. Und die Sache war ihm sogar wichtig genug gewesen, dass er noch einmal ins Kostümkammerl gegangen und das Kochgeschirr gestohlen hatte.

Der Gärtner sprühte nun Flüssigkeit aus einem blickdichten Gefäß in die Ritzen der Steinplatten auf der Wiese.

»Was machen'S denn da, Herr Pichler?«

»Gnä' Frau, i kümmer mi ums Moos und des Unkraut. Stört Sie der Gestank?« Weiße Dampfwölkchen tanzten vor seinem Mund, als er sprach.

»Nein, nein, ich riech gar nichts. Es hat mich nur interessiert.«

»Da brauch i nämlich a stärkeres Mittel, verstehn'S? So a g'scheite chemische Keule.«

Frau Ehrenstein nickte ihm nur müde lächelnd zu.

Hinter den Wolken erschien die Nachmittagssonne, und ihre wärmenden Strahlen machten sich daran, die letzten Polster aus Schnee wegzuschmelzen. Bald würden hier alle Blumen, Sträucher und Bäume erblühen und den Garten in ein summendes Meer aus Bienen, Hummeln und Wespen verwandeln. Dazwischen würden die farbenfrohen Schmetterlinge lautlos über die Wiese schweben. Bis dahin wäre Annelies längst begraben und ihr Mörder über alle Berge.

Die gnä' Frau merkte, wie ihr die Augen schwer wurden. Nur ein wenig ausruhen, in der warmen Sonne, nach der anstrengenden Nacht. Es war ja nicht so, als müsste sie irgendwohin. Als hätte sie noch etwas zu erledigen. Sie fiel in einen unruhigen Schlaf. Ihre Träume handelten von wuchernden Hortensiensträuchern, stechenden Wespen und chemischen Keulen, die alles zum Verschwinden brachten.

29
Ein Lausbub redet Topfen

Alles in Ordnung, Helene?«

Frau Ehrenstein musste lächeln. Früher hatte Oskar, wenn sie ihn in seinem Arbeitszimmer besuchte, sie möglichst lange ignoriert, um ihr dann unmissverständlich mitzuteilen, dass er Wichtigeres zu tun hatte, als mit ihr zu sprechen. Dieses Mal hatte sie noch nicht einmal die Türschwelle überquert, da richtete er schon das Wort an sie. Sie musste daran denken, wie kindisch sie sich jahrelang als Ehepaar verhalten hatten.

»Helene?«

Er runzelte die Stirn und legte seine Füllfeder ab. Einzelne Haarsträhnen standen von seinem Kopf ab. Er musste sich durch die Frisur gefahren sein, wie immer, wenn er konzentriert oder aufgewühlt war.

»Mir geht es gut«, sagte sie schließlich. »Aber ist bei dir alles in Ordnung? Du wirkst aufgebracht?«

»Ich sitze an meinem Tisch und schreibe.«

»Aber du siehst so aus, als ob … Ich weiß nicht, wie ich es ausdrücken soll … Du wirkst ein wenig mitgenommen.«

Sie erkannte die Irritation in seinem Blick und die Furchen auf seiner Stirn.

»Es … Es ist nur viel zu tun, und ich hab einfach viel um die Ohren. Nichts weiter«, sagte er schließlich und lächelte dabei, wie um zu unterstreichen, dass es wirklich nichts weiter war.

»Oh, dann will ich dich gar nicht stören. Ich wollte nur

mit dir über etwas sprechen, aber nichts Wichtiges. Vielleicht reden wir später, wenn du Zeit hast.«

»Geht's ums Theater?«

Er sagte das so rasch und in einem so argwöhnischen Ton, dass die gnä' Frau für einen Moment befürchtete, Raab hätte sie bereits bei ihm verpetzt.

»Nein. Ich meine … nicht direkt«, antwortete sie vorsichtig. »Weißt du was, du kommst einfach zu mir, wenn du Zeit hast, in Ordnung?« Sie bewegte sich rücklings zur Tür, während sie den Satz aussprach, doch er rief sie zurück.

»Was hörst du da?«

Die Frage überraschte sie. Oskar war einer der wenigen Menschen in ihrem nahen Umfeld, bei dem sie oft nicht den Hauch einer Ahnung hatte, was in ihm vor sich ging.

»Das ist David Bowie. Auch ein Brite übrigens. Zu laut?«

»Nein. Ich mein, eigentlich schon, aber es stört nicht. Es ist nicht so ein Wirbel und Geschrei wie bei …«

»Janis Joplin, The Who? Ja, da hast du wohl recht. Also …«

»Also, ich schlage vor, wir gehen zu Herrn Bowie und trinken etwas. Ich brauche ohnehin eine Pause.«

Im Wohnzimmer schenkte Oskar jedem sein bevorzugtes Getränk ein – Brandy für ihn, einen alten Dalmore für sie, während sie mit der Zärtlichkeit eines Bombenentschärfers die Nadel des Tonarms auf die erste Rille der Schallplatte legte. Sie fand, wenn er David Bowies »Space Oddity« wirklich gern hören wollte, mussten sie wieder ganz von vorne beginnen.

Sie setzten sich einander gegenüber in die ledernen Ohrensessel und prosteten sich zu. Obwohl Frau Ehrenstein die Fragen an ihren Ehemann in Gedanken schon vorformuliert hatte, erfasste sie nun eine Art Befangenheit. Deshalb, und um nicht gleich mit der Tür ins Haus zu fallen, erkundigte sie sich nach seiner Arbeit und nach seinem Tag. Er antwortete freundlich, doch gleichzeitig distanziert, als ob er nicht das Bedürfnis hätte, ins Detail zu gehen. Sie bemühte sich, das zu respektieren, auch wenn seine Zurückhaltung wie so oft ihre Neugier befeuerte.

Dann fragte er nach ihrer Arbeit am Theater und sprach seine Verwunderung darüber aus, dass sie heute nicht bei den Proben war. Frau Ehrenstein fasste sich unwillkürlich an den Kopf, an ihre Beule. Glücklicherweise konnte man sie durch das Haar nicht erkennen, dennoch würde die gnä' Frau wegen der Schmerzen in nächster Zeit keine Hüte tragen können. Das fand sie ausgesprochen ärgerlich. In diesem Ton gab sie ihm auch dieselbe Ausrede, die sie morgens dem Piccolo aufgetischt hatte.

»Aber du bist nicht glücklich darüber?«

Seine grauen Augen ruhten interessiert auf ihr. Einen Moment lang waren nur David Bowie und das Knacken des Kaminholzes zu hören. Sie wusste nichts anderes zu antworten als eine weitere Lüge.

»Ach, weißt du, es wurd ein wenig fad, drum stört's mich nicht weiter.«

Er betrachtete sie erneut forschend. Oskar hatte sie noch nie leicht etwas vormachen können. Während er nur allzu oft eine perfekte Maske trug, die all seine Gefühle verbarg, durchschaute er sie mit Leichtigkeit.

»Liegt es an den Leuten dort? Wurdest du der Künstler überdrüssig?«

Sie war sich nicht sicher, wie sie seine Frage zu deuten hatte. Wartete er darauf: »Hab ich's dir doch gesagt!«, sagen zu können? Immerhin hatte er von Anfang an seine Ressentiments gegen die Künstler im Theater kundgetan. Seine Begeisterung für den Direktor des Hauses hatte sich auch in Grenzen gehalten.

Ein ungutes Gefühl begann sich in ihr auszubreiten. Konnte es sein, dass Oskar von Felix' Homosexualität wusste oder vielleicht etwas ahnte? War das der Grund, warum er nicht erfreut war, ihn zu sehen, warum er so kurz angebunden war, wenn es um ihn ging? Die beiden kannten sich bereits, seit sie Jugendliche waren. Vielleicht hatte Oskar das Geheimnis gelüftet und war deswegen nicht erpicht darauf gewesen, den Kontakt aufrechtzuerhalten.

In dem Fall müsste sie Oskar zugutehalten, dass er davon nichts an die Öffentlichkeit getragen hatte. Nicht einmal ihr davon erzählt hatte. Allerdings gefiel ihr der Gedanke nicht, dass er Felix aufgrund seiner Sexualität ächtete. Ihr war bewusst, in welch konservativem Umfeld ihr Mann erzogen worden war. Ihm war beigebracht worden, dass nur akzeptiert werden konnte, was der Norm entsprach.

»Helene, du denkst nun schon geraume Zeit über meine Frage nach. War sie so philosophisch?« Oskar klang amüsiert, ahnungslos, in welche ernste Richtung er die Gedanken seiner Frau gelenkt hatte.

»Denkst du schlecht von Felix Hall?«, fragte sie unvermittelt. »Denkst du, er wäre sogar in der Lage, ein Verbrechen zu begehen?«

Sein Lächeln verschwand. Stattdessen kam für eine Sekunde etwas, das wie Abscheu aussah, auf seinem Gesicht zum Vorschein.

»Es ist gut, dass du nicht mehr ins Theater gehst. Du solltest dich nicht an einem Ort aufhalten, an dem ein Mord geschehen ist. Das bringt dich auf schlechte Gedanken.«

»Du hast meine Frage nicht beantwortet.«

»Weil sie keinen Sinn ergibt. Es kann dir doch egal sein, was ich von ihm denke. Du hast in den letzten Wochen mehr Zeit mit ihm verbracht, du solltest eigentlich selbst wissen, was du von ihm zu halten hast.«

»Aber manche Menschen sind besonders gut darin, sich zu verstellen. Du kennst ihn länger.«

»Helene, manchmal kann man einen Menschen jahrelang kennen und weiß doch nichts über ihn. Sei bitte nicht so naiv.«

Das Gespräch hatte einen anderen Ton angenommen. Oskar war jetzt unübersehbar erregt, und auch die gnä' Frau hatte nicht übel Lust, mit ihrem Glas nach ihm zu werfen. Ihr Leben lang hatte man sie für naiv gehalten; sie ertrug es nicht mehr. Dieses bedauernswerte Mädchen, das nichts von der Welt wusste und das von anderen an die Hand genommen werden musste, gehörte der Vergangenheit an.

»Oskar, du redest so einen Haufen …«

»Helene, du weißt, ich verbitte mir jegliche Obszönitäten!«

»Topfen, wollt ich sagen. Du redest einen Haufen Topfen, Oskar.«

Beide atmeten gleichzeitig lautstark aus.

Frau Ehrenstein war verärgert über ihren Mann, aber fast noch mehr darüber, dass sie schon wieder in alte Muster gerutscht waren. Sie hatten offensichtlich noch einen langen Weg vor sich, bis ihnen das freundschaftliche Zusammenleben gelang, das sie sich so sehr wünschte.

Oskar räusperte sich und machte Anstalten aufzustehen.

»Nun, wenn das alles war … Ich muss dann wieder zurück ins Arbeitszimmer. Tut mir leid, wenn ich dir nicht weiterhelfen konnte.«

Erst jetzt erinnerte sich Frau Ehrenstein, dass sie ihren Mann eigentlich aus einem anderen Grund hatte sprechen wollen. Ihre Mutmaßungen, was er verheimlichen und denken könnte, hatten sie so weit vom Thema abgebracht, dass sie ihr Ziel aus den Augen verloren hatte. Sie schlug sich so heftig gegen die Stirn, dass es einen lauten Klatscher machte.

»Ist denn auch wirklich alles in Ordnung, Helene?«

Oskar war im Ohrensessel sitzen geblieben und betrachtete sie neugierig.

»Ja … Nein … Ich weiß nicht. Eigentlich wollte ich dich etwas ganz anderes fragen und dann … ist das Ganze ein wenig aus dem Ruder gelaufen.«

Er dachte darüber nach und sagte dann in versöhnlichem Ton: »Ach so. Wenn das so ist: Was wolltest du von mir wissen? Eigentlich?«

Er rollte das leere Glas in seinen Händen und lehnte sich erwartungsvoll nach vorne. Er schien es nicht eilig zu haben fortzukommen. Vielleicht wollte er das Gespräch auch nicht so unerfreulich enden lassen.

Frau Ehrenstein stand auf, doch anstatt wie gewöhnlich ihr Glas wieder aufzufüllen, holte sie von der Anrichte einen Packen Fotos.

»Ich wollte deine Meinung zu etwas ganz anderem hören. Oder besser, deine Ideen dazu. Der Gärtner hat heute Nachmittag mit einer chemischen Lösung das Unkraut vernichtet, und da ist mir wieder eingefallen, dass Chemie ja dein Steckenpferd ist und … Ich wollte dir ein paar Fotos zeigen.«

Sie reichte ihm den Packen und setzte sich wieder in den Ohrensessel. Der Topf war weg, und die Flecken im Hosenanzug waren verblichen. Aber Marie hatte am Tag des Mordes als Fotografin ganze Arbeit geleistet. Frau Ehrenstein hatte den Aufnahmen von der Kochplatte und ihrer Umgebung damals keine Beachtung geschenkt, doch jetzt hatte sie sie sich noch einmal genauer angesehen. Die Verfärbungen, die Dellen und auch der pulvrige violette Staub, der rund um die Kochplatte auf Tisch und Boden lag, waren genau zu erkennen. Vielleicht konnte sich ja Oskar einen Reim darauf machen. So oder so hatte sie sich lange genug etwas vorgemacht. Immerhin einen halben Tag lang. Sie würde sich nicht heraushalten, das lag nicht in ihrem Naturell.

»Was ist das?«, fragte er interessiert.

Die gnä' Frau hatte sich bemüht, Aufnahmen auszusuchen, die nicht auf den Mord hinwiesen. Annelies' Körper war nicht zu sehen, also musste sie sich dafür auch keine Erklärung ausdenken.

»Es ist eine Art Rätsel. Für mich jedenfalls. Niemand weiß so recht, wie dieser Topf so ruiniert wurde. Keiner will's gewesen sein. Es kam die Idee auf, dass jemand etwas darin gekocht hat, Lavendel zum Beispiel oder einen bestimmten Tee. Aber das würde nicht erklären, warum die Überreste auch in der Umgebung zu finden sind. Oder warum der Topf solche Dellen hat.«

Oder warum sich der Mörder die Mühe gemacht hatte, das Kochgeschirr zu stehlen, aber den Gedanken behielt sie für sich.

»Wie ich sehe, ist die Kochplatte eingeschaltet.«

»Sehr richtig. Du hast ein gutes Auge.«

Oskar blickte von dem Foto auf, wie um zu überprüfen, ob sie sich über ihn lustig machte. Ein schüchternes Lächeln huschte über sein Gesicht, als er merkte, dass sie es ernst meinte.

»Und der Topf hat die ganze Zeit unverändert da gestanden?«

»Ich kann es nicht sicher sagen, aber im Moment gehe ich davon aus.«

»Weil er nicht genau in der Mitte der Platte steht … Er ist ein wenig versetzt.«

Frau Ehrenstein war überrascht, wie schnell sie auf den Beinen und an der Seite ihres Mannes war.

»Das ist mir noch gar nicht aufgefallen. Stimmt, der Rand des Topfs ragt über die Platte. Nicht so viel, dass er hinuntergerutscht wäre, aber sicher ein paar Zentimeter.«

Er betrachtete jedes Foto genau, und Frau Ehrenstein setzte sich auf die weiche Lehne seines Sessels, um ihm über die Schulter schauen zu können. Schließlich landete er wieder bei dem ersten Bild, der Großaufnahme des Topfes und der Kochplatte. Er fuhr sich mit dem Zeigefinger ein paarmal über den gestutzten Schnauzbart und schmunzelte.

»Was ist?«

»Sollte jemand erschreckt werden?«

»Wie … wie meinst du das?«

»Das hier erinnert mich an ein paar Lausbubenstreiche aus meiner Jugend …«

»Du, ein Lausbub?«

Sie fand die Vorstellung lachhaft. Oskar, der immer auf Regeln und Etikette pochte, der nie im Leben bei Rot über die Straße gehen würde …

»Ich war halt jung, da macht man schon manche Dummheit. Aber ich war sicher nicht so schlimm wie einige meiner Schulkollegen. Da gab's diesen Alexander …« Er schüttelte grinsend den Kopf. »Er hatte immer irgendwelche Ideen und einen gewissen Hang zur … wie soll ich sagen … zur Schurkerei.«

»Uh, das klingt ja spannend.«

Oskar drehte sich ein wenig im Ohrensessel, um sie beim Reden anschauen zu können.

»Einmal musste ich nach der Schule – die Höhere Technische Lehranstalt für Chemie wohlgemerkt, nicht die Privatschule … Jedenfalls musste ich auf den Chauffeur warten, und der Alexander hat sich ein wenig zu mir gesellt, um zu plaudern. Während wir über die Lehrer reden, den Schulstoff und noch so manches andere, holt er so eine längliche Dose aus der Tasche – wie für Zuckerl oder Tabletten. Jedenfalls taucht er die geöffnete Dose in die Regenlacke neben der Gehsteigkante und steckt sie wieder ein, ohne das Gespräch zu unterbrechen, und ich frag ihn: *Was war denn das?* Und er antwortet, völlig gelassen: *Ach, das ist nur mein Iodstickstoff.*«

Fassungslosigkeit und Begeisterung spiegelten sich in Oskars Miene wider. Die gnä' Frau sah ihm an, dass er von ihr mit einer ähnlichen Reaktion rechnete. Für einen Chemiker war das vermutlich aufregend oder schockierend, doch leider wusste Frau Ehrenstein nichts damit anzufangen.

»Du musst mir da schon ein wenig auf die Sprünge helfen, Oskar«, sagte sie vorsichtig, um sein Vergnügen nicht zu dämpfen.

Er seufzte, erklärte ihr aber geduldig, dass Iodstickstoff eine sehr empfindliche chemische Verbindung sei, die leicht losgehen könne.

»Was meinst du mit *losgehen*?«

»Nun, sie kann explodieren. Bei so einer kleinen Menge wie die vom Alexander damals kann sie aber keinen größeren Schaden anrichten. Er wollte damit eine Nachbarin erschrecken, die ihn immer angekeift hat. Er musste den Iodstickstoff nur feuchthalten, damit's nicht schon im Bus knallt.«

»Das klingt ja nach einem entzückenden Kind«, erwiderte Frau Ehrenstein trocken. »Was ist denn aus ihm geworden?«

»Wenn ich mich nicht irre, ist er später an der HTL Professor geworden.«

»No, das g'schieht ihm recht. Und was hat das mit meiner Frage zu tun?«

Seine Augen blitzten verschmitzt, als er auf das Foto deutete.

»Deswegen bin ich ja draufgekommen, Helene. Wir haben ja auch Iodstickstoff verwendet, um den Lehrern mit dem Knall Angst einzujagen. Nur haben wir uns nie getraut, das Zeug aus der Schule zu schmuggeln wie der Alexander.«

»Warte, welcher Knall? Oskar, ich bitt dich, erklär's mir noch mal von vorn und langsam, als ob ich keine Ahnung von Chemie hätt. Was übrigens der Wahrheit entspricht.«

Er erklärte es bereitwillig und sehr ausführlich.

»Dabei entsteht dann eine violette Puderwolke. Ich sag nicht, dass das die Lösung für dein ominöses Rätsel ist, Helene. Aber es ist die erste Möglichkeit, die mir in den Sinn kommt.«

»Wie … wie macht man das? Kauft man das fertig oder muss man die Zutaten zusammenmischen?«

»Es ist eigentlich leicht gemacht. Iod und Salmiakgeist bekommst du in der Apotheke. Spiritus brauchst du auch noch, aber das kriegst du ja überall.«

Frau Ehrenstein wurde ganz damisch im Kopf bei all diesen Informationen. Es brachte auch eine Erinnerung in ihr zum Klirren. Sie bekam sie nur noch nicht recht zu fassen. Schnell schenkte sie sich einen weiteren Whisky ein. Das wärmende Brennen und die rauchige Süße des Lebenswassers erfüllten sie.

»Also, ich muss jetzt wieder an die Arbeit. Danke für die Ablenkung und die Jugenderinnerungen. Das war … wirklich nett.«

Oskar wirkte tatsächlich gelöster. Die Müdigkeit und Anspannung waren aus seinen Augen gewichen.

»Übrigens«, Oskar war an der Türschwelle zum Wohnzimmer noch einmal stehen geblieben und riss sie aus ihrem Grübeln. »Das hat mich jetzt wieder daran erinnert. Ich hab nachgeschaut. Dieser Kerl aus deinem Theater – Kramer …«

»Was ist mit ihm?«, fragte Frau Ehrenstein mit Grabesstimme.

»Er war tatsächlich mit mir auf der chemischen HTL. Zwei Jahrgänge über mir. Ich wusste ja, dass mir der Name bekannt vorkommt. Er hat nie den Abschluss gemacht, weil er hinausgeworfen wurde. Hat sich ständig mit allen angelegt, sogar mit Lehrern und dem Direktor. Seine Wutausbrüche waren berüchtigt. Soweit ich mich erinnern kann, war er auch recht talentiert, so wie mein Freund Alexander. Eigentlich schad drum. Aber vermutlich besser, dass er Künstler geworden ist und nicht Chemiker. So ein Beruf wäre viel zu gefährlich für jemanden, der sich nicht unter Kontrolle hat.«

Oskar fand den Gedanken offensichtlich amüsant, nur konnte die gnä' Frau nicht darüber lachen.

»Ich würde nicht sagen, dass es besser so war. Wirklich nicht.«

30
Auf zum letzten Akt

Ein Mann mit einem bis zum Nabel offenen Hemd aus kanariengelber Seide schlenderte an Frau Ehrenstein vorbei. Die Frau an seiner Hand trug hohe Lederstiefel und ein oranges Kleid mit Glockenärmeln, das ihr knapp über den Hintern reichte.

Der erste Gedanke der gnä' Frau war: »Was für ein schönes Muster!«

Der zweite: »Ich bin viel zu fein angezogen.«

Auch Oskar fühlte sich in seinem schwarzen Anzug samt Fliege ganz offensichtlich nicht wohl. Die Menschen ringsum waren bunt und leger gekleidet, Blumen oder Tücher schmückten ihre wilden Frisuren. Die Stimmung war ausgelassen, viele Bussis wurden verteilt, es wurde geraucht, getrunken und laut gelacht – und dazwischen standen die fein herausgeputzten Ehrensteins.

Die beiden waren Premieren im Burgtheater oder in der Oper gewöhnt, große Spektakel, mit Pomp, Sekt und Blitzlichtgewitter. Hier stieß man mit Bierflaschen an und erschien in Jeans. Frau Ehrenstein musste sich eingestehen, dass sie sich nicht ausreichend vorbereitet hatte. Sie hätte sich denken können, dass man zu einer Premiere in einem Etablissement im Spittelberg-Grätzl, wo vor allem junge Künstler und Hippies verkehrten, kein bodenlanges Abendkleid in Azurblau trug.

Nun, das war heute ihr geringstes Problem.

Sie hatte schon ein paar uniformierte Polizisten gesichtet, vermutlich gab es auch einige in Zivil. Sie war gespannt, wann Major Raab ihre Anwesenheit bemerkte.

Als der Piccolo in der Villa angerufen und Bescheid gegeben hatte, dass an der Kasse zwei Karten für Frau Ehrenstein hinterlegt worden waren, hatte sie nur für den Bruchteil einer Sekunde erwogen abzusagen. Raabs Drohung hatte sie zögern lassen. Doch ihr Gefühl, eine Mitschuld an Annelies' Tod zu tragen, ließ ihr keine Ruhe. Genauso wie der Zorn auf die Person, die Marie und sie angegriffen hatte.

Ja, man könnte sagen, Frau Ehrenstein war mit einer gehörigen Portion Wut und Entschlossenheit zur Premiere gekommen. Sie ging davon aus, dass irgendjemand das heute noch zu spüren bekäme.

»Helene, Oskar! Wie schön, dass ihr es geschafft habt!«

Felix musste sich zwischen einem Grüppchen grauhaariger Hippies hindurchquetschen, ehe er das Ehepaar Ehrenstein mit strahlendem Lächeln willkommen hieß. Statt ihr Bussis auf die Wangen zu geben, küsste er der gnä' Frau die Hand. Wollte er vor Oskar keine Intimitäten zeigen, oder hatte sich ihr Verhältnis seit dem Gespräch im Parkhotel Schönbrunn derart abgekühlt?

Von seiner Miene ließ sich das nicht ablesen, seine einnehmende Begeisterung wirkte professionell und war an diesem Abend vermutlich schon mehrmals zum Vorschein gekommen.

»Vielen Dank für die Karten, Felix.« Auch Oskar hatte einen geschäftlichen Ton angeschlagen. »Ich muss dir gratulieren, du hast ja ein volles Haus.«

Obwohl er das weder abwertend noch ironisch sagte, meinte Felix offenbar, sich entschuldigen zu müssen.

»Ja, ich weiß, es ist nicht die Crème de la Crème, die ihr beide gewohnt seid, aber auch wenn sie vielleicht nicht so aussehen, es sind einige sehr einflussreiche Künstler hier. Und ein, zwei Kritiker haben sich auch eingefunden. Da drüben steht der von der *Wiener Zeitung*.«

»Das ist ja großartig. Das hast du verdient, nach deiner harten Arbeit. Ihr alle habt das«, sagte die gnä' Frau aufrichtig.

Seine blauen Augen, die zuvor rastlos zwischen den Ehrensteins und der Menge umhergewandert waren, blieben für einige Momente auf ihr ruhen. Jetzt blickte er sie nicht mehr so förmlich, sondern beinahe liebevoll an. Sie dachte daran, wie sehr er sie anfangs an Robert Redford erinnert hatte. Mittlerweile sah sie die Ähnlichkeit gar nicht mehr. Felix war einfach ganz er selbst.

Der Moment verstrich, und er war wieder der Herr Direktor. Er wünschte ihnen eine unterhaltsame Vorstellung und ersuchte sie, sich sofort zu melden, sollten sie irgendetwas benötigen, dann ging er zu den nächsten Gästen weiter.

»Sollen wir uns zur Bar durchkämpfen?«, fragte Oskar mit Blick auf die vielen Menschen, die zwischen ihm und den Getränken standen.

Frau Ehrenstein bejahte seine Frage dankbar.

Der weiße Spritzer war erfrischend und eine angenehme Abkühlung in dem erhitzten Foyer voller Leute. Oskar nippte an seinem Rotwein und beobachtete die wilde Schar von Premierengästen. Er wirkte ein wenig verloren.

»Es ist sehr nett von dir, dass du mich hierher begleitest. Ich hätte nicht gedacht, dass das … nun ja, dass das etwas für dich ist.«

»Ich hab dir ja gesagt, ich versuche, neue Dinge auszuprobieren. Außerdem liebe ich Operetten, insbesondere *Die Fledermaus*.«

Die gnä' Frau war sich nicht sicher, ob sie ihren Mann darauf vorbereiten sollte, dass die Vorstellung mit der Vorlage wenig zu tun haben würde. Die Stichworte Vietnamkrieg, Hippies und Drogen könnten ihn vielleicht dazu veranlassen, das Weite zu suchen.

Letztendlich beschränkte sie sich auf ein: »Es ist ein wenig moderner, als du es gewohnt bist.«

Ihr Mann warf ihr einen besorgten Blick zu und leerte das Rotweinglas in einem Zug.

»Du meine Güte.«

Die Ehrensteins standen vor dem Theater in der Kälte, die nach den über zwei Stunden Vorstellung im geheizten Zuschauerraum eine Wohltat war. Oskar hatte anstandshalber gewartet, bis niemand der anderen Gäste ihn hören konnte, ehe er seine Meinung kundtat.

»So etwas habe ich noch nie gesehen.«

»Das … kann auch als durchaus positiv gewertet werden«, erwiderte die gnä' Frau, wohl wissend, dass sein schockierter Ton eher für das Gegenteil sprach.

»Ich hab immer noch nicht ganz begriffen, was ein *Happening* ist«, sagte er.

»Ach, ich dachte, das hätte sich durch die Handlung erklärt.«

»Handlung?«

Er sagte das so fassungslos, dass Frau Ehrenstein lachen musste.

»Aber die Lieder haben dir gefallen, oder?«

»Oh, die Primadonna hat eine wunderschöne Stimme, daran gibt es keinen Zweifel. Wonach kramst du denn die ganze Zeit?«

»Nach meinem vermaledeiten Feuerzeug. Ich kann es nicht finden.«

»Kein Wunder, dass du in dem Ding nichts findest. Ein ganzes Martini-Gansl hätte da drin Platz.«

»Sehr g'spaßig, jetzt hab ich wieder Hunger.«

Die riesige Tasche, die in keinster Weise zu ihrem Cocktailkleid passte, hatte sie nur deshalb ausgewählt, weil Annelies' Erpresserunterlagen dort hineinpassten.

»Gnä' Frau, Frau Ehrenstein, darf ich?«

Der Piccolo erschien wie aus dem Nichts und hielt ihr ein kleines Plastikfeuerzeug unter die Nase. Nachdem sie dankbar den ersten Zug ihrer Zigarette genommen hatte, fiel ihr auf, dass er sich umgezogen hatte. Zuvor hatte sie ihn nur im Hintergrund herumhuschen sehen. Sie wusste, dass er sich um die Abläufe, Technik und im Grunde um alles andere im Hintergrund der Vorstellung kümmern musste. Da hatte er schwere Stoffhosen und ein langärmeliges Leiberl getragen. Jetzt waren es ein hellblauer Anzug mit Rüschenhemd. Sie gratulierte ihm zu seiner Garderobe, stellte ihn ihrem Mann vor und fragte, ob er sie aus einem bestimmten Grund gesucht hatte.

»Sicher, gell, oiso: Der Herr Direktor, der Herr Hall, oiso, der hat mich nämlich gebeten, Ihnen Bescheid zu geben. Also, Ihnen, gnädiger Herr, Herr Ehrenstein, dass die Premierenfeier in der Gutenberggasse sein wird, in meinem Lokal, oiso da, wo ich der Piccolo bin, Sie versteh'n. Und Ihnen, gnä' Frau Frau Ehrenstein, soll ich ausricht'n, dass die Signora Sie no gern vorher sprech'n würd. Bevor g'feiert wird. Sie wartet in ihrer Garderobe.«

Oskars Augen wurden immer größer, während die Worte aus dem Piccolo nur so herausströmten. Die halsbrecherische Geschwindigkeit, mit der der junge Mann sprach, schien Oskar zu überfordern, und er sah seine Frau fragend an.

»Geh du nur vor, wenn's dich nicht stört. Es ist nur zweimal ums Eck, wenn du der Menge folgst, solltest du hinkommen.«

Sie hatte ein schlechtes Gewissen, ihren Mann mit den Künstlern allein zu lassen, aber bei dem, was sie vorhatte, konnte sie ihn wirklich nicht gebrauchen.

»Ich kann Sie bringen, gnädiger Herr!«, bot sich der Piccolo an, und ehe Oskar etwas einwenden konnte, schob ihn der junge Mann in Richtung Siebensterngasse.

»Gell, und wenn die Weinstube schließt, woll ma alle noch in den Camera Club gehen, kennen Sie den?«, hörte sie den Piccolo noch sagen.

Frau Ehrenstein hätte über die Vorstellung von Oskar in einer Diskothek laut gelacht, wenn sich nicht so ein mulmiges Gefühl in ihrem Bauch breitmachen würde.

Das Foyer wirkte nun seltsam verlassen. Hinter der Bar, wo das Personal schweigend abwusch, hörte sie ein paar Gläser klirren, sonst war niemand mehr zu sehen. Sie musste an den Abend des Überfalls zurückdenken. Dort draußen vor der Tür hatte ein Mörder auf sie gelauert. Ihr lief ein Schauer über den Rücken. Sie musste das jetzt zu Ende bringen.

»Auf zum letzten Akt«, murmelte sie und machte sich auf zur Garderobe der Signora.

31

Marlene Dietrich als Hercule Poirot

Frau Ehrensteins Handflächen waren vor Aufregung feucht, als sie durch den Zuschauerraum ging. Anders als bei den Proben in den vergangenen Wochen war der Vorhang zur Bühne jetzt zugezogen.

Am Morgen hatte sie die Signora angerufen, um ihr mitzuteilen, dass sie ihr die Briefe zur Premiere mitbringen würde. Die gnä' Frau hatte nicht erklärt, wie sie an das Erpressermaterial gekommen war, nur, dass sie es der rechtmäßigen Besitzerin zurückgeben wolle, ehe sich ihre Wege wieder trennten.

Der Geruch des Publikums hing noch in dem großen Saal, nach Parfum und Aftershave, die Luft war abgestanden. Auf dem Boden zwischen den Reihen lag Unrat, den die Gäste unachtsam hatten fallen lassen. Taschentücher, Zuckerlpapierln, zerknüllte Programmhefte. Heute würde sich keiner mehr daranmachen, hier aufzuräumen, alle waren zu sehr damit beschäftigt, ihren Erfolg zu feiern. Verdientermaßen, wie Frau Ehrenstein meinte. Als sie vor ein paar Wochen zum ersten Mal hierhergekommen war, hatte das Ganze noch keine Ähnlichkeit mit einem vorzeigbaren Stück gehabt. Es war ein einziges Tohuwabohu gewesen, und keine Szene, geschweige denn ein Akt, hatte durchgespielt werden können. Heute war von solchen Schwierigkeiten nichts mehr zu sehen gewesen. Alle hatten ihre Professionalität und ihre Freude am Theater bewiesen. Davon, dass die Produktion von divenhaften Ausbrüchen, Erpressungen und sogar Morden begleitet worden war, hatte das Publikum sicher nichts geahnt.

Unschlüssig blieb Frau Ehrenstein stehen. Das Treppchen, das sonst auf die Bühne geführt hatte, war nun nicht mehr da. Sollte sie versuchen hinaufzuklettern? Den Künstlern wäre es zwar egal, wenn sie nachher mit einem gerissenen oder verdreckten Abendkleid zur Premierenfeier auftauchte, aber dies war eines ihrer schönsten, und sie wollte es ungern ruinieren. Gerade als sie beschlossen hatte umzukehren, um über den Hof zum Künstlereingang zu kommen, öffnete sich plötzlich ratternd der Vorhang. Scharf wie ein Messer durchschnitt das laute Geräusch die Stille im leeren Zuschauerraum, und Frau Ehrenstein wischte sich die feuchten Handflächen an ihrem Kleid ab. Schwere, bedächtige Schritte näherten sich auf den Holzbrettern. Dann erschien Kramer auf der Bühne.

»Heast, gnä' Frau Möchtegern. Soll ich Ihnen raufhelfen? Sie woll'n doch zu meiner Frau, net wahr?«

»Nein. Ich meine, ja, schon, sie erwartet mich. Aber ich kann auch außenherum gehen.«

»Ah geh, wozu die Umständ?«

Er trat an die Rampe und hielt ihr die Hand hin. Nach kurzem Zögern griff sie danach und ließ sich von ihm hinaufziehen. Sie war überrascht, mit welcher Leichtigkeit er sie auf die Bühne hievte.

»Und? Wie hat's Ihnen g'falln, Frau Ehrenstein?«

Ihr gefiel nicht, wie nah er vor ihr stand. Sie konnte Zigaretten und Bier in seinem Atem riechen, sah die dunklen Bartstoppeln in seinen Poren. Trotzdem widerstand sie dem Impuls zurückzuweichen. Er sollte nicht meinen, sie einschüchtern zu können.

»Ich fand es tatsächlich wunderbar. Sie können stolz auf Ihr Ensemble sein, Herr Kramer.«

»Wieso samma eigentlich immer no per Sie? Wir beim Theater san ja net a so.«

»Wahrscheinlich liegt's dran, dass ich nicht beim Theater bin, Herr Kramer.«

»Oba Sie wär'n doch so gern, net wahr, Frau Möchtegern? Würden'S net alles geb'n, um auf der Bühne steh'n zu dürf'n?«

Er trat noch näher zu ihr, und Frau Ehrenstein schob instinktiv ihre Tasche vor ihren Bauch, um ihn ja nicht zu berühren. Er warf einen Blick auf die Tasche, und ein wissendes Lächeln breitete sich auf seinem Gesicht aus. Ihr war klar, worauf er es abgesehen hatte.

»Also wissen Sie, warum Ihre Frau mich sehen will?«

Die Frage schien ihn aus dem Konzept zu bringen.

»Wir haben keine Geheimnisse voreinander, meine Frau und ich.«

»No, das wage ich zu bezweifeln.«

Ihr Ton schien ihm nicht zu gefallen, denn sein schmieriges Lächeln verschwand, und seine Miene wurde hart und bösartig. Er wollte nach der Tasche greifen, erwischte aber, weil sie sich rechtzeitig wegdrehte, nur ihren Arm. Sein Griff war fest wie ein Schraubstock, und sie musste sich auf die Zunge beißen, um nicht laut aufzustöhnen.

Die gnä' Frau zerrte an ihrem Oberarm, und als sie ihn nicht freibekam, trat sie ihm mit ihrem spitzen, fünf Zentimeter hohen Absatz auf den Fuß. Er schrie auf und hob seine freie Hand, um ihr eine Watsche zu geben. Sie kniff die Augen zusammen.

»*Porca miseria*, wo bleiben Sie denn? Ich warte schon seit einer Ewigkeit in meiner Garderobe. Und mich, meine Liebe, mich lässt man nicht warten!«

Ehe die Signora auf der Bühne erschien, ließ Kramer Frau Ehrenstein los und entfernte sich ein paar Schritte.

»Ich hab sie aufgehalten, mein Engelchen, vergib mir.«

Binnen Sekunden wich sein hasserfüllter Gesichtsausdruck einem untertänigsten Lächeln. Die Primadonna schien nichts von der Auseinandersetzung bemerkt zu haben, die Fledermausärmel ihres brombeerfarbenen Kaftans flatterten, als sie freudestrahlend auf die beiden zugerauscht kam.

»*Cielo*, was für eine Vorstellung! Haben Sie gehört, wie sie mir zugejubelt haben, Frau Ehrenstein? Haben Sie gesehen, wie sie nicht genug von mir bekommen konnten?«

»Das hab ich, Signora Conetotti. Ich gratuliere Ihnen zu Ihrem Erfolg.«

»Ich spüre es, eine strahlende Zukunft liegt vor mir. Denkst du nicht auch, Konstantin? Ja, alles wird so, wie es sein soll. Könnte ich jetzt mein Eigentum zurückbekommen?«

Ihre Armreifen klirrten, als sie Frau Ehrenstein die Hand hinstreckte.

Die gnä' Frau zögerte. Ihr Arm schmerzte, es würde einen grausligen Bluterguss geben – die zweite Verletzung innerhalb einer Woche, die sie sich hier zugezogen hatte. Sie befürchtete, dass es nicht die letzte wäre. Jetzt war sie sich nicht mehr sicher, ob dieser Alleingang nicht eine große Dummheit war. Vielleicht hatte Raab doch nicht so unrecht gehabt.

»Was ist denn nun? Deswegen haben Sie doch angerufen, oder? Ich muss noch zu meiner Premierenfeier, *avanti avanti!*«

»Ich …«

Frau Ehrensteins Stimme versagte. Das grelle Licht der Scheinwerfer brannte auf sie herab, und Schweißperlen bildeten sich auf ihrer Stirn. Aber vielleicht war das die Lösung. Wenn sie nur überzeugend genug eine souveräne Meisterdetektivin spielte, die sich von niemandem Angst einjagen ließ, konnte sie vielleicht nicht nur Kramer und die Signora damit täuschen, sondern auch sich selbst.

Sie räusperte sich, drückte die Wirbelsäule durch und lächelte so selbstsicher, wie sie nur konnte.

»Selbstverständlich bekommen Sie Ihre Briefe wieder, werte Signora. Ich habe hier den ganzen Packen, den ich bei Annelies' Sachen gefunden habe.«

Sie zog die Staubsaugerbeutelbox aus ihrer Tasche, doch anstatt sie der Primadonna zu übergeben, ging sie zu einem Tisch in der Mitte der Bühne. Anstelle eines Tischtuchs war die amerikanische Flagge darübergebreitet, auf der vor nicht einmal einer Stunde ein Joint gedreht worden war – natürlich aus getrocknetem Oregano. Jetzt lag dort das Motiv für den Mord an Annelies.

»Vorher möchte ich aber noch über die Umstände sprechen, die uns hierhergeführt haben.«

»Was soll das? *Cavolo!* Für so was hab ich keine Zeit!«

Die Signora wollte auf den Tisch zugehen, doch Frau Ehrenstein schnitt ihr den Weg ab.

»Ich verspreche Ihnen, ich halte mich kurz.« Sie war selbst überrascht, wie überlegen sie sich anhörte. »Interessiert Sie gar nicht, wer Annelies auf dem Gewissen hat?«

Die alte Frau stutzte. Sie klang unsicher, als sie sagte: »Das ... also, natürlich. Aber die Polizei hat doch gesagt, es war so ein Tagedieb. Einer aus dem Grätzl.«

Frau Ehrenstein warf den Kopf zurück und lachte wie Marlene Dietrich in *Marokko*. Sie merkte, dass sie es ein wenig übertrieb, aber sich die deutsche Diva zum Vorbild zu nehmen half ihr enorm.

»Die Polizei tappt im Dunkeln. Ob sie es aus Faulheit

oder Unfähigkeit tut, ist eine andere Frage. Aber Ihnen sollte doch klar sein, dass der Tod einer Erpresserin kurz nach der Aufdeckung ihrer wahren Identität kein Zufall sein kann. Ich sagte Ihnen doch damals in Ihrer Garderobe, dass ich mich mit diesen Dingen auskenne.«

Die gnä' Frau merkte, dass sie auch in Marlene Dietrichs Sprachmelodie verfiel. Es ging hier zwar nicht darum, einen Oscar zu gewinnen, aber der Vorteil war, dass ihre Unsicherheit nun wie verflogen war.

»Heast, was erzähln'S da für an Schaß?«

Kramer lachte herablassend, doch Frau Ehrenstein hörte die Nervosität in seiner Stimme.

»Wie können Sie es wagen, mir so etwas zu unterstellen?«, rief die Signora entrüstet. »Wollen Sie damit sagen, dass ich Annelies erschossen hätte, weil ich erpresst worden bin? Das ist doch lächerlich!«

»Was ich damit sagen will, ist, dass es hier drin«, die gnä' Frau deutete demonstrativ auf die Staubsaugerbeutelbox, »so einige Gründe für einen Mord gibt. Und Sie, werte Signora, sind nicht die Einzige, die davon betroffen ist.«

Diese Information traf die Primadonna unvorbereitet. Sie griff sich an die Brust und wankte ein paar Schritte zurück. »Das heißt, es gab andere?«, stieß sie atemlos hervor.

»Ganz recht. Annelies war offensichtlich eine geübte Erpresserin. Und sie hatte sich einen hübschen Strauß an Opfern zusammengepflückt. Sie alle mussten sie für ihr Schweigen bezahlen, und dabei ist eine hübsche Summe zusammengekommen.«

»Wer? Wie viele?«

»Und Sie ham des alles gelesen?«

Die Signora und Kramer hatten gleichzeitig gesprochen. Frau Ehrenstein wandte sich zunächst dem Regisseur zu.

»Ich weiß, wer erpresst wurde und warum, Herr Kramer, falls das Ihre Frage ist.«

Sie blickte ihm furchtlos in die Augen. Auf seiner Oberlippe hingen Schweißperlen, sein Atem ging schneller. Sie hatte keinen Zweifel, dass er eine tickende Zeitbombe war, doch spekulierte sie darauf, dass er sich so lange, wie es ihm möglich war, vor seiner Frau zurückhalten würde. Die Frage war nur, wie lange das sein würde.

»Wer noch erpresst wurde und wie viele, darauf will ich im Moment nicht näher eingehen. Aber Sie begreifen nun hoffentlich, dass es dadurch zwar nur ein Motiv, aber mehrere Verdächtige gab. Die Geldsummen waren unterschiedlich hoch, doch die Geheimnisse, die sie aufzudecken drohte, konnten für jeden Einzelnen den Untergang bedeuten. Setzen Sie sich lieber, Signora. Ich denke, dies wäre ein ungünstiger Zeitpunkt, um in Ohnmacht zu fallen.«

Die alte Frau ließ sich geschwächt auf einen Sessel sinken. Kramer, der in solchen Situationen normalerweise ihre Hand hielt und seine Besorgnis kundtat, blieb stehen, wo er war, und taxierte abwechselnd Frau Ehrenstein und den Tisch mit der amerikanischen Flagge. Er glich einem Raubtier, das sich nicht für seine Beute entscheiden konnte.

»Nun wissen Sie also, warum ich nicht an einen schnöden Raubmord glaube. Ich hatte aufgedeckt, dass Annelies die geheimnisvolle Erpresserin war, und in kürzester Zeit wussten alle davon. Das war ihr Todesurteil.«

Frau Ehrenstein hatte begonnen, vor dem Tischchen auf und ab zu gehen. Die Bewegung half ihr beim Denken, außerdem machten Meisterdetektive wie Hercule Poirot es genauso, wenn sie am Ende ihrer Emittlungen die Lösung präsentierten.

»Das *Warum* haben wir nun also geklärt. Das *Wann* sollte eigentlich offensichtlich sein. Doch das *Wer* und das *Wie* sind hier die entscheidenden Fragen. Um herauszufinden, wer es getan hat, musste ich mir zunächst ein Bild davon machen, wie es bewerkstelligt wurde. Annelies wurde in der Pause einer Probe erschossen, und zwar im Kostümkammerl im Hof. Eigentlich hätte sie dort gar nicht sein sollen, denn die Signora hatte sie damit beauftragt, Tee zu kaufen. Ich ging davon aus, dass sie sich mit einem ihrer Opfer treffen wollte. Vermutlich war sie überrascht, dass ihre Identität aufgeflogen war. Doch die Neugier und die Aussicht auf Geld trieben sie dazu einzuwilligen, nichts ahnend, in welche Gefahr sie sich begab.«

Frau Ehrenstein konnte Annelies regelrecht vor sich sehen, wie sie im Kostümkammerl auf ihren Mörder wartete. Als er dann die Treppen hinunterkam und mit einem Geldschein vor ihrer Nase wedelte, konnte sie für einen kurzen Moment das Gefühl des Triumphs erleben, ehe ein brennender Schmerz in ihrer Brust sie überraschte. Der gnä' Frau lief ein Schauer über den Rücken.

»Der Mörder erschießt sie, schleppt sie von der Tür weg, damit sie nicht gleich gesehen wird, reißt ihr den Geldschein, mit dem er sie zuvor beruhigt hatte, aus der Hand, greift sich die Handtasche und verlässt den Tatort. Die Polizei ging natürlich davon aus, dass der Geldschein und die gestohlene Handtasche Indizien für einen gewöhnlichen Raubmord seien. Ich nehme an, dass der Mörder genau das erreichen wollte. Darüber hinaus war er sicher auch auf der Suche nach ihren Erpresserunterlagen. Nun, wie wir jetzt wissen, war er nicht erfolgreich.«

Sie warf einen Blick auf den Tisch mit den Beweisen und glaubte, währenddessen im Zuschauerraum etwas aufblitzen zu sehen.

»So weit der Ablauf. Das Kuriose an der Sache war die Zeit. Nachdem wir den Schuss gehört hatten, waren wir innerhalb kürzester Zeit beim Tatort. Höchstens eine Minute war vergangen, und die Schauspieler und Traudel waren zu dem Zeitpunkt schon vor Ort und hatten die Leiche entdeckt. Wie hat der Mörder das angestellt? Es grenzt an ein Wunder.«

Die Signora hing an Frau Ehrensteins Lippen, während sich Kramers Miene immer mehr verfinsterte.

»Stellen wir dazu fest, wo ein jeder sich zum Zeitpunkt des Mordes aufgehalten hat. Fräulein Marie und ich waren im Zuschauerraum, Traudel holte gerade Zigaretten, die Signora schlief in ihrer Garderobe. Herr Kramer, Sie befanden sich vor laufender Kamera des ORF ums Eck. Und Felix … Felix, möchtest du uns vielleicht erzählen, wo du warst, als Annelies ermordet wurde?«

Aus dem Zuschauerraum hörte man, wie eine Taschenuhr zugeklappt wurde.

32
Mein Name ist Helene Ehrenstein

Felix kam mit bedächtigen Schritten aus den hinteren Reihen nach vorne und sprang mit einem Satz auf die Bühne. Er stellte sich Kramer gegenüber auf die andere Seite, sodass Frau Ehrenstein wie eingekesselt zwischen den beiden Männern stand.

Felix' Gesichtsausdruck war ernst, beinahe grimmig. Aber immerhin wirkte er nicht so bösartig und aggressiv wie der von Kramer.

»Ich war in meinem Büro und habe die Abrechnungen gemacht«, sagte er schließlich emotionslos.

»Ganz allein, nehme ich an?«, fragte die gnä' Frau.

»Ja. Zwischendurch hat der Piccolo mir einmal einen Tee gebracht.«

»Heast, des kann ja a jeder sag'n. Und dein kleiner Kroate würd jedes G'schichtl von dir bestätigen, der is net vertrauenswürdig.«

Der Eifer, mit dem Kramer das einwarf, zeigte, dass ihn die Aussicht erfreute, jemand anderes an den Galgen zu liefern.

»Vertrauenswürdiger als du ist er allemal«, erwiderte Felix kalt.

»*Stronzo!* Ich verbitte mir das! Mein Mann ist der Anstand in Person. Es ist doch offensichtlich, dass er mit der ganzen Sache nichts zu tun hat. Er war vor der Kamera, als der Schuss gefallen ist! Das hat die da selbst gesagt.«

»Das stimmt, das hab ich gesagt. Wobei ich das vielleicht anders formulieren sollte: Er war vor der Kamera, als wir alle den Schuss gehört haben.«

»Wo liegt der Unterschied?«, fragte Felix.

»Das werde ich gleich erklären. Zunächst dachte ich, dass es nur Traudel gewesen sein konnte. Es war ihr Kostümkammerl, also hätte es Annlies nicht misstrauisch gemacht, wenn Traudel sie dorthingebeten hätte. Außerdem war Traudel die Erste am Tatort. Doch was sollte sie mit der Waffe und Annelies' Handtasche gemacht haben? Die Polizei hatte das Kammerl durchsucht und nichts gefunden. Dort hat sie nichts versteckt. Als ich dann das Erpressermaterial fand, taten sich noch ganz andere Verdächtige auf.«

»Und wie san'S bitt'schön dazu kommen, zu dem *Erpressermaterial*?«, fragte Kramer und blickte dabei gierig auf die Staubsaugerbeutelbox.

»Ja, das würde mich auch interessieren, Frau Ehrenstein!«

»Mich auch«, warfen die Signora und Felix gleichzeitig ein.

»Ich hab die Sachen in Ihrem Besenkammerl gefunden.«

»*Maledetta*, dann sind Sie ja eine Diebin! Sie haben mich bestohlen!«

»Ich habe lediglich das Diebesgut einer Diebin an mich genommen. Als ich gesehen hab, wie viele weitere Geheimnisse diese Box enthielt, behielt ich es für mich. Zum Schutz der Privatsphäre Unschuldiger.«

Sie verkündete das mit der majestätischen Selbstverständlichkeit einer Bette Davies, damit keiner der Anwesenden überhaupt erst auf die Idee kam, sie später tatsächlich wegen einer Straftat anzuzeigen. Doch Kramer schien sich ohnehin für ein anderes Thema zu interessieren.

»Heast, wenn wer unschuldig is, wird er sicher net erpresst werd'n. Hab ich recht? Was hat der ang'stellt?« Er machte eine Kopfbewegung zu Felix. »Ich geh amal davon aus, dass er net da wär, wenn er net a was damit zu tun hätt.«

Felix steckte die Hände in die Hosentasche seines Anzugs und sah Frau Ehrenstein an. Trotzig, herausfordernd gar. Er überließ ihr die Entscheidung und würde die Konsequenzen dafür tragen.

»Das tut nichts zur Sache«, sagte sie an Kramer gewandt. Der lachte trocken.

»Und des entscheiden Sie, Frau Möchtegern?«

Jetzt reichte es der gnä' Frau. Sie richtete sich zu ihrer vollen Größe auf und verkündete mit fester Stimme:

»Mein Name ist Helene Ehrenstein. Sie dürfen mich gnä' Frau oder Frau Ehrenstein nennen. Ich bin weder eine Möchtegernschauspielerin noch eine Möchtegerndetektivin, also unterbinden Sie dieses herablassende Gehabe. Und es tut nichts zur Sache, aus welchen Gründen andere Personen erpresst worden sind. Weil Sie der Mörder sind, Herr Kramer!«

Die Signora schnappte sichtlich nach Luft. Felix riss die Hände aus seinen Hosentaschen und starrte Kramer an. Nur der Regisseur blieb unbeeindruckt.

»Tatsächlich hatten Sie meinen Argwohn schon kurz nach Auffinden der Leiche geweckt«, fuhr die gnä' Frau fort. »Sie kamen mit dem Kamerateam von der Straße hergelaufen, und noch ohne dass Ihnen jemand Genaueres hätte sagen können, wussten Sie, dass Annelies das Opfer war. Ein Ausrutscher, den in dem Moment niemand bemerkte. Auch ich erinnerte mich erst später daran, doch immerhin hatten Sie ein wasserdichtes Alibi, also strich ich Sie von meiner Liste. Durch Annelies' Unterlagen erfuhr ich, dass auch Sie ein Motiv hatten, sie zu ermorden. Und dass sie in regelmäßigen Abständen fünfhundert Schilling von Ihnen erpresste. Zufällig wurden die Reste eines solchen Scheins zwischen den Fingern der Toten gefunden.«

»An den Haaren herbeizog'n. Sie würd'n vielleicht eine ganz passable Schriftstellerin abgeb'n, mit Ihrer Phantasie.«

Frau Ehrenstein beschloss, auf Risiko zu spielen.

»Der zerrissene Geldschein wurde gefunden.« Das traf ihn unvorbereitet. »Und zwar in dem Gasthaus gleich gegenüber Ihrer Wohnung. Vielleicht erinnern Sie sich, Signora. Ihr Mann war am Abend nach dem Mord noch dorthingegangen, um Bier zu holen. Er hat mit dem Schein bezahlt. Die Polizei wird die Reste aus Annelies' Hand mit dem Schein aus dem Gasthaus vergleichen können.«

Ihr war klar, dass Sie sich weit aus dem Fenster lehnte. Aber Sie musste ihn aus der Reserve locken, wenn sie ihn drankriegen wollte.

»Nun wusste ich, dass Sie etwas mit dem Mord zu tun hatten. Nur wie? Mit Ihrem wasserdichten Alibi? Hatten Sie vielleicht einen Komplizen, der die Drecksarbeit für Sie erledigte? Jemand aus dem Ensemble, der ebenfalls eine Rechnung mit Annelies offen hatte? Nein, das war ein zu großes Risiko. Ihre Frau kam mir noch in den Sinn. Ihr würden Sie trauen, und sie hegte großen Groll gegen ihre Assistentin. Gerade vorhin sagten Sie ja, Sie hätten keine Geheimnisse voreinander.«

Die Signora keuchte, doch Frau Ehrenstein ließ sich nicht beirren. »Sehen Sie, ich wusste, dass Sie es waren, doch wie ich es auch drehte und wendete, ich kam nicht auf das *Wie*. Dann machten Sie den Fehler, Marie und mich zu überfallen.«

Felix stieß ein »Wie bitte?« hervor, doch sie war viel zu sehr in Fahrt, um sich unterbrechen zu lassen.

»Ich gehe davon aus, dass Sie es an dem Abend vorrangig auf meine Handtasche abgesehen hatten, weil Sie hofften, so an Annelies' Notizen zu kommen. So wie gerade eben, bevor Sie aufgetaucht sind, Signora. Doch Sie müssen Marie und mich im Kostümkammerl belauscht haben, als wir über Traudels Kochplatte sprachen. Nachdem Ihr Angriff auf uns schiefging, machten Sie sich die Mühe, den Topf und den Kessel zu stehlen. Da wusste ich, darin muss die Lösung liegen.«

»Töpfe? Wovon reden Sie eigentlich?«, stöhnte die Signora schwach. Sie war auf dem Stuhl in sich eingesunken und hatte die Arme um ihren Körper geschlungen.

»Irgendwo ang'rennt is. Vollkommen deppat, die Oide.« Kramers Versuch, amüsiert zu klingen, scheiterte kläglich. Seine Stimme war brüchig und höher als sonst. Frau Ehrenstein empfand Genugtuung, als sie weiterredete.

»Sehen Sie, Herr Kramer, es gab zwei Dinge, die Sie nicht ahnen konnten. Erstens, dass ich Fotos besitze, die kurz nach dem Mord vom Tatort gemacht wurden. Zweitens, dass mein Mann auf derselben Schule war wie Sie, der HTL für chemische Industrie. Ganz recht. Ich musste ihm nur die Fotos zeigen, und er erkannte an den Ablagerungen im Topf, dass es sich um Iodstickstoff handelte. Eine explosive Verbindung, die Sie und Ihre Mitschüler gern für Jungenstreiche einsetzten. Die Fotos sowie die Flecken auf meinem Hosenanzug und der Kochplatte werden der Polizei reichen. Sie werden den Topf und den Kessel gar nicht brauchen. Dann fiel mir noch ein, dass Ihre Frau in der Nacht vor dem Mord von einem Knall geweckt worden war. Sie haben einen Test gemacht, nicht wahr? Eine Generalprobe.«

Die Signora sprang so plötzlich auf, dass der Sessel umfiel. Der Stoff ihres blauvioletten Kaftans hing wie ein Vorhang von ihrem Arm, als sie einen Finger anklagend auf ihren Mann richtete.

»Du hast gesagt, ich hätte mir das nur eingebildet! Und mich gedrängt, ein Schlafmittel zu nehmen! Und …« Sie wandte sich an Frau Ehrenstein. »Und er hat so etwas wie einen Chemiebaukasten in seinem Zimmer stehen gehabt. Mit diesen länglichen Glasdingern und so. Ich hab mir nichts dabei gedacht, ich schwör's! Ich fand's fast entzückend kindlich, *dio mio!*«

»Also, wie hat er's angestellt, Helene?«, fragte Felix atemlos.

»Die Verbindung braucht Energiezufuhr, damit sie losgeht. Es reicht, eine Messerspitze vom Iodstickstoff in Spiritus zu tunken. Dann erhitzt man es langsam in einem Topf, bis der Alkohol verdampft ist. Wenn man es richtig dosiert, kann es eine Viertelstunde oder länger dauern, bis es knallt. Versteht ihr nicht? Der Schuss, den wir gehört haben, war nur der Knall der chemischen Reaktion. Kramer tötete Annelies viel früher und hatte so genug Zeit, um das Team vom ORF zu treffen.«

»Aber wieso haben wir den richtigen Schuss nicht gehört?«, fragte Felix. Die Signora sah die gnä' Frau erwartungsvoll an.

»Ich nehme an, dass er so etwas wie einen Schalldämpfer benutzt hat.«

Frau Ehrenstein hatte derlei schon einige Male in den James-Bond-Filmen mit Sean Connery gesehen. In seinen weiten Haremshosen mit den tiefen Taschen hatte Kramer die Waffe samt Schalldämpfer sicher gut verstauen können. Die gnä' Frau erinnerte sich, dass ihr bei dem Interview, das er dem Fernsehen gegeben hatte, die ausgebeulten

Hosen und das verdreckte Jackett aufgefallen waren. Die Chuzpe, mit der Mordwaffe in der Tasche bei dem anschließenden Polizeiverhör aufzutauchen, musste sie fast bewundern. Dass ihn die Polizei von Anfang an als Verdächtigen ausschloss, hatte ihm aber sicherlich geholfen.

»So einen wie den hier?«

Kramer richtete eine Pistole mit kurzem Rohr an der Spitze auf alle drei.

Die Signora schrie auf.

33
(Keine) Geheimnisse

»Konstantin, du wirst doch nicht … Du kannst doch nicht … Ich bin doch deine …«

»Spar's dir, Engelchen. Du hast immer g'sagt, dass'd mich auf die Straß'n setzt, wenn ich wieder an dein Geld geh. Samma uns ehrlich, es war nur eine Frage der Zeit, bis es ein End hat mit uns. Rüber da.«

Er wedelte mit der Waffe zum hinteren Teil der Bühne, und die drei bewegten sich langsam dorthin. Sechs Augen waren auf das schwarze Metall in den Händen des Regisseurs gerichtet.

»Ja eh, *gnä' Frau*. Ich hab g'merkt, dass Sie net g'sagt ham, weswegen's mich erpresst hat. Aber jetzt ist das a scho wurscht. Ja, ich hab ma des Geld von dir g'nommen, Francesca, und das verdammte G'frast ist draufkommen und hat mich bluten lassen!«

»Du … du elendes Scheusal. Du hast es versprochen! Hast mich auf Knien angebettelt, dir noch eine Chance zu geben. Das war mein hart verdientes Geld!«

Frau Ehrenstein fiel auf, dass die Signora sich weitaus mehr über das unterschlagene Geld als über den Mord echauffierte. Selbst jetzt war Annelies' Ableben für sie nur eine Randnotiz.

»Was soll ich sag'n? Ich bin halt net dafür geeignet, in Bescheidenheit zu leben.«

»Und deswegen musste Annelies sterben?«

Trotz der gefährlichen Situation spürte Frau Ehrenstein

Wut in sich aufsteigen. Kramer und die Primadonna behandelten den Tod der jungen Frau wie einen Witz. Sie hatte ein Problem dargestellt, das wie Müll entsorgt werden musste.

»Annelies war bereits als Erpresserin enttarnt. Wir hatten vor, sie zu stellen. Entweder wäre sie hinter Gitter gekommen, oder sie hätte sich aus dem Staub gemacht. So oder so, Sie hätten sie vermutlich nie wieder sehen müssen. Der Mord an ihr war vollkommen sinnlos, Himmelfixnochamal!«

»Ruhig, Helene«, flüsterte Felix und strich ihr sanft über den Rücken. Sie wusste, dass er recht hatte. Es war nicht gerade klug, einem Mörder mit Pistole in der Hand Vorwürfe zu machen. Dennoch fiel es ihr schwer, sich zu beherrschen.

»Sie hat's net anders verdient, so einfach is des!« Auch Kramer brüllte jetzt. »Ich sag Ihnen was, ich scheiß drauf, und zwar an großen Haufen, wie viel Geld sie mir abg'nommen hat. Es geht drum, dass mich dieses Gör verarscht hat. Hat auf Unschuld vom Lande gemacht, während's meine Kontosauszüge gefladert und Epresserbriefe g'schriebn hat. Vor meiner Nase! Des hab ich so net stehn lassen können!«

»Sie konnten nicht ertragen, dass Annelies Sie ausgetrickst hat. Du meine Güte, Sie haben einen ausgefeilten Plan entwickelt, diese junge Frau auf perfide Weise umzubringen, nur weil sie Ihnen etwas vorgespielt hat und Sie nicht in der Lage waren, es zu erkennen.« Vor lauter Fassungslosigkeit versagte Frau Ehrensteins Stimme und war kaum mehr als ein Flüstern.

»Heast, jetzt vergießen'S keine Krokodilstränen. Das kleine Luder hätt keiner vermisst. Wenn Sie net so viel Staub aufg'wirbelt hätt'n …«

Jetzt richtete er die Pistole direkt auf Frau Ehrenstein. Sie hatte das Gefühl, ihr Herzschlag würde aussetzen. Mit einem Mal wurde ihr die Sicht versperrt: Felix hatte sich vor sie geschoben.

»Ah, der werte Herr Direktor will den Helden spielen. An dir ist ein Hauptdarsteller verlor'n gegangen, Felix, weißt du das? Da kommt ma eine Idee. Ich fürcht, meine werte Gemahlin wird ma den Geldhahn zudrehn, und wie g'sagt: Ich tauge nicht zur Bescheidenheit.«

Frau Ehrenstein schielte an Felix vorbei und sah, wie Kramer mit seiner freien Hand nach der Staubsaugerbeutelbox griff. »Vielleicht könnten die Informationen dadrin mir in Zukunft meinen Unterhalt sichern. Was meinst, Felix? Wer weiß, wessen Geheimnisse da noch drinsteck'n. Ich könnt den Jackpot g'macht hab'n.«

Er wandte sich zur Seite, um von der Bühne zu springen, und Felix sprintete los. Er warf sich auf Kramer, bevor der reagieren konnte. Die Staubsaugerbeutelbox fiel ihm aus den Händen. Innerhalb von Sekunden rangen die beiden miteinander am Boden.

»Felix, nicht! Das ist es nicht wert!«, rief die gnä' Frau verzweifelt.

Die Signora kreischte, als Kramer die Waffe hob. Er ließ sie auf das Gesicht des Direktors niederfahren. Einmal, zweimal mit voller Kraft, ehe dessen Arme schlapp zur Seite fielen. Schwer atmend, mit zerfledderten Haaren, stand Kramer über Felix und richtete die Pistole auf ihn.

Frau Ehrenstein war bereits auf halbem Weg zu ihm, ihre Handtasche im Anschlag, um auf den Regisseur einzuschlagen. Da ging plötzlich das Saallicht an.

Fünf uniformierte Polizisten standen mit gezückten Dienstwaffen im Zuschauerraum. Einer bellte den Befehl, die Pistole fallen zu lassen.

Kramer sah sich unschlüssig um. Frau Ehrenstein fürchtete, dass er sich im letzten Moment noch für einen spektakulären Tod entscheiden würde. Und einen von ihnen mitnehmen würde. Doch schließlich warf er die Waffe von der Bühne und hob resigniert die Hände.

Drei Polizisten sprangen zu ihm hinauf, während zwei mit immer noch gezückter Waffe Wache hielten. Es wurden weitere Anweisungen gebellt, doch Frau Ehrenstein kümmerte sich nicht darum. Sie kniete neben Felix und betastete vorsichtig sein Gesicht. Auf der Schläfe und auf dem Wangenknochen war die Haut aufgeplatzt, Blutstropfen quollen heraus.

»Felix, kannst du mich hören? Jetzt antworte doch, Herrschaftszeiten!«

Seine Augenlider begannen zu flattern, und die gnä' Frau seufzte erleichtert.

»Signora, bringen Sie uns einen kalten Lappen und vielleicht ein Glas Wasser. Signora?«

Frau Ehrenstein sah sich zur Primadonna um, die mit ausdrucksloser Miene zwischen Felix und ihrem Mann, dem gerade Handschellen angelegt wurden, hin und her sah. Dann rollten ihre Augen nach hinten, und sie kippte um. Der Holzboden unter ihnen vibrierte, als ihr Körper aufschlug.

»Wir brauchen die Rettung hier! Sanitäter, einen Arzt, irgendwas!«, rief sie den Polizeibeamten im Zuschauerraum ungeduldig zu. Unfassbar, dass die hier so herumstanden, wo doch deutlich zu sehen war, dass zwei Personen am Boden lagen. Sie wollte ihnen ein paar unflätige Wörter zurufen, doch Felix beanspruchte wieder ihre volle Aufmerksamkeit. Wackelnd versuchte er aufzustehen, den verschwommenen Blick eisern auf Kramer und die Polizisten gerichtet.

»Jetzt lass den Schmarr'n. Du musst dich erst versorgen lassen!«, schimpfte sie. Seine Worte kamen schleppend, aber klar. »Die Box. Ich muss die Sachen holen, bevor …«

Kaum auf die Beine gekommen, sackte er wieder auf den Boden. Sein Gesichtsausdruck wechselte in Sekundenbruchteilen von panisch zu besiegt. Ein Polizist hatte Annelies' Staubsaugerbeutelbox aufgehoben und inspizierte sie.

»Felix.«

Frau Ehrenstein flüsterte, obwohl das bei der Unruhe um sie herum nicht nötig war. Doch er starrte weiterhin, ohne zu blinzeln, auf die Box, als wäre sie eine tickende Zeitbombe.

Sie nahm sein geschundenes Gesicht vorsichtig in die Hände und drehte es zu sich, damit er sie ansah. Seine Haut war warm und glatt, seine Frisur zerwühlt, die Brusttasche seines Anzuges abgerissen. Er wirkte wie ein Häuflein Elend.

»Felix, es ist wichtig, dass du mir jetzt zuhörst. In dieser verdammten Box befindet sich nichts außer leeren Zetteln, verstehst du?«

»Wie … wie meinst du das?«

»Ich habe die Unterlagen, mit denen euch Annelies erpresst hat, vorher herausgenommen. Dachtest du wirklich, ich würde dich einer solchen Gefahr aussetzen?«

Er sah aus, als würde er aus einem bösen Traum aufwachen. Sein Blick und seine Stimme wurden klarer.

»Aber wo ist das alles jetzt?«

»Ich wusste nicht, wie das heute ausgehen würde. Falls mir etwas zustoßen würde, verstehst du? Also habe ich die Sachen in Kuverts gesteckt und per Einschreiben an dich und die Signora geschickt. Die Briefe sollten am Montag ankommen.«

Schon war er ihr um den Hals gefallen. Er drückte so fest zu, dass sie kaum Luft bekam. Doch es störte sie nicht. Nach allem, was in der letzten Stunde passiert war, hatte sie eine Umarmung bitternötig.

»Also, was haben wir da?«

Major Raab schritt die Zuschauerreihen entlang und blieb vor der ersten Reihe stehen, um sich das Geschehen auf der Bühne anzusehen. Kramer in Handschellen, mit einem Polizisten zu jeder Seite. Weiter hinten sitzend die Signora, die Luft von einem schrecklich jung wirkenden Beamten zugefächelt bekam. Dann noch die gnä' Frau und Felix, die sich gerade aus einer innigen Umarmung lösten.

Dem Major wurde die Box überreicht und mit knappen Worten erklärt, dass Kramer keinen Widerstand geleistet habe und es keine Verluste zu beklagen gebe. Die Sanitäter warteten aber draußen, für den Fall, dass der junge Herr und die alte Dame noch untersucht werden müssten.

»Wie haben Sie mich gerade genannt, Sie …«

»Signora Conetotti, muss ich Sie jedes Mal, wenn wir uns sehen, daran erinnern, dass Beamtenbeleidigung geahndet wird? Also, halten'S sich zurück, wenn's recht ist. Sie«, er deutete dabei auf Frau Ehrenstein, »kommen erst mal da herunter und erklären mir paar Dinge.«

Mehrere Sanitäter stürmten herein und kümmerten sich um die Signora und Felix. Kramer wurde abgeführt.

»Sie haben sich aber Zeit gelassen, Major.«

Raab, zuvor die Souveränität in Person, schnappte nach Luft und sprach ein paar Halbtöne höher. »Sie hätten mir von Anfang an sagen müssen, was Sie vorhaben!«

»Dann hätten Sie mich bei meinem Mann verpetzt und dafür gesorgt, dass ich heute das Theater gar nicht betrete. Hab ich nicht recht?«

»Aber …«

»Nein, kein Aber mehr, Herr Major. Kürzen wir das ab. Ich hab kein schlechtes Gewissen, und ich würde es wieder tun. Haben Sie etwas von seinem Geständnis hören können?«

»Ja, genug. Die Aussagen von der Signora und Herrn Hall werden ihr Übriges tun. Und wenn wir diese Pistole mit dem Mord an der Assistentin in Verbindung bringen können …«

»Das werden Sie. Gern geschehen. Wieso sind Sie nicht früher eingeschritten? Um ein Haar hätte er Felix erschossen …«

»Das versuche ich Ihnen ja gerade zu erklären! Wenn Sie mich einmal ausreden lassen würden … Als ich mitgekriegt hab, dass Sie hier aufgetaucht sind, obwohl ich … Jedenfalls hätt ich nicht gedacht, dass es um Leben und Tod gehen würd. Also war ich ohne Unterstützung da. Ich musste Ihren Mann bitten, die uniformierten Kollegen von der Straße hierherzuführen.«

»Mein Mann …«

»Verpetzt hab ich Sie nicht, und das hätte ich auch nie gemacht, nur dass das klar ist, Frau Ehrenstein. Ich fand ihn hier vor. Ganz unter uns, ich nehm an, er hat gelauscht. Jedenfalls, als mir klar wurde, dass es ernst wird, hab ich ihn losgeschickt.«

In dem Moment sah sie Oskar schon in den Zuschauerraum kommen. Seine schwarze Anzugjacke flatterte, als er auf sie zueilte.

»Geht es allen gut?«, fragte er atemlos. So ängstlich und aufgelöst hatte sie ihn noch nie erlebt.

»Ich lasse Sie beide jetzt einmal allein. Aber bleiben Sie in der Nähe. Ihre Aussagen müssen noch aufgenommen werden«, verkündete Major Raab, der wieder zu seinem dienstlichen Ton zurückgefunden hatte, und ging zu einem Beamten, um den Inhalt der Staubsaugerbeutelbox zu inspizieren.

Die gnä' Frau hätte nicht gedacht, dass ihr das Herz noch mehr in die Hose rutschen konnte, nach allem, was vorgefallen war. Doch dass Oskar nun wusste, was sie die ganze Zeit getrieben hatte, warf sie aus der Bahn. Sie hatte ihre Leben als Detektivin und als Hausherrin der Villa Ehrenstein immer sorgsam auseinandergehalten. Es war ihr intimes Geheimnis, das sie bisher nur mit Marie geteilt hatte. Sie wusste nicht, wie Oskar reagieren und wie es nun weitergehen würde. Würde der häusliche Krieg mit ihrem Ehemann von Neuem beginnen?

»Helene, hörst du mich? Geht es dir gut?«

Oskar rüttelte an ihren Schultern.

»Ja mir geht es gut. Jetzt hör doch bitte auf, mich zu schütteln. Ist bei dir denn alles in Ordnung?«

Er fasste sich an die Stirn und blickte sich verloren um. Felix konnte auf eigenen Beinen den Raum verlassen, während die Primadonna gestützt wurde. Dennoch machte sich Frau Ehrenstein keine größeren Sorgen um sie. Der typische Mischmasch aus Italienisch und Deutsch sprudelte schon wieder aus ihr hervor. Der junge Polizist an ihrer Seite versuchte verzweifelt ihr beizubringen, dass sie jetzt nicht zur Premierenfeier gehen könne.

»Ich bin mir ehrlich gesagt nicht sicher«, sagte Oskar schließlich. »Eben gerade dachte ich noch, ich bekäme einen Herzinfarkt, aber jetzt geht es schon wieder.«

»Ach, Oskar, was machst du überhaupt hier? Du solltest doch in der Weinstube warten.«

»Dort hab ich's nicht ausgehalten. Ich glaub, die haben dort Drogen konsumiert, Helene. Kannst du dir das vorstellen? Jedenfalls wollte ich nach dir sehen und dann …«

»Dann hast du alles mitangehört?«

Er sah sie lange forschend an. Es wirkte, als wollte er ihre Gesichtszüge zum ersten Mal richtig studieren, sie ganz verstehen.

»Du … du hast einen Fall gelöst, oder? So wie in den Filmen, die du dir immer anschaust?«

Ihre Stimme versagte, und sie nickte nur.

»Und das war auch nicht das erste Mal, hab ich recht? Letztes Jahr …«

»Habe ich den Würger von Hietzing geschnappt und den Mord an dem Grafen Bárány aufgeklärt.«

Sie wollte selbstbewusst klingen, aber sie piepste wie ein Mäuschen.

Oskar ließ sich auf einen Theatersessel in der ersten Reihe sinken.

»Nicht in einer Million Jahre hätte ich damit gerechnet. Ich meine, ich wusste, dass du etwas verbirgst, aber das …«

Er schien mehr mit sich als mit ihr zu sprechen. Sie ließ sich auf den Sitz neben ihm nieder. Sie wollte sich entschuldigen. Dafür, dass sie ihn die ganze Zeit angeschwindelt und ihm einen Schrecken eingejagt hatte. Aber es tat ihr nicht leid, Annelies' Mörder gefangen zu haben. Ihr fehlten die geeigneten Worte, ihm das begreiflich zu machen.

»Du hast Glück gehabt, dass dieser Major gerade vorbeigekommen ist.«

Seine Stimme klang nüchtern, es lag kein Vorwurf darin.

»No, es war schon ein bissl mehr als Glück. Ich wusste, dass er das Theater beobachten lässt. Er hatte mir untersagt, hier wieder aufzutauchen, nachdem ich vor ein paar Tagen … Jedenfalls war ich mir ziemlich sicher, dass er erscheinen würde, sobald er mitbekommt, dass ich meine Nase hier wieder reinstecke.«

Die ganze Wahrheit war, dass die gnä' Frau nicht mit

dieser Eskalation gerechnet hätte. Vielmehr hatte sie sich darauf verlassen, dass Kramer vor den Augen der Signora nie im Leben einen Mord begehen würde. Das hatte sie offensichtlich falsch eingeschätzt.

Sie beobachtete Oskar von der Seite und wartete auf eine Reaktion. Doch er nickte nur nachdenklich und sah auf den Teppichboden zu seinen Füßen.

»Was haben wir denn da?«

Frau Ehrenstein blickte unter ihren Sessel und erkannte, was er meinte.

»Felix' Taschenuhr. Er hat sie eigentlich immer bei sich«, sagte sie, während sie das silberne Schmuckstück aufhob.

»Tatsächlich?«

»Ja, sie muss ihm beim Kampf aus der Tasche gefallen sein.«

Er nahm sie ihr vorsichtig aus der Hand und strich ein paarmal mit dem Daumen über die eingravierten Verschnörkelungen darauf.

»Ich werde sie ihm zurückgeben. Ich möchte mich ohnehin bei ihm bedanken. Wenn ich das richtig gehört habe, wollte er dich beschützen.«

Beide standen gleichzeitig auf, blieben aber unschlüssig stehen. Sie wusste nicht, was sie noch sagen sollte, wollte aber gleichzeitig nicht, dass sie so auseinandergingen.

»Er wurde ebenfalls erpresst, oder? Felix, meine ich. Ich … ich hab in der Aufregung nicht alles mitbekommen.«

»Das stimmt. Aber sein Geheimnis ist nicht ans Licht gekommen, und er hat nichts mehr zu befürchten.«

Seine grauen Augen ruhten auf ihr, und sie konnte den Hauch eines Lächelns auf seinem Gesicht erkennen. Schließlich hielt er die Taschenuhr hoch, wie um ihr zu zeigen, was er jetzt vorhatte. Wieder bemerkte Frau Ehrenstein die kleine Inschrift, die in die Uhr eingraviert war. *In ewiger Liebe, O.* konnte sie diesmal entziffern. Sie hatte das Gefühl, ihrem Mann noch etwas sagen zu müssen, bevor er ging.

»Oskar ...«

Er sah sie fragend an. Doch sie öffnete nur ein paarmal den Mund, wie ein Karpfen, der nach Luft schnappte.

»Ich muss das alles setzen lassen, Helene. Wir reden später. Versprochen.«

Sie sah ihm nach, wie er den Zuschauerraum verließ, und erhaschte dabei den Blick auf ein hellblaues Stück Stoff.

34
Verabschiedungen

Der Piccolo drückte sich in einem Eck des Foyers herum, bemüht, nicht aufzufallen. Was in Anbetracht seines blitzblauen Anzugs inmitten der dunklen Uniformen nur bedingt funktionierte. Durch die Glasauslage des Theaters sah Frau Ehrenstein zwei Polizeiautos mit eingeschaltetem Blaulicht, dahinter stand eine grüne Rettung. Sie erkannte den Notarzt wieder, der schon bei Annelies' Tod zugegen gewesen war. Er rauchte mit zwei Sanitätern ans Fahrzeug gelehnt, sein schallendes Lachen drang sogar durchs Fenster. Anscheinend gab es auch diesmal nichts für ihn zu tun.

Der Piccolo zückte schon ein Feuerzeug, bevor Frau Ehrenstein ihn erreichte. Ihre letzte Zigarette war kaum eine Stunde her, doch es fühlte sich an, als wären Wochen vergangen. Sie hielt ihm ihr Packerl hin, und er bediente sich. Gemeinsam beobachteten sie die Beamten, wie sie emsig hin- und herliefen, geführt von den Befehlen, die Major Raab ihnen zwischendurch zubellte. Er wirkte zufrieden. Sie würde ihm das Angebot machen, den ganzen Ruhm für sich einzuheimsen. Das würde er natürlich zunächst vehement ablehnen, anständig, wie er war. Doch letztlich würde er der Versuchung nicht widerstehen können. Ihr war es nur recht. Sie hatte kein Bedürfnis, in der Öffentlichkeit zu stehen. Als Erstes würde sie sich mit ihrem Mann auseinandersetzen müssen.

»Du weißt, was hier passiert ist?«, fragte sie, nachdem

sie eine Weile schweigend nebeneinandergestanden hatten.

»Freilich«, antwortete der Piccolo. »Ich nehm an, des halbe Grätzl weiß scho Bescheid. So Neuigkeiten verbreit'n sich schnell.«

»Ich frag mich, was die Premierengäste denken werden, wenn die Hälfte des Ensembles fehlt.«

»Ich sag Ihnen was, gnä' Frau, Frau Ehrenstein. Die meisten dort san eh scho bedient. Die andern werd'n denk'n, dass die Signora halt a Diva is und net mim Pöbel feiern will.«

So wie die gnä' Frau die Primadonna kannte, würde sie sich schnell erholen. Es würde sie nicht überraschen, wenn die alte Dame schon morgen ihre Geschichte brühwarm sämtlichen Reportern verkaufte. Auf jeden Fall könnte es die Kartenverkäufe für die Operette noch weiter ankurbeln. Alle würden das Stück sehen wollen, das von einem Mörder inszeniert worden war. Das Morbide und der Sinn für Kultur waren tief in den Wienern verwurzelt.

»Ich hab was für dich.«

Frau Ehrenstein kramte in ihrer Tasche und holte ein Kuvert hervor. Da sie die Adresse des Piccolo nicht kannte, hatte sie es nicht an ihn schicken können.

Als er den Inhalt sah, wurden seine rosigen Wangen weiß wie Baiser.

»Niemand weiß davon. Auch nicht Felix. Es gibt keine Kopie, also brauchst du dir keine Sorgen mehr darum zu machen.«

Marie hatte den Pfandleiher aufgesucht, von dem die Quittung stammte. Er war beinahe erschreckend mitteilsam gewesen, wie Marie erzählte. Von Diskretion oder gar Schweigepflicht war keine Rede gewesen, und so hatte sie ziemlich schnell die Beschreibung eines jungen Mannes erhalten, die auf den Piccolo passte. Der Pfandhausbesitzer hatte ihn sich eingeprägt, weil er die Bronzeskulptur nach nur einem Tag wieder zurückgeholt hatte. Die Initialen *J. P.*, die sowohl auf der Quittung als auch in Annelies' Notizbuch gestanden waren, waren vermutlich eine Kombination aus seinem bürgerlichen und seinem Spitznamen. Josip Piccolo.

»Es war a Blödsinn. Es is mehr a Mutprobe g'wesn als sonst was. Ich hätt des net tun dürf'n, und ich hab's a bereut, wirklich, und deswegen hab ich's auch wieder z'ruckbracht, am nächst'n Tag. Der Herr Direktor hat gar nix g'merkt g'habt.«

Annelies musste es aufgefallen sein. Frau Ehrenstein erinnerte sich an die Bronzeskulptur, die in Felix' Büro stand. Sie bezweifelte, dass er das Verschwinden nicht bemerkt hatte. Eher war es eine bewusste Entscheidung gewesen, das zu übersehen.

»Ich hab net schlaf'n können, seit's mich erpresst hat. Dauernd is mir der Reis gangen, ich hab so eine Angst g'habt, dass mir der Herr Direktor draufkommt und rausschmeißt. Ich hab des Geld, des von mir wolln hat, ja kaum z'sammkratzn können. Und wenn ich dann noch meine Anstellung in der Weinstube verlor'n hätt ...«

Der sprudelnde Wasserfall aus Piccolos Mund war am Ende zu einem leise säuselnden Rinnsal geworden. Frau Ehrenstein musste an all die Menschen denken, die Annelies mit ihrem Handeln verletzt hatte. Sie hasste es, dass so viele unter ihr gelitten haben. Und sie hasste es, dass niemand um diese junge Frau trauerte.

»Was g'schehn ist, ist g'schehn. Also verbrenn die verdammte Quittung und lass es hinter dir. Du bist ein anständiger junger Mann, Piccolo. Du hast halt einen Fehler gemacht.«

»Gnä' Frau, Frau Ehrenstein, Sie san … Sie san a Wahnsinn einfach! Danke!«

»Nichts zu danken, wirklich. Ich denke, ich suche jetzt erst mal meinen Mann, und dann bringen wir die Aussage beim Major hinter uns. Hast du ihn gesehen?«

»Den gnädigen Herrn? Ja, er is zum Herrn Direktor ins Büro gangen, grad vorhin.«

Sie bedankte sich beim Piccolo und verabschiedete sich, für den Fall, dass sie sich später nicht mehr sehen sollten.

Die Tür von Felix' Büro stand einen Spaltbreit offen, und sie hörte die beiden Männer gedämpft sprechen. Es war mehr ein Instinkt als Absicht, dass sie sich auf Zehenspitzen näherte. Natürlich gehörte es sich nicht, zu lauschen, doch sie war zu neugierig, endlich zu erfahren, was die beiden Jugendfreunde miteinander verband.

Vorsichtig lugte sie durch den Spalt und sah die beiden vor Felix' Schreibtisch stehen. Felix hielt seine Taschenuhr in der Hand. Ihre Mienen waren ernst, aber nicht feindselig, wie Frau Ehrenstein meinte. Sie sprachen so leise, dass sie sich anstrengen musste, alles zu verstehen.

»Du hättest es mir sagen können, weißt du?«, sagte Oskar. »Vielleicht … Ich hätte dir helfen können.«

»Es tut mir leid. Du hast recht«, antwortete Felix.

Auf Frau Ehrensteins Gesicht breitete sich in der Dunkelheit des Ganges ein Lächeln aus. Also verurteilte Oskar seinen alten Freund nicht für seine Homosexualität. Mehr noch, er gab ihm zu verstehen, dass er ihn unterstützen würde. Sie war so erleichtert, dass ihre Erschöpfung und ihre Sorgen wie weggewischt waren. Von weiter hinten war die Stimme von Major Raab zu hören, der die Treppen zum Büro heraufkam. Er teilte jemandem mit, dass die Aussagen diesmal im Sicherheitsbüro aufgenommen werden würden und alles dafür vorbereitet werden müsste.

Frau Ehrenstein wollte nicht beim Lauschen erwischt werden und griff zur Türklinke, um hineinzugehen, als wäre sie gerade erst gekommen. Sie warf noch einen letzten Blick ins Büro und erstarrte in der Bewegung.

Plötzlich kam ihr in den Sinn, wie Oskar an diesem einen Dienstag nicht wie sonst bei seiner Geliebten gewesen war. Am Tag des Mordes.

Sie musste an die Inschrift in Felix' Taschenuhr denken: *In ewiger Liebe, O.*

Jetzt war ihr klar, um wen es sich bei O. handelte.

Oskar hielt Felix' Gesicht sanft in seinen großen Händen und küsste ihn.

»Oh«, hauchte sie.

Damit hatte die gnä' Frau nicht gerechnet.

Und doch kam es ihr so vor, als wären alle Teile des Puzzles von einem Moment auf den anderen feinsäuberlich ineinandergefallen.

Glossar

abgesandelt *verlottert, verkommen*

amal *einmal*

angrennt *verrückt*

ankeifen, keifen *schimpfen*

Bahöl *Tumult*

Beidl *männliches Genital*

betroppezt *bestürzt, überrascht, baff*

Beuschl *Speise aus Innereien*

Chuzpe *Dreistigkeit*

damisch *verwirrt, schwindelig*

deppat, deppert *dumm, einfältig*

Dirndl *junges Mädchen*

Döbling *19. Bezirk in Wien*

fad *langweilig*

Fetzenschädel *Dummkopf*

Frotzelei *spöttische Bemerkungen*

Ganslhaut *Gänsehaut*

gefladert, fladern *stehlen*

genieren *schämen*

gescheit, g'scheit *vernünftig, ordentlich*

Gewurl *Gewimmel, Gedränge*

G'frast *Nichtsnutz, unangenehmer Mensch*

G'frett *Ärger*

giggeln *kichern*

Gilet *Weste*

grauslig *fürchterlich, entsetzlich*

Gupf *(Berg-)Gipfel*

hamma *haben wir*

Hascherl *bedauernswertes Wesen, Kind*

Heast *wörtlich: Hörst du*

Hundstrümmerl *Hundeexkremente*

Huscher *Spinnerei*

Jungdamen- und Jungherrenkomitee *Debütant*innen, die einen Ball eröffnen*

kalmieren *beruhigen*

keppeln *schimpfen*

Kieberei *Polizei*

Kramanzer *Hilfskellner, der Tische abräumt*

Krautfleckerl *Nudelgericht mit Weißkraut*

Lercherlschas *Kleinigkeit*

Malheur *Unglück, Missgeschick*

Martini-Gansl *Gänsebraten, der rund um den Martinstag verzehrt wird*

Masel *Glück*

miachtln *miefen, müffeln*

Oasch *Arsch*

o'poscht *abgehauen*

Plafond *(Zimmer-)decke*

Pleampl *Einfaltspinsel*

Pülcher *Gauner*

Puff'n *Pistole*

Regenlacke *Regenpfütze*

Reis gehen *Angst haben*

resch *herb, aber herzlich*

Schaß *Scheiße, Mist*

Schererei *Unannehmlichkeit*

schirch *hässlich*

schleichen *verschwinden, abhauen*

schmähstad *sprachlos, verblüfft*

speiben *sich übergeben*

Topfen *Quark*

Trottoir *Bürgersteig*

Tschick *Zigarette*

Wappler *Trottel*

Watsche *Ohrfeige*

ein Wengerl *ein wenig, ein bisschen*

Weißer Spritzer *Weißweinschorle*

Wirtschaft *Unordnung, Gastwirtschaft*

Zores *Ärger*